Blau ist das Wasser und
Orange ist die G
Grün ne

Jonas Torsten
Krüger

Das Erbe des Magiers

Ueberreuter

Die Deutsche Bibliothek - CIP-Einheitsaufnahme

Krüger, Jonas Torsten:
Das Erbe des Magiers / Jonas Torsten Krüger. - Wien : Ueberreuter, 2002
(Die Meister der Fantasy)
ISBN 3-8000-2981-2

Umschlaggestaltung von Zembsch' Werkstatt, München, unter Verwendung einer Illustration von Peter Gric

Druck: Ueberreuter Print
1 3 5 7 6 4 2

Ueberreuter im Internet: www.ueberreuter.at

Für Mama und Papa

Danksagung

Stefan Zweig schrieb: »Dankbar sein ist leicht.
Aber danken ist eine große Kunst und schwer, wie jede
Kunst, zu meistern.« Und wer hört nicht manchmal die
Stimme seiner Eltern im Kopf: »Jetzt sag schön danke!«
Seltsam eigentlich, dass es uns oft so schwer fällt.
Dieses Buch jedenfalls und ich – der es geschrieben
hat –, wir bedanken uns gerne.
Und zwar bei einer ganzen Menge Leute.
Vor allem natürlich Wolfgang Hohlbein und den
Mitarbeitern des Ueberreuter-Verlags, die mir
überhaupt erst diese Chance gaben –
besonders Britta Groiß.
Danke meiner Familie in Süd und Nord, meinem
Bruder, für dessen Geburtstag dieses Buch gedacht
war (herzlichen Glückwunsch, Uwe!), José (der mehr
über mein Schreiben weiß, als er vielleicht ahnt),
Anna (die die Idee für die letzte Farbe hatte),
Ulrich Zimmermann und Christine Eigel (zwei
großartige Schriftsteller), Markus (mit dem ich als
Zweiten auf den Erfolg anstieß), den Leuten von der
Pharmacia (die mich manchmal früher gehen ließen,
damit ich schreiben konnte), Yücel (der immer an
mich glaubte), Michael (der wie ich nach dem Wissen
der Welt sucht), Gerd (meinem liebsten
Dschungel-Zivi) und Moni. Und Moni. Und Moni –
obwohl sie Wortwiederholungen nicht mag.
Vielen Dank euch allen!

Jonas Torsten Krüger im Hexental,
am 22. November 2000

Prolog

»Den Hammer! Leg ihn sofort wieder hin!«

»Aber, ich ...«

»Tu, was ich sage, Dorian!«

»Nein! Er ... er gehört ...«

»Er gehörte deinem Vater, ja. Aber du bist noch zu jung! Du musst ihn dir erst verdienen!«

Dorian Karfunkel sah den Grubenhammer in der Hand seines Onkels, sah dessen zorniges Gesicht. Er fühlte die Wut auch in seinem eigenen und – etwas Nasses.

»Beim Diamanten«, fluchte Onkel Krolo. »Jetzt heulst du auch noch, Junge! Dein Vater hätte sich geschämt!«

Dorian hielt es nicht länger aus. Mit einem zornigen Schluchzer drehte er sich weg, riss die Tür der Hütte auf und rannte nach draußen. Rannte die letzten Wege des Dorfes entlang, übersprang mit einem blinden Satz den Glimmerbach, hetzte am Waldrand vorbei und hielt erst weit oben am Berghang auf der großen Wiese. Auf seiner Wiese.

Und hörte dort immer noch die Stimme seines Onkels: *Dein Vater hätte sich geschämt.*

Er warf sich ins Gras und weinte. Schüttelte den Schmerz heraus, roch die sommertrockene Erde, ließ sich trösten vom Wind.

Sein Vater war seit drei Monaten tot.

Nur langsam beruhigte er sich – und die Wiese half dabei. Seine Stirn lag im Gras, sein Mund, seine Nase. Wie das Grün duftete! Konnten Farben riechen? Bloß nicht an Papa denken, dachte Dorian. Lieber an das Grün. Oder gar nicht denken, sondern einen Grashalm ausrupfen und darauf herumkauen wie eine Kuh, die Zähne von rechts nach links schiebend. Schmeckte so das Grün?

Dorian drehte sich auf den Rücken und blinzelte zur Sonne hoch. Zerdrückte sie zwischen seinen Lidern, als er die Augen schloss. Wiegte sich und schaukelte im Gras, als läge er im Dunkel-See. Dorthin hatte sein Vater ihn oft mitgenommen und sich mit seinen großen Händen den Kohlenstaub vom Körper gewischt. Hatte ...

Heftig kaute der Junge auf dem Grashalm und spuckte ihn aus. Öffnete die Augen und machte sie wieder zu, lauschte dem Wind – der pfiff Geschichten von fremden Orten.

Vielleicht sollte ich weggehen, dachte er.

Was hielt ihn hier schon! Sein Onkel vielleicht, dem er nur eine Last war? Seine Tante? Seine Freunde, die er nicht hatte? Nein, eigentlich gab es nichts und niemanden, was ...

»Du liebst diese Wiese, nicht wahr?«

Dorian schreckte hoch. Er hatte ihn nicht kommen hören, diesen alten Mann, der plötzlich vor ihm stand. Sehr alt sogar, klein und runzlig wie die getrockneten Äpfel unten im Keller ihrer Hütte. Sein Mund war ein langer Strich, der das Gesicht durchschnitt. Lippen so schmal, dass sie fast unsichtbar waren. Auch die Nase war klein, die Augen zusammengekniffen, wie geblendet von der Sonne. Der Alte hielt sich gebückt, stützte sich auf einen Fichtenstock, den er umklammert hielt mit seinen zehn Fingern – die waren dünn wie Gabelzinken.

»Du liebst diese Wiese, nicht wahr?«, wiederholte er.

Dorian antwortete nicht und glotze ihn an. Der Greis hatte eine warme Stimme, die angenehm klang, aber auch irgendwie schmeichlerisch. So wie seine Tante, wenn sie irgendetwas von ihm wollte, doch nicht mit der Sprache herausrückte.
Unschlüssig fuhr sich Dorian mit der Zunge über die Zähne – ein Stück vom Grashalm war hängen geblieben.
»Wer bist du?«, wollte er wissen.
Ächzend ließ sich der Alte neben ihn fallen, seufzte und starrte auf seine Gabelfinger. Kicherte plötzlich.
»Ich habe zuerst gefragt, Junge!«
Auch Dorian musste grinsen. Du liebst diese Wiese?, hatte der Alte gefragt. Aber Liebe, das war doch nur, na ja, Mädchensprache.
»Nun«, antwortete er zögernd, »es ist meine Wiese.«
»Ach!« Wieder ein Kichern. »Ich habe nirgends ein Schild gesehen, dass sie dir gehört.«
»Es ist, ja, mein lachender Ort.« Dorian sprach leise und überlegte, warum er es überhaupt tat. Was ging den alten Spinner seine Wiese an!
»Lachender Ort? Warum, Junge?«
»Ich ... ich gehe hierher, wenn ich traurig bin.« Fast widerwillig redete Dorian weiter. »Dann lerne ich wieder vom Gras, wie man kitzelt. Und vom Wind, wie man pfeift. Und von der Sonne das Gefühl einer ...«
»... einer streichelnden warmen Hand auf dem Kopf«, unterbrach ihn der Alte. »Ja, ich kenne das.« Hustete und schwieg, lauschte dem Wind. Lange.
Schließlich tat der Greis etwas Seltsames. Er riss einen Grashalm ab, klemmte ihn zwischen die Zeigefinger seiner zusammengelegten Hände und blies darauf. Ein quäkender, hoher Ton erklang.
»Kennst du das, Junge? Der Ruf der Hirsche!«

Dorian nickte. Den Trick hatte ihm schon sein Vater gezeigt, als er mit ihm auf die Wiese gegangen war.
Papa, dachte er und rieb sich die Augen.
Was wollte dieser Kerl bloß von ihm, diese in die Jahre gekommene Vogelscheuche? Und jetzt blickte die ihn so komisch an, lauernd. So wie Muntra, Dorians weiße Katze, wenn sie zu einem Vogelnest oben im Baum hochstarrte. Gierig.
Gleich fängt er an zu miauen, dachte Dorian.
Doch der Alte fragte nur: »Wie heißt du?«
»Ich bin Dorian. Dorian Karfunkel.«
»Hübscher Name.«
»Ach, wir nennen uns hier alle nach den Steinen. Mein Onkel heißt Krolo Bleiglanz, unsere Dorfälteste Hanna Marienglas. Sogar unseren kleinen Fluss hier nennen wir Glimmerbach und den ...«
»Hör auf!«, schnitt ihm der Alte das Wort ab, hastig und mit einem Gesicht voll Falten des Unmuts. »Es ist nicht gut, zu viel zu sagen, Junge. Namen, Namen sind mächtig!«
Verwirrt schaute Dorian ihn an. Vielleicht war der wirklich verrückt.
»Ein Grubendorf also ...«, meinte der Alte dann und stach mit dem Fichtenstock in die Erde.
»Ja, Grube und Steinbruch«, bestätigte Dorian. Und dachte an den Hammer in der Hütte seines Onkels. Den Hammer, den sein Vater getragen hatte in der Kohlennacht des Stollens. Auf Flöze einschlagend, auch an jenem Tag des Unglücks. *Mit dem Grubenhammer schlug Vater das taube Gestein herunter, prüfte die Kohleader, genau so, wie immer – und dann ...*
Dorian hockte sich auf, starrte wütend den Greis an und fragte: »Und wer bist du?«
Witternd hob der Alte seine zerfurchte Nase, schnup-

perte im Wind und beugte sich zu Dorian hin. Zögerte, blickte noch einmal ängstlich in alle Himmelsrichtungen und sagte dann leise:

»Ich bin Elron.«

Hübscher Name, wollte Dorian erwidern, denn dieser Kerl kam ihm immer seltsamer vor.

Da wurde es plötzlich dunkel.

Nein, nicht richtig dunkel. Eher so, als ob sich eine dicke Wolke vor die Sonne schieben würde. Aber als Dorian nach oben blickte, bemerkte er nichts Ungewöhnliches: einen schönen, wolkenlosen Sommertag. Oder doch nicht?

Auf einmal begann er zu frieren. Blies der Wind stärker? Nein, im Gegenteil: Es wehte, ja, es wehte *überhaupt* kein Wind mehr. Und keine Biene summte. Kein Vogel zwitscherte.

Und dann sah er es. Etwas, das wie schwarzer Nebel erschien, umkreiste die Sonne, verdichtete und dehnte sich, zog sich wieder zusammen. So lange, wabernd und tastend, bis eine Art Gesicht am Himmel stand. Riesig. Dunkel. Eine düstere Fratze mit großen, lidlosen Augen und zwei pulsierenden Narben auf der rechten Wange und ...

Es gibt keinen schwarzen Nebel, sagte sich Dorian und schüttelte den Kopf. Es ist nur eine Wolke, die komisch geformt ist, es ...

Dann ganz plötzlich war alles vorbei.

Er hörte wieder Wind, Vögel und Insekten und die Sonne schickte ihre sanften, warmen Strahlenhände.

»Was war das?«, fragte er unsicher.

»Wo Licht ist, da ist auch Schatten«, murmelte Elron geheimnisvoll. »Er hat meinen Namen gehört. Er sucht mich.«

»Wer? Was?«, stotterte Dorian.
Keuchend rappelte sich Elron hoch, seine Knochen knirschten leise. »Nicht so wichtig«, brummte er.
Auch Dorian stand auf. Plötzlich gefiel es ihm hier nicht mehr. Was war mit seiner Wiese los? Er wollte weg von diesem Ort und weg von Elron. Sogar sein Onkel Krolo kam ihm auf einmal, trotz ihres heftigen Streits, beruhigend und vertraut vor.
Elron merkte, dass der Junge fortwollte.
»Warte!«, rief er. Knochige Finger packten Dorians Schultern. »Du hast mir nicht geantwortet. Du liebst diese Wiese, nicht wahr? Und ihre Farben?«
Schon wieder diese Fragen.
Liebe? Farben?
»Ich weiß nicht«, erwiderte Dorian mürrisch.
Elron schaute ihn lange an und seufzte endlich. »Nun gut, ich kann nicht noch zwei Jahre warten«, murmelte er mehr für sich selbst als für Dorians Ohren. Wieder lauter werdend sagte er dann: »Nimm das hier!«
Umständlich nestelte der Alte eine Kette von seinem Hals, der so faltig wie Baumrinde war. An der Kette hing eine kleine Glasscherbe, die drückte er Dorian in die Hand.
»Na los, schau hindurch!«
Das Stück Glas fühlte sich gut an, fand Dorian. Warm wie die Sonne im Gesicht. Die Kanten des Kristalls waren sauber abgeschliffen, die Kettenglieder aus feinem Rosensilber – eine schöne Arbeit.
Trotzdem zögernd hob er die Scherbe vor das Gesicht, merkte nicht einmal, dass er die Luft anhielt – und blikkte hindurch.
»Nun?«, fragte Elron ungeduldig.
»Nichts nun.« Dorian ließ das Schmuckstück sinken und

blickte den Alten fragend an. »Ein ganz gewöhnliches Stück Glas«, meinte er enttäuscht.
»Sei froh!« Der Alte grinste erleichtert. »Hänge sie dir um. Los doch! Und schaue immer wieder hindurch!«
Wie unter Zwang legte Dorian sich die Kette um, steckte die Scherbe aber unter sein Hemd. Beim Diamanten, dachte er, jetzt trage ich schon Schmuck wie die Mädchen!
Elron starrte ihn an.
»Du wirst vergessen«, sagte er. »Ja, du wirst vergessen, aber dich irgendwann wieder erinnern. Erinnern an diesen Tag. An das Gesicht im Himmel. An die Stille und den Schatten. Und dann, Dorian Karfunkel, dann denke an mich.«
Wieder starrte ihn der Alte aus unergründlichen Katzenaugen an, drehte sich schließlich ohne ein weiteres Wort um und schlurfte fort, nach Süden auf den Knarrenden Wald zu. Blütenstaub wirbelte um seine dürren Beine – und er blickte nicht zurück.
Dorian wollte eine Erklärung haben, wollte hinterherlaufen, aber seine Füße bewegten sich nicht. Schon machte er den Mund auf, um Elron zu rufen, aber dann, dann dachte er an den schwarzen Nebel vor der Sonne, an dieses dunkle, hämisch grinsende Gesicht – und Dorian schwieg.

Die verlorenen Farben

Ein Jahr verging.
Der Herbst kam, die Blätter im Knarrenden Wald trugen die Farbe von bunten Kristallen. Der Winter, wenn die Arbeit im Steinbruch ruhte, weil dicker Schnee die Felswände bedeckte und der Frost polternde Lawinen absprengte. Dann der Frühling, dessen Schmelzwasser den kleinen Glimmerbach in einen Fluss verwandelte, in ein zischendes Band von weißer, wilder Kälte, die alles mitriss, was nicht genug aufpasste.
Und wieder der Sommer.
Ein Jahr, von dem man unten in der Grube nichts bemerkte – denn dort, tief in der Erde, herrschte immer dieselbe Temperatur.
Und immer die Nacht.
Dorian klaubte Geröll zusammen und sortierte Erzbrocken in die Lore – er arbeitete im Steinbruch. Klein und schmächtig, wie er war, hätte er besser in die Kohlegrube gepasst, um als Stollenjunge in enge Klüfte zu kriechen, um die Petroleumlaterne zu halten oder die Werkzeuge. So hätte er den Erwachsenen eigentlich besser helfen können. Aber er war bei dem Unglück dabei gewesen, er hatte ja zugeschaut, wie sein Vater ...
Nein, dachte er zum tausendsten Mal. Nie wieder würde er ein Bergwerk betreten, nie wieder unter Tage gehen. Niemals wieder.
»He, Dorinchen! Fass mal mit an!«
»Ich heiße Dorian!«
»Dorinchen, Dorinchen! Vielleicht gehst du besser zur Kochstelle und sorgst für unser Mittagessen. Da brauchst du die hier nicht.«

Und sein ewiger Quälgeist Harm Katzengold ballte die rechte Faust und ließ seine Armmuskeln spielen.
Die anderen Jungs lachten.
Beunruhigt blickte Dorian auf Harms Bizeps – bei einer Prügelei hätte er keine Chance. Aber den Mund konnte er auch nicht halten: »Lieber Harm, wenn dein Gehirn nur halb so groß wäre wie dieser Armmuskel da, würdest du kapieren, wie ich heiße: Dorian!«
Harm knurrte, grinste dann wieder und machte einen bedrohlichen Schritt auf Dorian zu.
»Mann, was für ein Klugscheißer!«, brummte er böse und stierte Dorian an. »Hat noch nicht mal einen eigenen Grubenhammer, aber spuckt große Töne ...«
Dorian schüttelte sich. Was war nur mit den Jungs los? Ständig waren sie gereizt und brachen Ärger vom Zaun. Auch die kleineren Kinder zankten viel zu oft miteinander und sogar die Erwachsenen schienen sich in diesem Jahr nur zu streiten. Selbst Onkel Krolo und seine Frau schrien sich öfter an als sonst. Das war irgendwie nicht – richtig.
Aber Dorian hatte jetzt keine Zeit, länger darüber nachzudenken, denn Harm Katzengold kam grunzend näher. Er war ein wenig älter als Dorian, ein wenig größer. Und viel stärker.
»Also, was ist mit deinem Hammer, Dorinchen? Wohl noch zu schwer für dich? Kannst ihn nicht tragen, was?«
Sogar Harm war früher nicht so gewesen. Ein Dummkopf ja, aber nie so *gemein*.
Dorian schwitzte. Die Sonne blendete ihn, Steinstaub kratzte in seiner Kehle und vor ihm stand der schnaubende Harm. Dem war offenbar noch etwas besonders Boshaftes eingefallen.
»Na ja«, meinte er grinsend. »Dein Vater war ja auch

schon so blöd, sich von Kohle erschlagen zu lassen. Phh!«
Abfällig spuckte Harm vor ihm aus und Dorian sah rot. Er stürzte sich auf den älteren Jungen, ballte die Faust, holte weit aus und schlug ihm wütend ins Gesicht.
Wollte er jedenfalls.
Doch Harm lachte nur triumphierend und fing Dorians Hand ab, so als hätte ihm jemand bloß einen Ball zugeworfen. Fast beiläufig rammte er sein Knie in Dorians Bauch und warf sich auf ihn. Sofort lag Dorian auf dem Boden, hörte die anfeuernden Rufe der anderen und das Trommeln seines Herzens. Er roch Harms Schweiß und probierte erfolglos, sich irgendwie unter dem Fleischberg hervorzuwinden.
»Gibs ihm, Harm!«, rief jemand.
Spitze Steine stachen in seinen Rücken, die Luft kam nur noch stoßweise in seine Lungen hinein. Verzweifelt versuchte Dorian seinen Daumen hinter Harms Ohr zu bekommen – dort, wo es besonders wehtat. Aber er schaffte es nicht. Harm kicherte nur und drückte noch fester zu.
»Was ist hier los, verdammt???!!!«
Onkel Krolo war laut und wütend, als er sich zwischen die Kinder drängte. Mit einiger Mühe riss er Harm vom Boden, schaute auf Dorian hinunter und meinte düster: »Du schon wieder!«
»Aber er hat ...«
»Sei still!«, herrschte sein Onkel ihn an. »Wir reden später darüber, Dorian! Geht sofort wieder an die Arbeit. Alle! Und gebt Ruhe! Ich will heute nicht noch so eine Balgerei, ist das klar?«
Krolo Bleiglanz drehte sich um und ging.
Harm grinste. »Wir reden später darüber«, äffte er nach.

Und Dorian dachte: Was passiert bloß im Grubendorf?
Am Abend hockte er in seinem winzigen Zimmer unter dem Dach – Stubenarrest. Draußen kühlte langsam der Tag ab, die anderen Jungen spielten. Und er saß hier fest.
Ungerecht war das.
Von unten hörte er die immer noch wütende Stimme seines Onkels: »Er muss endlich erwachsen werden, sag ich!«
»Brüll nicht so!« Das war seine Tante – auch nicht leiser als ihr Mann.
»Ich brülle so viel und so laut ich will! Dorian muss endlich akzeptieren, dass seine Eltern tot sind.«
»Er ist noch ein Kind, Krolo.« Wieder seine Tante. »Er hat noch nicht mal die erste Bergweihe hinter sich!«
»Ach, lass mich in Ruhe, Frau!«
Dorian hörte polternde Schritte, dann die zufallende Tür. Vom Fenster aus sah er seinen Onkel, wie er in den Abend hineinstapfte. In Richtung der einzigen Schenke im Dorf: »Zum Kupferschaum«.
Als Onkel Krolo verschwunden war, schlug Dorian mit der Faust auf das Fensterbrett ein, immer und immer wieder. So fest, bis ihm die Hand wehtat. Unten schluchzte leise seine Tante, aber Dorian hörte es trotzdem. Dann begann er unruhig in seinem Zimmer auf und ab zu gehen. Pustete Staub von der großen Amethyst-Druse auf dem Regal, zupfte ein bisschen Stroh von seinem Bett und wühlte schließlich in seiner Schatzkiste. Andere Mineralien waren darin, Versteinerungen, ein Beutel mit besonders schönen Goldkörnern, ein verrosteter Schlüssel, den er im Glimmerbach gefunden hatte. Dann noch eine brüchige Haarschleife, trocken und vergilbt – die war von seiner Mutter, an die

er sich kaum noch erinnerte. Zwei gepresste Blumen, eine matt gewordene Murmel. Und dieses Stück Glas, das ihm der Alte vor einem Jahr gegeben hatte. Wie hieß der noch?
Elron, ja.
Dorian hatte ihn nie wieder gesehen.
Unschlüssig tappte er zum Fenster, quetschte sich auf das kleine Brett davor und spielte mit der Glasscherbe. *Schau immer wieder hindurch*, hatte Elron gesagt. Seltsam, dass er sich noch daran erinnerte. Denn schon ewig lag das Geschenk des Alten unberührt in Dorians Kiste.
Der Junge lehnte sich weit aus dem Fenster, atmete den Abendgeruch des Kalleebaums ein und den sanften Duft der Rosen. Dann hob Dorian den Glassplitter vors Auge, schaute hindurch auf seine Welt – und fuhr erschrocken auf.
Was war das jetzt wieder? War das Glas beschlagen oder stumpf geworden? Dorian pustete und rieb es sauber. Riskierte noch einen Blick – schon wieder! Er sah alles so ähnlich wie durch dunklen Glimmerstein: Alles war grau, *die Farben waren verschwunden!* Das Grün der Bäume war fort, das Blau des Himmels und des Bachwassers. Die gelbrote Sonne war nichts weiter als ein trister grau verschmierter Fleck.
Hatte sich das Stück Glas in einen Filter verwandelt, der die Farben wegnahm? Aber das konnte ja nicht sein: Es war klar und durchsichtig. Und es war eben *kein* Stück Dunkelglimmer, sondern eine gewöhnliche Scherbe. Aber wenn Dorian hindurchblickte, sah die Welt anders aus, farblos. Und irgendwie *düster*, so als wäre sie mit einem dunklen Schatten überzogen.
Schwarzer Nebel, dachte Dorian.

Er warf das Schmuckstück zurück in die Kiste. Unheimlich war das. Und als er jetzt aus dem Fenster schaute, meinte er für einen Augenblick auch ohne Glas alles anders zu sehen. Grauer. Trostlos. Die Farben weniger intensiv ... War das Rot der Blumenstöcke im Garten nicht eben noch stärker gewesen? Lebendiger? Und das Gelb der Hauswand, war es nicht irgendwie *geschrumpft?*
Dorian schüttelte den Kopf.
Farben können nicht schrumpfen, dachte er. Es wird einfach dunkel. Die Sonne geht unter.
Er blickte nach Westen und musterte den lautlos verschwindenden Feuerball. Aber war nicht auch sein Rot, das herrliche Orange und die Violettfarben schwächer als vor einer Minute?
Was soll das, ich habe genug Probleme!
Dorian grinste verkniffen. Harm hatte ihm vorhin zugeraunt, dass morgen ja auch noch ein Tag sei.
Plötzlich war er sehr müde. Irgendetwas stimmte nicht, das spürte er. Irgendetwas ging vor, was sie alle, nun, wütend machte. Fast verzweifelt und ja, bösartig. Irgendetwas Seltsames, das ...
Ein Kratzen am Fenster ließ ihn aufschrecken, gleich danach schoss etwas Pelziges durch die Luft und dieses Etwas traf: Spitze Nadeln bohrten sich in seine Haut.
»Muntra, hör auf!«
Die weiße Katze schnurrte und schabte mit ihren Krallen weiter über seinen Bauch. Schließlich schmiegte sie sich an ihn.
Aber Dorian grübelte schon wieder: Irgendetwas passierte im Grubendorf.
Und in ihm keimte der Verdacht, dass es mit diesem Stück Glas zu tun hatte. Mit diesem alten Kerl. Mit Elron.

Die nächsten Tage brachten ihm ein blaues Auge von Harm Katzengold, eine Ohrfeige von Onkel Krolo und eine Menge Stubenarrest. Jedes Mal saß er dann oben in seiner Kammer und blickte durch die Glasscherbe. Und immer sah die Welt verändert aus. Nicht dunkler, aber grau. Farblos. Wie verloren.

Aber das war nicht das Schlimmste.

Am vierten Tag merkte Dorian, dass er diese Welt ohne Farben nicht nur dann sah, wenn er durchs Glas schaute, sondern auch ohne die Scherbe!

Er beobachtete es das erste Mal, als er auf seiner Wiese stand. Gerade war noch alles in Ordnung gewesen, so wie immer, aber von einem Augenblick auf den anderen ...

Fassungslos strich Dorian mit den Fingern durchs Gras – und es war nicht mehr grün. Ein helles Grau lag unter seinen Füßen. Eben war die Farbe noch da gewesen, dann ein kurzes Zittern, so als hätte sich die Wiese geschüttelt, hätte einen Tarnumhang abgeworfen – und nun war sie grau.

Oder ein anderes Mal, als er zur Sonne hochblickte und sich keuchend die Augen rieb: Da war kein gelber Ball mehr, sondern ein unbestimmbarer kreisrunder Fleck. Genau so, als schaute er durch Elrons Glas. Und auch der Himmel verlor immer öfter seine Farbe: Das Blau schien zu vertrocknen, wurde brüchig, verschwand in düsterem Grau.

Dorian erschrak immer mehr.

Beim Diamanten, ich werde blind!, dachte er zuerst. Aber das stimmte nicht. Er sah alles genauso hell und scharf wie sonst, entdeckte noch immer die feinsten Erzklüfte im Stein und die kleinen Punkte der Greifvögel hoch oben in der Luft. Auch die verschiedenen Ab-

stufungen von Helligkeit erkannte er deutlich – nein, er konnte sehen! Wenn auch nur in Schwarz, Weiß und Grau.
Aber was tat dann das Glas mit seinen Augen?
Noch zwei Tage später machte es überhaupt keinen Unterschied mehr, ob er durch das Glas schaute oder nicht: Dorian sah keine Farben mehr. Sie blieben verschwunden. So als hätte sie jemand von der ganzen Welt abgekratzt, bis nur noch Form und Helligkeit übrig blieb. Als würde nur ein heller Vollmond die Erde beleuchten und unheimliche Grautöne werfen.
An Dorians Rücken kroch eine Fliege herauf, ein unbarmherzig kriechendes Insekt mit eigenem Namen: Furcht. Dorian hatte Angst. Seine Augen mussten doch krank sein!
Es war höchste Zeit, mit jemandem zu reden – aber mit wem? Mit seinem Onkel bestimmt nicht, das war klar. Und seine Tante? Die schaute ihn auch nur immer seufzend an, wenn er sich wieder mit Harm gestritten hatte oder zu lange auf seiner Wiese gewesen war.
Mit wem sollte er sprechen?
Dorian versuchte sich das Gesicht seines Vaters vorzustellen, aber es gelang ihm nicht richtig. Es wurde mit der Zeit immer verschwommener, ohne dass der Junge etwas dagegen tun konnte. Es verblasste genauso wie die Farben.
Eine albtraumvolle Nacht später erzählte er doch alles seiner Tante – er wusste keinen anderen Ausweg mehr. Zu unheimlich war es, durch ein farbenloses Grubendorf zu gehen, vorbei an grauen Menschen, die dunkel und fremd aussahen.
»Ich verstehe dich nicht, mein Junge«, meinte sie ziemlich ratlos. »Du siehst nur noch Grau?«

»Ja, Tante! Die Farben, sie ... sie sind verschwunden!« Verwirrt und anscheinend enttäuscht fuhr sie ihm über den Kopf. »Dorian, was ist das jetzt schon wieder?«
Er versuchte es ihr zu erklären, verhaspelte sich, kam durcheinander und spürte schließlich, wie ihm die Tränen in die Augen stiegen. Bloß nicht heulen, dachte er. Das durfte jetzt nicht passieren.
»Sind deine Augen denn krank?«
»Nein, Tante. Ja, vielleicht? Ach, ich weiß doch auch nicht!«
Dann fiel ihm der Glasschmuck ein. *Natürlich!* Er rannte in sein Zimmer hoch und holte Elrons Geschenk herunter. Zaghaft drückte er es seiner Tante in die Hand.
»Schau hindurch!«, bat er.
»Woher hast du das?«
»Ist doch egal. Bitte!«
Langsam hob sie die Scherbe hoch und blickte ihn dabei an. Dorian überlief wieder die Fliege der Angst: Das Glas vergrößerte ihr Auge und er wusste: Eigentlich war es grün und klar und warm. Aber dieses Auge seiner Tante, riesengroß – es war nur grau. Kalt.
»Und jetzt?«, fragte sie lächelnd, als hätte sie ihn bei einem Streich ertappt. »Muss ich, hm, einen geheimen Zauberspruch murmeln, damit die Farben verschwinden?«
»Du, du *siehst* Farben?« Dorian war völlig verblüfft – das hatte er als Allerletztes erwartet.
Langsam ließ seine Tante das Glas sinken, betrachtete argwöhnisch die Kette aus Rosensilber und drückte ihm den Schmuck fast mit Abscheu wieder in seine Hand.
»Farben? Ja, doch, Junge. Ich ... es sieht alles normal aus.« Ihre Stimme wurde schroffer: »Woher hast du das überhaupt? Gestohlen?«

»Nein! Nein, Tante!« Wie konnte sie so etwas glauben! Er hatte zwar nie von Elron erzählt, aber dass sie so dachte!

Dorian spürte, wie die Tränen wiederkamen, und wusste gleich, dass sie diesmal nicht aufzuhalten waren. Er kannte sie gut, seine Tränen, wann er ihnen entkommen konnte und wann nicht.

Die Glasscherbe an seinen Bauch gepresst rannte er abermals die Treppe hoch und flüchtete in sein Zimmer. Beim Diamanten! *Was soll ich bloß tun?*

Jede Nacht, bevor er einschlief, betete er zum Gott der Edelsteine und Goldadern. Jeden Morgen erwachte er und die Welt war grau. Dorian hatte keinen Hunger mehr, keinen Durst – nur noch Angst. Die krabbelnde Fliege ließ ihn nicht mehr los.

Muntra, die junge Katze, war die Einzige, mit der er sich noch unterhielt, obwohl sie natürlich nie antwortete. Aber wenigstens sah sie einigermaßen vertraut aus: Das Weiß ihres Felles hatte sich kaum verändert. Weiß blieb Weiß für seine Augen, so wie Schwarz eben Schwarz blieb. Aber lange mit Menschen zu sprechen, denen alle Farben abhanden gekommen waren, das ging über seine Kraft. Dorian kamen sie immer mehr wie Skelette vor, graue Gerippe, von denen die Haut der Farbe abgezogen war.

Irgendwann schleppte ihn seine Tante zur Dorfältesten, zu Hanna Marienglas. Dort musste er noch einmal alles erzählen – nur seine Begegnung mit Elron behielt er weiter für sich. Auch die Glasscherbe hatte er mitgebracht und die alte Frau blickte lange hindurch. Sagte nichts. Schaute nur durch das Glas auf die Hütten des Dorfes, zum Steinbruch hinüber und zum Mundloch des Kohlestollens. Schwieg.

»Wird Dorian blind?«, fragte seine Tante ängstlich.
»Nein, ich glaube nicht«, murmelte die Dorfälteste nach langem Zögern. »Aber vielleicht ...« Und ihre Stimme wurde so leise, dass Dorian sie kaum verstand, wurde zu einem Flüstern: »Aber vielleicht sind wir es, die nicht sehen können.«
Am Tag danach wusste schon jeder Bescheid. Alle warfen ihm seltsame Blicke zu und tuschelten hinter seinem Rücken. Harm Katzengold streckte sogar den ganzen Tag über seine Arme wie tastend vor sich aus, stolperte hinter Dorian her und krächzte: »Ich bin blind, oh, ich bin blind!«
Sie lachten.
Alle.
Sogar Dorians Onkel und Tante.

In dieser Nacht konnte er nicht schlafen. Muntra an sich gedrückt, starrte er aus dem Fenster, und die Dunkelheit tat seinen Augen gut – fast gelang es ihm, sich vorzustellen, dass alles in Ordnung war. Die Nacht war schwarz und der halb durchschnittene Mond, umringt von Sternenpunkten, war weiß.
Aber dann blickte er auf die großen Fackeln am Grubenloch – und wo früher warmes Gelb und Orange geleuchtet hatten, flirrte jetzt nur noch eine undefinierbare weißgraue Helligkeit.
In Dorians Kopf war Sturm.
Er sah Farben verschwinden und die murmelnde Hanna Marienglas, sah das grinsende Gesicht Harm Katzengolds, das mit einem anderen Gesicht, dem der schwarzen Nebelwolke, zu verschmelzen schien. Er sah seinen Vater, wie er um Hilfe schrie, als die schwarze Kohlenwand auf ihn zustürzte. Auch Elron drängte sich in

seinen Kopf mit dürren Händen und neugierigem Blick. *Du wirst vergessen,* hatte der Alte ihm prophezeit. Und was noch? Was hatte er noch gesagt? Dorian versuchte sich an alles zu erinnern, was an diesem Sommertag passiert war. Und stand auf einmal wieder auf seiner Wiese, umringt von Schmetterlingen, Vögeln und Gras. Grünem Gras. Und er hörte Elron sagen: *Du wirst vergessen. Aber dich wieder erinnern. Und dann denke an mich.*

Ja!

Das war die einzige Lösung. Er musste Elron suchen. Der hatte ihm ja alles eingebrockt. Hatte von Liebe und Farbe geredet und ihm den Glasschmuck aufgedrängt. Vielleicht, vielleicht hatte er sogar einen Fluch über Dorian verhängt? Wollte ihn zum Sklaven machen für sich? Vielleicht war er ein böser Zauberer, der durch die Welt reiste und Dunkelgläser verteilte?

Ach, Unsinn! Oder doch?

Und dann denke an mich!

Der Sturm in Dorians Kopf wuchs zu einem Orkan: der peitschte sein Denken durcheinander, wirbelte, heulte, schrie – und fiel endlich wieder in sich zusammen.

Und nur ein Entschluss blieb übrig, eine Idee, die klar hinter seiner Stirn saß:

Wer auch immer Elron war, was auch immer der Alte vorhatte – Dorian musste ihn finden.

Noch in derselben Nacht packte er seine Sachen. Viel war es ja nicht: In einen kleinen Rucksack stopfte er Hose und Hemd zum Wechseln, Elrons Glas und das Haarband seiner Mutter. Im letzten Moment nahm er noch den Beutel mit Goldkörnern aus seiner Schatzkiste heraus – Gold sollte draußen viel wert sein, erzählte man sich.

Und Muntra? Er konnte sie unmöglich mitnehmen. Sie war noch zu klein und er würde wohl lange unterwegs sein. Zu gefährlich. Hoffentlich kümmert sich Tante um sie ...
Und so schlich Dorian barfuß leise nach unten, die Stiefel in der Hand. In der nachtdunklen Küche tastete er nach Brot, Käse und einem Lederbeutel voll Wasser. Er traute sich nicht eine Kerze anzuzünden, zuckte bei jedem Geräusch zusammen und lauschte angestrengt. Obwohl er wusste, dass zumindest Onkel Krolo nicht aufwachen würde – der war erst sehr spät vom »Kupferschaum« zurückgekehrt. Was für ein Glück, dass wenigstens der Mond schien!
Zur Sicherheit schnitt Dorin sich noch ein großes Stück Rauchwurst ab, dann war er bereit. Zögerte wieder. Sollte er eine Nachricht hinterlassen? Aber was schreiben? *Ich breche auf, um mein Schicksal zu erfüllen?* Dorian kicherte lautlos. Vielleicht einfach: *Ich suche die Farben!* Nein, genauso ein Blödsinn. *Macht euch keine Sorgen, mir geht es gut?* Als wenn die sich überhaupt um ihn sorgten. Nein, weder Onkel und Tante noch sonst jemand im Grubendorf – niemand würde ihn vermissen. Keine Nachricht!
Dorian schulterte den Rucksack, spähte durch die Nacht und schlich ein letztes Mal durch die Hütte, durch sein Zuhause seit anderthalb Jahren, seit sein Vater im Bergwerk ...
Papas Hammer!
Der Grubenhammer – fast hätte er ihn vergessen. Dorian ging in die Werkzeugkammer hinüber und stolperte dort an der Wand entlang. Hier war es völlig dunkel, denn kein Fenster ließ das Mondlicht herein. Aber er wusste genau, wo er suchen musste, sodass er bald

den leichten, aber fast unzerstörbaren Hammer in der Hand hielt. Er fühlte sich richtig an. Und er gehörte ihm. Aber was hatte Onkel Krolo gesagt? *Du musst ihn dir erst verdienen!* Nach dem Gesetz des Grubendorfs war Dorian noch zu jung um ihn zu tragen – seine erste Bergweihe sollte erst in sechs Monden stattfinden.

Ach, was wissen denn die schon!

Mit klopfendem Herzen schob er den Hammer unter seinen Gürtel, verließ die Hütte und huschte ohne sich noch einmal umzudrehen nach draußen in die Nacht.

Ein gewaltiger Vogel, ein seltener Mulubronn, den die meisten Menschen für ein Geschöpf aus Fabel und Dichtung hielten, verdeckte für Sekunden den abnehmenden Mond. Er war alt und müde, denn er suchte schon so lange. Der Mulubronn gab das Mondlicht in dem Moment wieder frei, als sich Dorian Karfunkel ein letztes Mal auf den Weg zu seiner Wiese machte. Der Junge bemerkte den riesigen Vogel nicht, der weit über ihm schwebte.

Aber ein anderer sah ihn. Ein anderer sah den Vogel, als er sich kurz im Glimmerbach spiegelte. Ein anderer sah ihn und sah ihn nicht, starrte mit lidlosen Augen in die Nacht.

Am Ende der Welt, in der südlichsten Ecke der Schwimmenden Wüste, dort, wo es so heiß war, dass sogar der Sand schmolz und die Dünen wie träge Wellen dahinschwappten, dort stand die Feurige Festung. Ihre äußere Mauer war aus brennenden Steinen gebaut, die ein Zauber am Knistern erhielt – eine unbezwingbare Barriere für jeden Eindringling. Hinter dieser brennenden Wand türmte sich die Festung selbst, zitternd wie lebendig im Licht der Flammen, abweisend und kalt trotz des Feuers. Und auf der Zinne des höchsten Turmes stand der Mächtige und atmete tief die glühende Nachtluft ein. Bösartige, lidlose Augen sahen den Mulubronn im Glimmerbach funkeln – und sahen doch nicht.

Der Junge wird bald aufbrechen, dachte der Mächtige und starrte in die Nacht. Sein alte Feind Elron hatte gewählt.

Dieser Narr!

Die Finger des Mächtigen begannen sich zu bewegen, sie strichen in alter Gewohnheit, denn schon tausendmal oder mehr hatten sie das getan, über die zwei verschorften Narben auf seiner Wange.

Elron hat gewählt, grübelte er, *und schickt seinen Bauern im Schachspiel aus, auf dass er sich in eine Dame verwandle.*

Und vielleicht sollte er, der Mächtige, schon jetzt eingreifen und das Spiel beenden. Die Figuren vom Brett fegen, mit einem einzigen gut berechneten Schlag.

Flammen, dachte er. *Reinigendes Feuer! Fressend und knisternd und kreischend. Flammen, schwarzen Staub bringend und weiße Asche.*

Der Mächtige hob seinen schweren Runenstab aus Silber mit beiden Händen über sich empor. Er schloss die Augen nicht, denn er hatte keine Lider, sondern konzentrierte sich mit zusammengepressten Lippen. Langsam, während seine Hände den Runenstab so fest packten, dass Sehnen und Muskeln anschwollen, entstand das Bild des Grubendorfes in seinem Kopf. Der Glimmerbach, der es durchschnitt. An seinen Ufern die gespiegelten Hütten, der kleine Dunkel-See. Aufgefangene Gespräche am Wasser, die dem Mächtigen den Steinbruch gezeigt hatten und das Bergwerk. Und jetzt sah er schlafende Menschen vor sich, träumend in Alb oder Glück.

Narren!, dachte der Mächtige und streckte seine Arme noch höher hinauf. Seine Lippen zogen sich voller Anstrengung über seinen Zähnen hoch.
Jetzt!
Zischend entlud sich ein greller Blitz aus der Spitze des Stabes. Und stürzte wie ein riesiger, flammender Speer durch die Nacht.
Und nicht lange nachdem Dorian aufgebrochen war, im letzten Viertel der Nacht, als der Schlaf am tiefsten war in seinen Bewohnern, erfasste eine Feuersbrunst das Grubendorf.
Und Klagen und Schreie drangen in die Dunkelheit.

Aufbruch

Dorian stand auf der Wiese, auf seiner Wiese, und versuchte sich zu entscheiden. In welche Richtung sollte er gehen? Genau hier hatte ihn Elron angesprochen, das wusste er noch. Hier hatte vor einem Jahr das ganze Elend angefangen. Aber in welche Richtung war der Alte verschwunden?

Dorian konnte sich nicht erinnern. Nicht nach Norden natürlich, zurück ins Grubendorf, und auch nicht nach Westen. Also der Osten, wo das nächste Dorf lag, die Bauernsiedlung Halblang?

Oder nach Süden in Richtung des Knarrenden Waldes?

Dorian fluchte. Lange durfte er hier nicht zögern – er wollte noch in dieser Nacht so weit wie möglich vom Grubendorf wegkommen.

Er lauschte den Schnappeulen im Wald und dem Wind. Damals war es auch windig gewesen, überlegte er. Als der Alte über die Wiese fortgegangen war nach – Osten? Oder doch Süden? Dorian schluckte.

Warum habe ich nicht besser aufgepasst, dachte er. Bin schon ein toller Abenteurer.

Ratlos blickte der Junge zu den Sternen hoch und erinnerte sich, wie sein Vater ihm Geschichten erzählt hatte über die weißen Flecken im Mond. Steinbrüche wären das aus reinem Kristall, die so hell waren, dass das Gestirn leuchtete in der Nacht ...

Wenn sich Dorian auch das Gesicht seines Vaters nicht mehr richtig vorstellen konnte, an seine Stimme erinnerte er sich noch sehr genau. *Wenn du mal nicht weiterweißt, Sohn,* hatte er einmal gesagt, *wenn du dich entscheiden musst und nicht kannst, dann setze*

dich einfach in Bewegung. Bewegung ist Leben. Dann hatte sein Vater gelächelt und hinzugefügt: *Und auf jeden Fall besser als stehen bleiben!*
Dorian zuckte zusammen, als erneut eine Schnappeule schrie. Aus südlicher Richtung – und sie schien ihn zu rufen.
Er rannte los, spürte das angenehme Gewicht des Grubenhammers an seiner Hüfte. Er rannte los – auf die nachtdunkle Mauer des Knarrenden Waldes zu.
Wie still es dort zwischen den Bäumen war. Dorian kannte den Wald ganz gut, schon oft war er hier gewesen und hatte ihn erforscht. Aber immer nur tagsüber. Jetzt verfehlte er manchmal den Weg oder erschrak über trockene Zweige, die unter seinen Stiefeln knackten.
Je weiter er in den Wald eindrang, desto dichter standen die Stämme und ihr Laub hoch oben in den Baumkronen – sie verschluckten einen Stern nach dem andern.
Tolle Idee, dachte er, mitten in der Nacht in den Wald zu rennen.
Zum Glück war der schmale Hauptpfad tief ausgetreten und Dorian hielt sich in der Mitte. Außerdem gewöhnten sich seine Augen mit der Zeit an die Dunkelheit, sodass er schneller gehen konnte.
Immer noch war es still: Ab und an heulte eine Schnappeule auf – das waren seltsame Tiere, die von Waldluft lebten und nach ihr schnappten. Mäuse, Igel, Füchse und wer weiß was sonst noch schnüffelten und tapsten durch das Dunkel – weiter hörte Dorian keinen Laut.
Am Tag sangen hier die Vögel und die mächtigen Baumstämme schwankten im Wind, knarrten und ächzten dabei, dass einem ganz unheimlich wurde. Dann

dachte man immer, dass sich irgendwo quietschend eine Tür öffne und grausame Dämonen heranschlichen.
Aber jetzt war der Wald ruhig.
Schlief er?
War der Nachtwind zu schwach um durch die Äste zu fliegen?
Dorian begann leise vor sich hin zu summen. Bald musste die große Lichtung kommen mit dem Funkelbrunnen darauf.
Weiter war Dorian nie gegangen.
Dahinter war alles neu.

Eine Schnappeule glitt über ihn hinweg, schluckte Luft und klatschte mit den Flügeln höhnischen Applaus. Der Griff des Grubenhammers, den Dorian am Gürtel trug, schlug bei jedem Schritt an sein Bein – mittlerweile tat es weh. Und die Dunkelheit schien noch dichter zu werden. Wann kam endlich diese Lichtung? Warum erschienen einem in der Nacht Entfernungen immer viel größer?
Dorian ging weiter durch den schweigsamen Wald.
Zweimal verlor er den Pfad und tastete sich mühsam zurück; oft blieb er stehen und lauschte. Er wurde sehr müde und glaubte einmal, sich vollständig verirrt zu haben. Aber endlich machte er einen Fleck vor sich aus, der nicht ganz so dunkel schien wie alles andere: die Lichtung, beleuchtet vom Mond.
Als er sie erreichte, ließ er sich auf den Funkelbrunnen sinken und schöpfte ein paar Hand voll Wasser. Wie lange er wohl schon unterwegs war? Eine, vielleicht zwei Stunden? Durstig trank er weiter und blickte dann in den Brunnen hinab. Ganz unten erkannte er eine Schicht

Weißkristalle, die tagsüber das Sonnenlicht reflektierten und das Wasser zum Funkeln brachten: Von ihnen hatte der Brunnen seinen Namen. Jetzt aber blitzten nur Sterne und Mond herauf wie leuchtende Irrlichter.
Noch einmal fuhr Dorian mit der Hand hinein, rührte aber nur kurz im Wasser herum und brachte die Lichter zum Tanzen.
Beim Diamanten!
Erschrocken zog er die Hand zurück, als hätte er sich verbrannt: Die schwingenden Lichter, die Sterne, die sich auf der Wasseroberfläche und im Weißkristall spiegelten, schienen plötzlich ein Gesicht zu formen! Dorian schreckte auf, drückte sich vom Brunnenrand hoch und wollte wegrennen, zwang seinen Blick aber doch wieder hinunter ins Wasser.
Er ahnte, was er sehen würde.
Und wirklich. In der Stille der Nacht bildete sich eine leuchtende Fratze auf der Oberfläche des Brunnens – das düstere Nebelgesicht von damals, das die Sonne verdunkelt hatte! Zugleich gebannt und entsetzt starrte Dorian hinunter auf den glühenden Kopf mit den riesigen Augen, die leblos aus dem Schädel starrten. Schwarzes dichtes Haar, aber keine Augenbrauen, eine kühne Nase und zwei breite Narben auf der rechten Wange.
Und das Schlimmste: Das Gesicht lächelte.
Lächelte böse.
Eine Täuschung!, brüllte Dorian lautlos und keuchte.
Er konnte sich nicht losreißen. Gegen seinen Willen fasziniert blickte er weiter auf das Wasser im Brunnen und das nun spöttisch grinsende Gesicht. Und er meinte jetzt ein raues Gluckern zu hören, ein leises Flüstern, das Murmeln einer jungen Quelle. Und wenig später hörte er, ja, Worte: »Sag deinen Namen!«

Dorian blickte sich zitternd um, aber er war allein, allein mit Schnappeulen und dem schlafenden Wald. Zögernd beugte er sich erneut zu dem Brunnen. Wenn er genau hinschaute, konnte er beobachten, wie das grässliche Gesicht im Wasser seine Lippen bewegte. Und die Worte formte: »Sag deinen Namen!«
Immer wieder.
Nur dieser Satz, leise gemurmelt, aber befehlend und eindringlich. *Sag deinen Namen, deinen Namen!*
Hypnotisiert stand Dorian auf der Waldlichtung und lauschte der Stimme. Es schien ihm, als sei er nur noch Auge und Ohr: Er *sah* nur die schreckliche Fratze im Wasser und er *hörte* nur den geflüsterten Befehl: *Sag deinen Namen.*
Diese Stimme hatte etwas seltsam Vertrautes und lullte ihn ein; die Wiederholung beruhigte ihn. *Sag deinen Namen, deinen Namen!* Fast wie ein Lied. Und warum wurde er plötzlich so müde? Was machte er eigentlich hier im Wald, mitten in der Nacht. *Deinen Namen ... sag deinen Namen!* Warum nicht? Ja, es wäre gut, dieser Bitte nachzukommen. Aber war es eine Bitte? In Dorians Kopf drehte sich alles. *Deinen Namen* ... Ja, natürlich. Sein Name. Ihn aussprechen, und dann wäre er ruhiger und frei und nicht mehr so müde. Ja. Ja! Er würde jetzt seinen –
Hör auf! Namen sind mächtig!
Ein neues Raunen, das nicht von außen zu kommen schien, wie die murmelnde Stimme, sondern direkt aus Dorians Kopf. Wer hatte das noch gesagt? *Namen sind mächtig?* War es nicht Elron gewesen? Beim Diamanten, war er müde!
Und weiter flüsterte das Spiegelgesicht seine herrische Formel, wurde drängender, verlor den schmeichelnden

und süßen Klang, gewann an Zorn und Einfluss: *Sag deinen Namen!!! Sag ihn!!!*
Dorian konnte sich nicht dagegen wehren. Er spürte, wie seine Zunge sich oben an den Gaumen presste um das »D« zu formen. Elron, ja! Der hatte ihn gewarnt! Aber ...
SAG DEINEN NAMEN!
Ohne nachzudenken und mit aller Kraft riss Dorian den Grubenhammer vom Gürtel, schwang ihn hoch – *DEINEN NAMEN!* - und schlug auf das höhnische Gesicht im Wasser ein und schrie auf, schrie laut, um seinen Namen nicht preiszugeben, schrie wild.
Die Fratze zerbrach, das Flüstern verstummte.
Schwitzend und voll seltsamem Ekel fiel Dorian neben den Brunnen in das vom Nachttau feuchte Moos. Hastig wischte er den Hammer daran ab – als wäre das Werkzug beschmutzt worden.
»Sag du mir doch deinen Namen«, keuchte er laut und schüttelte den Kopf, der immer noch nicht wieder ganz klar war.
Was für ein Wahnsinn! Was sollte das alles? Er war schließlich nur ein Junge aus einem unbedeutenden Grubendorf. Ein kleiner Junge noch dazu, mit einem Hammer, den er eigentlich noch gar nicht tragen durfte, und einer weißen Katze, die wohl gerade am Glimmerbach vor sich hin träumte.
Er verstand gar nichts. Und doch spürte er, wie zwei mächtige Kräfte an ihm zerrten und ihn auseinander zu reißen drohten. Dieses Gesicht, das in Wolken und Wasser auftauchte – und Elron.
Müde schloss Dorian die Augen und dachte an seine Wiese. An die kristallenen Flecken auf dem Mond, an Elrons dürre Finger und die Narben im flüsternden Ge-

sicht. Er dachte an die Hütte von Onkel Krolo und sein Bett, das oben stand, warm und einladend ...
Nicht einschlafen! Er durfte jetzt noch kein Nickerchen machen, verdammt! Noch war er viel zu nahe an seinem Zuhause.
Zuhause!
Wütend fuhr er sich mit den Händen durch die Haare. Zuhause. Dorian lachte.
Mit seinem Vater schien ihm auch die Heimat gestorben zu sein.
Und mit den Farben war auch das Kindsein vertrocknet.

Todmüde stand er auf, steckte den Hammer in den Gürtel, suchte weiter den Weg nach Süden. Er zwang sich nicht an die unheimliche Fratze zu denken, nicht an Elron und daran, wie er ihn überhaupt finden sollte. Am Fensterbrett, mit Muntra im Arm, war ihm alles so einfach vorgekommen: losgehen und Elron suchen. Aber jetzt?
Erst viele Stunden und Schnappeulenschreie später erreichte er die letzten Bäume. Er hatte ja keine Ahnung gehabt, wie groß der Knarrende Wald wirklich war!
Fast geblendet vom plötzlich aufleuchtenden Sternenlicht stolperte Dorian am Waldrand entlang und blinzelte zum Himmel hoch. Gott, wie herrlich das war!
Er erinnerte sich an eine andere Nacht, im Winter vor sechs oder sieben Jahren. Sein Vater hatte ihn wachgerüttelt und nach draußen geführt: in eine kalte, aber sternklare Welt.
»Schau dir das an, Junge«, hatte sein Vater gesagt und neben ihm in den Himmel geblickt.
»Was sind Sterne?«, hatte Dorian gefragt.
»Ich weiß es nicht.«

»Wie viele gibt es?«
»Ich weiß es nicht.«
»Warum sind manche heller als die anderen?«
»Auch das kann ich dir nicht sagen.«
Dann hatte sein Vater lange geschwiegen. Schließlich meinte er: »Man muss nicht alles genau verstehen, Dorian. Ich weiß vielleicht nicht viel über die Sterne, aber eines doch: Sie sind schön.«
Dorian spürte Tränen im Gesicht und wischte sie weg. Er wollte nicht mehr weinen, nie mehr. Es war genug. Er schwor es auf diese Sterne, auf den Grubenhammer seines Vaters. Nie mehr.
Ich werde nie mehr weinen!
Entschlossen suchte er den Südstern, den ihm sein Vater damals gezeigt hatte, und ging los, müde – aber mit neuer Kraft.
Als die Sterne schließlich verblassten, war er schon ein gutes Stück vom Knarrenden Wald entfernt. Die Sonne ging auf, aber er sah ja keine Farben, sondern erkannte nur einen hellen Kreis aus matschigem, farblosem Grau. Um ihn herum lag eine trockene Ebene, auf der nur kleine Sträucher wuchsen und harte, feste Gräser.
Eine Weile ruhte er sich aus und frühstückte von seinen mageren Vorräten. Dann ging er weiter – denn sollte er jetzt länger sitzen bleiben, würde er sofort einschlafen. Nächste Nacht, versprach er sich, werde ich schlafen. Dann bin ich weit genug weg. Und um seinen Kopf zu beschäftigen, malte er sich aus, wie seine Tante das leere Bett entdecken würde. Vielleicht machte sie sich ja doch ein bisschen Sorgen? Und Harm Katzengold würde sich ein neues Opfer für seine Streitereien suchen müssen. Dorian grinste müde. Und Muntra? Würde die Katze ihn vermissen?

Stur marschierte er weiter. Je höher die Sonne stieg, desto schwieriger wurde es, die Himmelsrichtung zu bestimmen. Aber war es nicht auch egal? Welche Garantie hatte er, dass Elron tatsächlich nach Süden gegangen war? *Bewegung ist besser, als stehen bleiben,* dachte Dorian. Entschlossen stapfte er durch brüchiges Gras und blickte nicht zurück.
Deshalb sah er nicht die Linie des Knarrenden Waldes, die langsam am Horizont verschwand, und auch nicht die schmutzigen Rauchwolken dahinter, wo das Grubendorf immer noch brannte.
Endlich, am Nachmittag, war er kurz vor dem Zusammenbrechen. Seine Beine taten vom ungewohnten Laufen weh und seine Kehle war trocken. Den Lederbeutel mit Wasser hatte er schon fast ausgetrunken, eine Reserve musste er sich aufsparen. Aber noch schlimmer als sein Durst war die Müdigkeit. Vielleicht, ja, vielleicht sollte er sich doch ein schattiges Plätzchen suchen.
Nein, ich gehe weiter bis zur Dämmerung!
Eine Stunde später taumelte er nur noch, schleppte sich aber immer weiter durch die endlose Ödnis. Schließlich lag ein großer Stein vor ihm. Dorian wollte drum herumgehen, aber seine Füße hatten keine Lust, auszuweichen: Er stolperte und fiel ins trockene, scharfkantige Gras.
Lange lag er da und keuchte. Gerne hätte er einen der wenigen Halme abgerissen und darauf herumgekaut, aber die graue Nichtfarbe der Pflanze machte ihn nur traurig.
Steh auf!, sagte er zu sich selbst, aber sein Körper gehorchte nicht. Los, komm schon! Hoch mit dir!
»Bleib ruhig liegen«, meldete sich eine hohe, schnarrende Stimme. »So unterhält es sich besser.«
Dorian drehte erschrocken den Kopf und entdeckte et-

was, das aussah wie eine mehr als handgroße Heuschrecke.
»Ein sprechender Grashüpfer«, sagte er verblüfft.
»Und wenn es so wäre?«, erwiderte das Insekt. »Ihr Menschen seid doch wirklich komisch. Warum sollten Käfer nicht sprechen oder Bienen? Ihr glaubt immer nur das, von dem ihr meint, es sei die Wahrheit.«
»Noch schlimmer«, meinte Dorian, »ein moralisierender Grashüpfer«.
»Aber eins muss man euch Menschen lassen: Ihr achtet die Muse, Dichtung und Musik und habt noch dazu Humor!« Das Wesen neben Dorians Kopf fuhr sich blitzartig mit einem Beinchen über die großen Insektenaugen und verbeugte sich dann.
»Ich bin Gilgil, der Sänger. Und wer bist du?«
»Ich, äh ...« Dorian war misstrauisch und verstummte. *Namen sind kostbar!,* hörte er Elron sagen.
»Du bist ein müder Menschenjunge. Sehr erfreut, dich kennen zu lernen.« Das Tier schien sein Schweigen nicht zu kümmern.
»Äh, gleichfalls. Wohnst du hier, hm, Gilgil?«
»Nein. Ich stehe nur seit Wochen hier herum und warte auf dich.« Gilgil streckte plötzlich sein linkes Hinterbein aus und faltete es wieder zusammen.
»Ein Scherz«, schnarrte er. »Doch, ich lebe hier. Dies ist mein Reich: die Sorglose Steppe.«
»Sorglos«, brummte Dorian, der immer noch im grauen Gras lag und verwundert das Insekt anstarrte.
Gilgil kam näher, bis seine Facettenaugen kalt neben Dorians Gesicht glitzerten.
»Und was machst du hier?«, fragte die übergroße Heuschrecke.
»Ich, äh, suche jemanden«, antwortete Dorian zögernd.

Er war so müde. Und durstig.

»Ah, sicherlich ein schönes Menschenmädchen. Erzähle, erzähle! Ich werde ein herrliches Lied daraus dichten.«

»Äh, nein.«

»Du willst nicht berichten?«

»Nein, ich meine: kein Mädchen. Ich suche einen Mann.« Dorian überlegte. Irgendjemanden musste er sowieso fragen. Und Gilgil sah harmlos aus. Trotzdem. Er durfte nicht unvorsichtig werden. Aber irgendwie musste er ja weiterkommen. Irgendwen musste er fragen.

»Ich suche einen Mann namens Elron.«

Nachdenklich zupfte sich Gilgil an den langen Fühlern.

»Elron, Elron ... Du meinst doch nicht etwa *den* Elron. Den Zauberer?«

Dorian lief eine Gänsehaut über den Rücken.

»Ein ganz dürrer Alter mit verschrumpeltem Gesicht, kleiner Nase und schmalem Strichmund?«, fragte er aufgeregt und vergaß für einen Moment seine Erschöpfung.

Gilgil schüttelte seinen gepanzerten Kopf. »Nein, dann ist ers nicht. Das *Lied von Elron* beschreibt einen mächtigen jungen Magier. Ist allerdings schon hundert Jahre alt.«

»Wer?«

»Na, das Lied natürlich. Bist du immer so begriffsstutzig oder kommt das von der Müdigkeit?«

Bevor Dorian antworten konnte, sprach Gilgil weiter: »Leider ist nur ein Fragment des Liedes überliefert, wenn du verstehst, was ich meine.«

Dann öffnete der seltsame Sänger seine Flügel und zupfte ein paar Töne, die er mitsummte. Die filigranen,

fast durchsichtigen Flügel strafften sich und vibrierten rhythmisch.
Und Gilgil begann:
»Elron schlägt die Zauberhände vor sein Gesicht,
aus seinen Tränen fließt ein überirdisch Licht.
Der Stab liegt auf der Erde, der die Schlacht entschied.
Keiner mehr um Elron, der am Leben blieb.
Elron weint und er träumt von Farben,
die um ihn herum erloschen und starben.
Der Preis war hoch für Rot, Gelb und Blau -
am Boden liegt seine sterbende Frau.
Und Elrons starke Zauberhände bedecken sein Gesicht,
aus seinen Tränen fließt ein überirdisch Licht.«
Die Heuschrecke verstummte.
Dorian war so müde und durstig, dass er nicht klar denken konnte. Seine Gedanken schwirrten im Kopf herum wie ein Schwarm Mücken. Handelte dies Lied von seinem Elron? Und was bedeutete es überhaupt? Farben, Tod und Tränen. Elron, der Zauberer. Eine tote Frau. Elron, Rot, Gelb und Blau.
Hundert Jahre alt?
Warum war es so schwierig, sich zu konzentrieren?
»Gibt es hier irgendwo Wasser?«, fragte er mühsam.
»Oh, sicher. Keine tausend Hüpfer von hier entfernt.«
Obwohl seine Zunge trocken wie Gipsstaub im Mund lag, musste Dorian lachen.
»Noch eine Frage, Gilgil: Wie weit kannst du springen?«
Schon kurze Zeit später hatten sie einen kleinen Fluss erreicht und Dorian trank wie ein Pferd – mit dem Kopf im Wasser. Und sogar ein paar Kalleebäume mit reifen Früchten wuchsen an dieser Stelle, an die ihn Gilgil geführt hatte, sodass er sich sogar satt essen konnte.
»Ah, viel besser!«, seufzte er nach einer Weile. Dann

hockte er sich hin, zog seine Stiefel aus und ließ die Füße im Wasser baumeln. Gilgil hüpfte auf seine Schulter.

»Woher kennst du dieses Lied?«, wollte Dorian wissen.

»Ich bin Sänger, Menschenjunge. Seit Generationen sammelt meine Familie Melodien und Verse. Ich kenne Hunderte von Liedern. Möchtest du ein paar hören? Das Trinklied von Bastia vielleicht? Die Klage vom verschwundenen Riesen? Oder die Ballade von Rummanoch, dem Drachenzähmer?«

»Ähm, später vielleicht.« Ausweichend stopfte sich Dorian noch eine Kalleefrucht in den Mund. »Im Moment interessiert mich noch das Elron-Stück.«

Gilgil schnalzte und rieb an seinen Beinchen.

»Soweit ich mich erinnere«, meinte er nach kurzem Nachdenken, »hat dies Lied meine Urururururur-und-noch-viele-urs-dazwischen-Großmutter gesungen. Ich glaube, sie kannte Elron.«

»Und warum ist es unvollständig?«

»Ja nun.« Gilgil wurde zusehends unruhiger. »Sie starb, bevor ihr Sohn die restlichen Strophen lernen konnte. Sehr schlechte Zeiten damals.«

»Schlechte Zeiten?« Dorians Gedanken schossen hin und her. »Hatte das mit dieser, hm ...« Aufgeregt verhaspelte er sich. «... mit diesen verlorenen Farben zu tun?«

Gilgil antwortete nicht, sondern schlug ein paar Töne auf seinen Körpersaiten an. Die Flügel schienen zu tanzen.

»Mag sein, Menschenjunge ohne Name. Mag sein. Schlechte Zeiten damals.« Nervös hüpfte der Sänger neben Dorians Kopf auf und ab. »Ich muss jetzt gehen«, schnarrte er plötzlich.

»Bitte warte, Gilgil!« Dorian überlegte fieberhaft. Irgendwie musste das Tier ihm doch weiterhelfen können. Es schien mehr zu wissen, als es sagen wollte. »Dieser Elron«, fragte er. »Weißt du, wo er lebt, ich meine, hm, wo er gelebt hat?«

Die Heuschrecke zirpte und hüpfte endlich von Dorians Schulter. »Soweit ich weiß und wenn meine Urururururur-und-noch-viele-urs-dazwischen-Großmutter sich nicht irrte, zog sich Elron nach der Schlacht um die Farben ins Verlorene Tal zurück.«

»Wo ist das?«

»Ich glaube kaum, dass es ein guter Ort für dich ist.« Gilgil schien sich immer unwohler in seinem Panzer zu fühlen.

»Aber ich muss ihn finden, Sänger!«

»Elron ist schon lange tot.«

»Und wenn nicht?«

Gilgil rieb seine Sprungfüße klirrend aneinander – so seufzen Grashüpfer, wie Dorian später erfuhr.

»Ich wünschte, du würdest nach einem schönen Menschenmädchen suchen. Dann könnte ich eine einfühlsame Ballade ...«

Dorian wartete stumm.

»Ja, also. Aber wenn du wirklich ins Verlorene Tal willst: Es liegt im Süden. Viele hunderttausend Hüpfer von hier entfernt.«

Das Herz des Jungen begann heftig zu pochen. Süden. Er war also doch auf dem richtigen Weg!

»Danke, Gilgil. Wenn ich zurückkomme, werde ich dir eine lange Geschichte für dein Lied erzählen.«

Wieder rieb das Tier seine Beinchen.

»Falls du zurückkommst«, schnarrte er dann.

Und noch einmal sprang Gilgil auf die Schulter des Jungen. Seine kristallenen Augen waren Dorian ganz nahe.

Sie sehen aus wie Minerale, dachte er, wie sechseckige Eisenglanzkristalle.
»Du bist hier im Zentrum der Sorglosen Steppe«, zirpte das Tier. »Es ist ein verlassenes und menschenleeres Gebiet. Weiter im Süden erreichst du die Ebene der Kleinen Hügel. Dort ist es noch einsamer. Dahinter liegt das Handelsdorf Büttig. Frag dort nach Elron und dem Verlorenen Tal.«
Gilgil hüpfte hinunter.
»Viel Glück, Menschenjunge ohne Namen!«
Und damit sprang er gemächlich davon, leise vor sich hin singend und mit den Flügeln im Takt winkend.
Dorian blieb der Text dieses Liedes für immer im Gedächtnis, auch als die seltsame Heuschrecke schon längst verschwunden war:
Elron schlägt die Zauberhände vor sein Gesicht,
aus seinen Tränen fließt ein überirdisch Licht.

Am Rand der Schwimmenden Wüste stand der Mächtige, drohend und steif. Draußen war es jetzt Tag, die Sonne brannte herunter und schmolz die Dünen zu staubigen Wellen. Drinnen die Burg, umgeben von der brennenden Mauer, war leer und kalt und nur spärlich leuchteten die Fackeln. Aber das störte ihn nicht.
Seine Augen ohne Lider starrten auf den vor ihm knienden Knecht. Früher hatte der Mächtige eine ganze Armee von Vasallen befehligt, willige und starke Marionetten in seinen Händen.
Aber das war vor der großen Schlacht gewesen. Vor seinem Kampf mit Elron. Jetzt war ihm nur noch dieser eine Knecht geblieben. Ein guter Kämpfer. Aber nur einer.
Ohne eine einzige Regung im vernarbten Gesicht starrte er auf die kniende schwarze Gestalt, auf seinen

letzten Getreuen. Und dachte an seine Gegner, den alten Schwätzer Elron und diesen Jungen. Der war stärker gewesen, als der Mächtige gedacht hatte. Was vom Glimmerbach nicht verdampft war im Feuer, hatte ihm seinen Fehlschlag gezeigt. Der Junge war entkommen, war nicht verbrannt im Grubendorf.
Und noch schlimmer: Das Bauernkind hatte später seinen Bann gebrochen, am Funkelbrunnen.
Er hatte diesen Tölpel von Kohlejungen unterschätzt.
Der Mächtige strich wie so oft über sein Gesicht. Achtete schon lange nicht mehr auf seinen Knecht am Boden. Blickte ins Leere.
Ich muss ihn aufhalten, dachte er.
Der kleine Fluss in der Sorglosen Steppe hatte ihm gezeigt, wie der Junge Gilgil gefunden hatte. Dieses jaulende Insekt.
Kaum wahrnehmbar neigte der Mächtige den Kopf, aber sein Knecht bemerkte es und kreuzte erwartungsvoll die Arme vor der Brust.
Der Herrscher der Flammenden Festung sagte nur zwei Worte.
»In Büttig!«, flüsterte er und seine Stimme war zwar leise wie nieselnder Regen, aber zerstörerisch wie ein Hagelsturm.
Der in schwarzes Leder gekleidete Hüne richtete sich auf und nickte. Langsam zog er seine dicken Handschuhe noch fester. Er musste schwitzen, hier in der mörderischen Hitze der Schwimmenden Wüste, aber er ließ sich nichts anmerken. Eine scharf geschliffene Doppelaxt hing am breiten Gürtel und sein Gesicht verzog sich vor gieriger Freude.
»In Büttig, Herr!«, wiederholte der Knecht des Namenlosen.

Der Verdacht

Dorian ging weiter, bis die Nacht hereinbrach. Dann ließ er sich erschöpft in das Gras der Sorglosen Steppe fallen. Er aß die letzten Kalleebaumfrüchte, die er am Fluss mitgenommen hatte, und schmiegte sich in die trockenen Halme. Schaute zu, wie die von dünnen Wolken verschmierte Sonne am Horizont verschwand, wie das Licht noch einmal aufzuleuchten schien und dann langsam verblasste. Dorian freute sich auf die Dunkelheit, die das hässliche Grau der Welt auslöschte. Und schlafen, endlich schlafen! Ein Glück nur, dass es warm war und er nicht einen geschützten Platz suchen musste. Was, wenn er im Winter losgegangen wäre?
Dorian drückte sich eng an den vom Sonnentag gewärmten Boden und schloss die Augen. Aber er konnte nicht einschlafen, obwohl er doch so müde war. Ruhelos drehte er sich hin und her und das Denken kreiste mit seinem Körper. Elron, der Zauberer. Das Gesicht im Funkelbrunnen. *Liebst du die Wiese?* Sein Vater, auf die Sterne zeigend, und neben ihm ein wütender Harm Katzengold. Die flüsternde Stimme: *»Sag deinen Namen ...«*
Es dauerte lange, bis der Schlaf ihn endlich einholte, dem er eine Nacht und einen Tag davongelaufen war.

»Nein!«
Dorian brüllte und sein Traum erlosch erst, als er die Augen aufriss. *Der* Traum. Die letzten Wochen hatte er ihn nicht gehabt, da waren verschwundene Farben seine Nachtbilder gewesen und das faltige Gesicht Elrons. Aber davor war er oft gekommen, manchmal Tag um Tag, Nacht um Nacht.

Der Traum:
Sein Vater, der im niedrigen Grubengang steht. Nur schwach beleuchtet von einer flackernden Öllampe, die Dorian ihm hält. Sein Vater, wie er einen frischen Kohleflöz aufmeißelt und lächelt, weil der sehr ergiebig scheint. Feiner schwarzer Staub in der muffigen Luft und das Schlagen des Hammers. Sein Vater, der ihn losschickt, um die Lore zu holen, ihm lachend zuzwinkernd. Das Gesicht schwarz von der Kohle – wenn er die Augen schließt, erscheinen zwei weiße Kreise. Dorian, der die Lampe abstellt, zurücklächelt und zum Gegenstollen läuft, zur Lore. Und dann – dann ein Knistern im Stein, das leise Knacken in den hölzernen Stützbalken, ein Rieseln im Berg. Dorian, der sich umdreht zu seinem aufschreienden Vater, und zu einer Lawine aus Stein und Sand und Kohle ...
Keuchend setzte sich der Junge auf und blickte sich um: Morgendliches Zwielicht beleuchtete die Sorglose Steppe und Nebelschwaden tanzten auf ihr herum. Es war noch früh.
Durchgefroren und mit steifen Gliedern kam Dorian hoch und wanderte, auf den Muskelkater in seinen Beinen fluchend, weiter Richtung Süden.
Es wurde ein leerer Tag: Nichts passierte. Er fand ein paar Kalleebäume und andere Früchte; an einem kleinen See kam er vorbei, wo er seinen Trinkbeutel auffüllte. Die Steppe wollte und wollte nicht enden. Hatte Gilgil ihn in die Irre geführt?
Als es dunkel wurde und er wieder fast im Stehen einschlief, legte er sich hin und schaute abermals dem Sonnenuntergang zu. Da näherte sich von Norden ein gigantischer Vogel und diesmal bemerkte Dorian ihn. Fasziniert beobachtete er das riesige, aber schlanke

Tier, mit schlangenähnlichem Hals und breiten, spitz zulaufenden Flügeln. So ein Wesen hatte er noch nie gesehen, doch er erinnerte sich. An alte Geschichten, die sein Vater erzählt hatte und Hanna Marienglas. Über einen einsamen Vogel, der ständig auf der Suche war und immer weiter flog. Ja, das musste ein Mulubronn sein.

Dorian schaute ihm lange hinterher, und noch als seine Augen schon geschlossen waren, blickte er in die Richtung, in der das Tier verschwunden war. Auch beim Einschlafen dachte er an ihn und hätte sehr gerne gewusst, welche Farbe ein Mulubronn trägt.

Farben!

Am nächsten Tag stand Dorian wieder mit der Sonne auf – und wieder mit einem bitteren Geschmack im Mund: *der* Traum.

Und als könnte er vor ihm weglaufen, packte er schnell seinen Rucksack auf die Schultern und ging los. Immer Richtung Süden. Dorthin war auch der Mulubronn verschwunden.

Ein gutes Omen? Oder ein schlechtes?

Und endlich sah er am Horizont ein paar kleine Steinkuppen auftauchen – das musste die Ebene der Kleinen Hügel sein.

Wird ja auch Zeit, dachte Dorian und ging erleichtert auf sie zu.

Aber es dauerte noch eine gute Weile, bis er die ersten Ausläufer erreichte und die Sorglose Steppe hinter sich ließ.

Verwundert und staunend blickte er sich in dieser neuen Landschaft um: Die Hügel waren wirklich, nun, klein – vielleicht zehn, höchstens fünfzehn Meter hoch. Sie stiegen wie kreisrunde Inseln aus dem trockenen

Steppengras empor, und als Dorian den ersten bestiegen hatte, blickte er auf Hunderte, vielleicht Tausende dieser Hügel vor ihm. Alle waren sehr ähnlich geformt und trotzdem sahen sie ganz anders aus: Einige waren völlig kahl und felsig, aber stets aus unterschiedlichem Gestein, andere mit jeweils einer einzigen, immer anderen Grassorte bewachsen. Auf dem einen wuchsen dicht stehende Nadelbäume, auf einem zweiten nur Laubgehölze, nur Kalleebäume oder bloß Raschelbüsche. Dort sah Dorian eine Blumenwiese, hier erkannte er die stacheligen Dornenulmen, die es eigentlich nur in der Wüste gab – und immer so weiter.

Es war wie ein künstlich angelegter und weltumspannender Garten mit ganz unterschiedlichen Blumenbeeten, den Hügeln eben.

Es war so, als wenn ein kindlicher Gott alle Möglichkeiten eines Berges ausprobiert hätte, und die Hügel wären seine Puppenhäuser.

Dorian blickte in die Ebene der Kleinen Hügel und musste sich zwingen weiterzugehen. Der Ort schien ihm verzaubert und großartig zugleich. Und Gilgil hatte Recht gehabt mit seiner Beschreibung: einsam und menschenleer.

Bis zum Einbruch der Nacht lief er durch diese Landschaft aus immer gleich geformten Kuppeln, sah viele Pflanzen, die er noch nie erblickt hatte, und manches, was er nur aus Geschichten kannte. Das hier etwa musste ein Wäldchen von Zwitscherblumen sein, denn die unscheinbaren Blüttenblätter sangen wie Vögel. Und dort ein Hügel mit wuchernden Tierbüschen, die sich knorrig zu Bären und Füchsen formten. Später war eine Kuppe vollständig mit blühenden Rosen bedeckt und Dorian musste ans Grubendorf denken, an den Rosen-

stock vor der Hütte. Aber auch an einem Berg aus reinem Silber kam er vorbei und einer Miniaturversion des Knarrenden Waldes.
Verrückt.
Meistens ging er zwischen den Hügeln hindurch und bestieg sie nur um sich besser zu orientieren. Als es schließlich zu dunkel wurde um weiterzumarschieren, kletterte er auf einen, der mit besonders seltsamen Bäumen bewachsen war: Äste und Stämme schienen wie aufgeblasen, als hätten die Pflanzen voll gefressene Bäuche.
Oje, dachte Dorian und ging vorsichtig auf einen zu.
Er hörte innen ein leises Zischen, ein helles Glucksen.
Langsam berührte er einen bauchigen, prallen Ast, aber wohl nicht vorsichtig genug: Der Baum platzte auf und etwas spritzte und sprudelte klatschend auf ihn herab.
Wasser!
Ein Trinkbaum, dachte Dorian verblüfft und löschte seinen Durst.
Erschöpft schlief er ein und wieder träumte er *den* Traum.
Aber nicht nur deshalb erwachte er unruhig und ängstlich: Der Morgenhimmel hatte sich bezogen, sodass eine einheitliche Wolkendecke dick über der Erde hing.
Ein düsteres Zwielicht herrschte, und noch schlimmer – Dorian konnte die Sonne nicht mehr sehen. Wie sollte er ohne sie nach Süden finden?
Schaudernd stellte der Junge sich vor, wie er tage- und wochenlang von Hügel zu Hügel irrte und keinen Ausweg mehr fand.
Ich hätte am Rand entlanggehen sollen, dachte er, bis ich irgendwann nach Büttig gekommen wäre. Quer

durch diese Ebene zu gehen, war ein schlimmer Fehler. Noch lange stierte er zum Himmel hinauf und ärgerte sich über sich selbst. Die besten Ideen kamen einem immer zu spät.

Doch die Sonne blieb verschwunden und ließ sich auch von Dorians Selbstvorwürfen nicht hervorlocken. Schließlich, nachdem er wütend ein paar Trinkbäume zum Platzen gebracht hatte, erinnerte er sich an seinen Vater. Der hatte immer gesagt: *Der Sinn eines Fehlers ist es, ihn zu machen.*

Damals war Dorian dieser Satz ziemlich dumm vorgekommen, aber jetzt tröstete er ihn irgendwie.

Ich habe bestimmt Glück und finde den Weg, dachte er.

Aber er hatte kein Glück. Er irrte von Hügel zu Hügel, stets mit dem Gefühl, in die falsche Richtung zu gehen. Mal lief er nach rechts, mal nach links – und sah doch immer nur, wenn er einen neuen Aussichtspunkt erreicht hatte: Hügel!

Hügel um Hügel, bis zum Horizont. Nichts als Hügel.

Noch vor ein paar Monden wäre er fasziniert durch diese Gegend gestreift, hätte gestaunt über die grenzenlose Mannigfaltigkeit und sich gefreut über die immer unterschiedlichen Blumen und die bizarren Steinformationen. Aber jetzt wollte er nur weiter – und fort von hier.

Er musste zu Elron! Er musste herausbekommen, was das alles bedeutete.

Als es erneut dämmerte, stand er auf einer Bergkuppe, wo wieder Trinkbäume wuchsen. Also gab es doch Hügel mit den gleichen Pflanzen, herrschte keine unendliche Vielfalt hier.

Oder?

Hastig suchte er die Pflanzen ab – ihm schwante

Schlimmes. Und wirklich fand er die zertrümmmerten Bäume, an denen er morgens seine Wut ausgelassen hatte.
Beim Diamanten!
Er war im Kreis gelaufen.
Mutlos lehnte er sich an einen Stamm, der prompt nachgab und ihn bis auf die Haut abduschte. Aber Dorian würde nicht aufgeben.
Nun gut, vielleicht scheint morgen wieder die Sonne!

Auch Harm Katzengold war nass.
Er wusch sich am Glimmerbach, wusch sich den Dreck und Ruß und Rauch der letzten vier Tage vom Gesicht. Und blickte wieder hinüber zu dem, was vom Grubendorf übrig geblieben war.
Nicht viel.
Immer noch schwelte es und dampfte. Ein einzelner Feuerherd flackerte auf und verzischte wieder, man hörte das Brechen der morschen Wände, die aufgebenden und in sich zusammenfallenden Balken – Klagelaute der verbrannten Häuser. Und menschliche Klagen auch.
Harm grunzte. Er würde jedenfalls nicht jammern.
Er hatte geholfen, das Feuer zu löschen und die Verletzten und die Toten zu zählen. Und die Vermissten. Denn einer fehlte, einer war verschwunden. Einer, der das Feuer gelegt haben musste und sich dann davongemacht hatte wie ein Dieb. Einer, der Mordbrenner war und Feigling.
Dorian.

Am nächsten Tag regnete es in der Ebene der Kleinen Hügel.

Feiner unbarmherziger Nieselregen und die Wolkenschicht war vielleicht noch dicker als gestern. Keine Möglichkeit, die Sonne und mit ihr eine Himmelsrichtung zu entdecken.
Sollte er einfach hier warten, bis es aufklarte?
Unsinn, er hatte schon zu viel Zeit verloren. Dorian ertrug es einfach nicht, noch länger in dieser farbenlosen Welt zu sein, ohne wenigstens den Grund dafür zu kennen.
Also ging er wieder los, missmutig, vorbei an den fremdartigen Hügeln, die niemals aufzuhören schienen, ging durch ein düsteres und nassgraues Szenario. Nach einer Weile vertröpfelte der Regen, aber das Zwielicht blieb und die Wolken schienen eher noch dichter zu werden. Auch etwas anderes wuchs: ein seltsames Gefühl in Dorians Bauch, die seltsame Gewissheit, *verfolgt* zu werden. Immer öfter drehte er sich um, mal hektisch und ohne Vorwarnung, mal gelassen und ruhig. Aber nie sah er jemanden.
Ist ja auch Unfug, dachte er. Ich bin nur nervös.
Niemand folgte ihm durch diesen endlosen Irrgarten der Hügel. Und doch ...
Aber, bei allen Kohlenadern der Unterwelt, wer sollte hier auch schon sein. Das war es ja eben – hier war überhaupt niemand. Nichts. Kein einziges Tier, nicht mal irgendein Käfer, von Menschen ganz zu schweigen. Und das zehrte Dorian auf, das brachte die Angst-Fliege wieder dazu, ihm über den Rücken zu krabbeln und Gespenster zu sehen.
Sehr seltsam, dachte er.
Denn früher, im Grubendorf, hatte sich Dorian so oft nach Ruhe gesehnt und war auf seine Wiese geflüchtet, um wenigstens für ein paar Stunden allein zu sein. Aber

nun fehlten ihm die Menschen, seine Tante und sein Onkel. Sogar Harm Katzengold wäre ihm jetzt recht gewesen. Dass Einsamkeit so, ja, so wehtun konnte!
Wirklich sehr seltsam!
Und wieder wirbelte er auf dem Absatz seiner Stiefel herum und musterte das Gebiet hinter sich. Aber niemand folgte ihm.
Nichts.
Nur diese verdammten Hügel!
Er schleppte sich weiter und weiter, während seine Angst wuchs. Würde er ewig herumirren zwischen den Hügeln, die schon längst wie riesige Grüfte auf ihn wirkten, dekoriert mit verrückten Friedhofspflanzen und einförmigen Grabsteinen? Mutlos stolperte er einen dieser Hügel hinauf, der nur aus dunklem feinkörnigem Gestein bestand, und schaute sich um.
Nichts. Stille.
Die Wolken unbewegt wie erstarrtes Wachs. Kein Regen mehr, aber ein kalter, zwickender Wind. Und um ihn herum ein Hügel nach dem anderen, wohin er auch blickte. Er drehte sich einmal um seine Achse und schüttelte den Kopf: Er wusste auch heute nicht mehr, aus welcher Richtung er gekommen war – wahrscheinlich lief er schon wieder im Kreis.
Aber da!
Was war das?
Auf einer weit entfernten Hügelkuppe blitzte etwas auf. Leuchtete. Dahinten musste irgendwo ein Licht sein! Aufgeregt versuchte Dorian mehr zu erkennen, aber er war noch zu weit weg. Ein Licht!
Menschen!
Mit neuer Kraft lief er los, bestieg hastig alle zwei, drei Hügel eine neue Kuppe um die Richtung zu halten.

Und kam nur langsam näher.
Schließlich begann Dorian zu rennen. Seine Müdigkeit war verschwunden – sie schien selbst ein Nickerchen zu machen. Immer näher kam er dem leuchtenden Hügel und immer aufgeregter wurde er.
Das war nicht nur ein Licht! Nicht nur ein Leuchten, ein bisschen Helligkeit im Grau dieser Ebene – das waren ...
Er wollte nicht daran denken.
Was, wenn er sich irrte?
Endlich erreichte er den Ort. Mit Blasen an den Füßen, Schmerzen in den Muskeln und fast völlig erschöpft lief er den leuchtenden Hügel hinauf.
Es stimmte also doch.
Farben!
Dorian ließ sich jauchzend in eine Wiese fallen, die über und über bedeckt war mit gelb blühenden Dotterblumen.
Farben! Ich sehe eine Farbe!
Denn das war es, was er von weitem erkannt hatte. Kein Licht, kein Feuer, sondern Blüten. Blumen. Ein Meer aus gelben Pflanzenköpfchen umfing ihn. Dorian lachte und schluckte und wälzte sich ausgelassen wie Muntra in der leuchtenden Pracht.
Farben!
Zum ersten Mal seit Wochen schlief er mit einem Gefühl ein, das fast so etwas wie Glück sein mochte.

Dennoch – auch in dieser Nacht suchte ihn wieder *der* Traum und fand ihn, wenn auch leicht verändert: Sein Vater schrie nicht auf, als die Kohle über ihm zusammenstürzte, sondern drehte sich zu Dorian um und fragte: *Du liebst diese Wiese, nicht wahr?*
So wie Elron gefragt hatte.

Voller seltsamer Gedanken erwachte er. Ob das ein gutes Zeichen war oder ein schlechtes? Dorian rieb sich die Augen und schaute nach den Blumen, als wären auch die nur ein Traum gewesen.
Sie waren immer noch da! Und leuchteten gelb! Er fühlte sich, als läge er mitten in der warmen Sonne, auch wenn der Himmel immer noch wolkendunkel war. Er konnte also Farben sehen. Seine Augen waren nicht krank!
Aber Dorians Freude hielt nicht lange an. Wenn er hier, an diesem gottverlassenen Ort gelbe Dotterblumen sah, dann verschwanden also wirklich alle Farben aus der Welt?! Und nur er bemerkte es, er allein, Dorian Karfunkel aus dem Grubendorf?
Und warum gab es hier in dieser Einsamkeit, inmitten von Tausender kleiner Hügel, ein Fleckchen, wo farbige Pflanzen blühten? In dieser menschenleeren Gegend?
Menschenleer, dachte Dorian.
Und nachdenklich schritt er die Wiese ab. Womöglich war das genau der Grund: Farbinseln, die nur weit weg von den Menschen überleben konnten? *Vielleicht sind wir selbst der Grund dafür, dass die Farben verschwinden und ...* Beim Diamanten!
Dorian hatte den Hügel fast einmal umrundet, als er erstarrte. Sich hinkniete. Und die Luft scharf aus den Lungen ausstieß, eine Hand an der Pflanze: Er hatte eine Dotterblume entdeckt, die weniger gelb war als alle anderen. Nur ein bisschen matter, aber auch, ja, irgendwie vertrocknet.
Und da hinten, dort war noch so eine! Und da – er fand eine Blume, die jede Farbe verloren hatte.
Grau, farbenlos, wie abgeschabt.

Auch hier!
Auch hier! Er fühlte die Tränen kommen, drängte sie aber zurück. Er dachte an seinen Schwur und schüttelte wütend den Kopf. Nicht mehr. Nie mehr weinen!
Und er würde sich auch nicht länger zum Narren halten lassen von diesen idiotischen Farben, die manchmal existierten und manchmal nicht! Er spürte, dass das Rätsel mit den Menschen selbst zu tun hatte, und erinnerte sich an die gereizten Dorfbewohner, an die Streitereien der Kinder.
In den Vulkanschlot damit!, dachte er. Tief unter den Berg, verdammt!
Er würde schon noch herausbekommen, was das alles sollte. Er würde nicht aufgeben und über eine welke Dotterblume heulen.
Er würde Elron finden.

Der Mächtige rief jeden dunklen Stern an in dieser Nacht. Denn Stern war nicht gleich Stern. Da gab es manche, die stets in gleichmäßigem Weiß strahlten, und andere, die flimmerten und zitterten wie das Licht einer Kerze im Wind. Da gab es Abstufungen der Größe und Helligkeit und einige wenige, die der Dunkelheit nahe standen. Sie funkelten wie geschliffene Edelsteine und täuschten Farben vor, die sie nicht hatten, blitzten in einem Moment in rötlichem Ton, schimmerten im nächsten Augenblick in kaltem Blau oder mattem Grün. Es waren Chamäleonsterne, die Spione der Dunkelheit inmitten der Nachtgestirne.
Dunkle Sterne.
Und der Mächtige kannte sie alle. Schon in seiner Kindheit hatte er sie studiert, kannte ihre Position am Himmel zu jeder Stunde der Nacht, denn sie wander-

ten und wechselten sich ab mit den Jahreszeiten. Er stand auf dem Turm der Feurigen Festung, die er seit über hundert Jahren nicht verlassen hatte, und beschwor die Macht der dunklen Sterne. Er spürte, wie sie wuchsen und pulsierten, wie sie selbst dort oben im Himmel Licht und Farbe verschluckten.
Der Mächtige war zufrieden.
Sehr zufrieden sogar.
Er würde also wieder spielen. Ja. Sein Versuch, die Partie schon am Beginn zu entscheiden, war zwar misslungen, aber schon die nächsten Züge würden alles wettmachen. Die erste Figur hatte er schon aufgestellt: Er hatte seinen alterfahrenen Knecht losgeschickt und wusste, der würde den Jungen finden. Und töten.
Außerdem hatte er, und fast zärtlich rieben seine Finger die Narben unter dem Auge, einen Ersatzspieler geschenkt bekommen. Ganz unerwartet. Zwar nur einen dummen Bauerntölpel, aber vielleicht doch wirksam. Der Mächtige hatte ihn hocken sehen am Glimmerbach, voll Trauer und Rache. Mit jenem Blick, der eine gestorbene Seele weiterlaufen und weiterkämpfen lässt bis in die Unendlichkeit.
Ein Blick aus Wut und Hass. Ein Blick wie ein Pfeil.
Und der Mächtige würde diesem Bauernjungen Harm Katzengold das Ziel zeigen.

Noch drei lange Tage wanderte Dorian durch die Ebene der Kleinen Hügel, ernährte sich von seltsamen Früchten, Pilzen und Wurzeln, die er auf seinem Weg fand. Manchmal schmeckten sie und manchmal nicht, waren voll bitterem Saft, den er schnell wieder ausspuckte. Dorian ging weiter, so stur wie die Sonne, die sich immer noch hinter den Wolken versteckte.

Und nur das Gefühl, verfolgt zu werden, begleitete den Jungen. Mal mehr und mal weniger intensiv – aber es war immer da. Und schaudernd dachte er an das Spiegelgesicht im Funkelbrunnen, an die vernarbte Wolkenfratze vor der Sonne.
Aber sooft Dorian sich auch umdrehte und hinter sich spähte – kein einziges Mal bemerkte er irgendetwas.
Oder irgendjemanden.
Diese drei Tage, sie wurden ihm sehr lang.
Der erste brachte wieder fast nebelhaften Regen.
Am Anfang des zweiten wurde die Wolkendecke endlich dünner, ein lächelnder Gott hatte sie aufgeschüttelt. Dorian konnte wieder die Sonne erkennen und marschierte in gerader Linie nach Süden.
Endlich! Er freute sich fast so sehr über den hellen Fleck am Himmel, als hätte er einen Menschen getroffen.
Am dritten Tag stieß er auf einen kleinen Trampelpfad, der in seine Richtung führte und sich wie eine Schlange zwischen den Hügeln hindurchwand.
Und am Abend des vierten Tages stand er am Rand der Hügelwelt und blickte auf ein Dorf hinab, das auch nicht viel größer schien als sein Heimatort mit Grube und Steinbruch. Neugierig ließ Dorian seine Augen über die Ansammlung einfacher Hütten gleiten, in denen schon einzelne Wachslichter für die Nacht brannten. Im Abenddämmer erkannte er auch größere Häuser, Bauten ohne Fenster, dafür mehrstöckig und viel breiter als die anderen. Hohe Lastkräne aus Holz standen daneben, die wie einbeinig stehende Störche die Gebäude bewachten. Das mussten die Getreide- und Warenlager sein, ohne die ein Handelsort nicht existieren konnte.
Dorian hatte es endlich geschafft.
Büttig!, dachte er.

Der schwarze Krieger

»Guten Tag«, sagte Dorian, »Gruß der Herberge!«
»Hallo, Kleiner! Manieren hast du ja! Willst du auch was trinken?«
Der Wirt lächelte ihn an und Dorian nickte. Die Schenke war geräumig, aber trotzdem eng; mit Tischen, Bänken und lärmenden Gästen voll gestopft. Verraucht und dunkel. Die essende und vor allem trinkende Menge hatte sich kaum um Dorian gekümmert, als er zur Tür hereingeschlüpft war – auf Kinder achteten Erwachsene selten, es sei denn, es waren ihre eigenen.
So hatte er sich fast unbemerkt zur Theke durchgedrängt, vorbei an lautem Johlen und Gelächter, vorbei an rollenden Würfeln und einer Gruppe Klimperspieler, die ihre Münzen in die Luft warfen und nach schwer zu erlernenden Regeln wieder einfingen. An einem Ecktisch saß, protzend mit feinen Kleidern, eine Gruppe Kaufleute, auf einem anderen stand breitbeinig ein Straßenmusikant und kratzte Musik aus seiner Geige heraus – und in einer der hinteren Nische hockte eine hoch gewachsene Gestalt in schwarzem Lederpanzer.
»Hier, Kleiner!«
Der Wirt wuchtete ein Glas mit Schaumbier auf die Theke und blinzelte erwartungsvoll. Dorian nickte noch einmal und zwang sich mutig an dem Getränk zu nippen. Beim Schlucken musste er allerdings doch den Mund verziehen, was der Wirt mit einem gutmütigen Gelächter quittierte.
»Wohl bekomms, Kleiner. Macht zehn Kreuzer.«
Dorian nickte ein drittes Mal. Vielleicht war es doch

kein so guter Einfall gewesen, in diese Kneipe zu kommen, die sich »Des Handels Traumland» nannte. Aber wo konnte er besser an Informationen kommen, wo besser nach dem Verlorenen Tal und Elron fragen? Nervös nestelte er an seinem Rucksack.

»Ähm, ich habe kein Geld, aber vielleicht genügt das hier.«

Dorian legte das kleinste seiner Goldkörner auf die Theke. Es klackte leise und weich auf dem Holz.

Als hätte er gedroht den Wirt auszurauben, wurde es plötzlich still in der Wirtschaft. Alle starrten zu ihm herüber.

Sie sehen das Gelb des Goldes leuchten, dachte Dorian.

Der Wirt schnaufte. »Also, ich glaube, ich kann nicht wechseln.«

Aus einer dunklen Nische heraus lachte es.

»Schon in Ordnung«, beeilte sich Dorian zu sagen. »Ähm, behalten sie es nur.«

Einer von den Kaufleuten, gekleidet mit Schnabelschuhen, breitkrempigem Hut und einer geäderten Trinkernase, stand auf und kam leicht schwankend auf Dorian zu. Tippte ihm auf die Schulter.

»Nun vielleicht lädt er mich ja auf ein Glas Schaumbier ein, mit dem Wechselgeld?«

Fragend blickte Dorian den Wirt an – der nickte.

»Das langt wohl für eine ganze Lokalrunde«, meinte der Kaufmann und grinste über die Theke.

Der Wirt hielt sich an seinen Gläsern fest und brummte: »Wenn Ihr darauf besteht, junger Herr?«

»Ja, eine Runde für alle!«, meinte Dorian großzügig und erlaubte sich ein Lächeln. So schnell stieg man hier also auf von *Kleiner* zu einem *jungen Herrn* auf! Die im Grubendorf hätten sich ausgeschüttet vor Lachen.

Während im Raum langsam aufs Neue Gläser klirrten, Gespräche wieder aufgenommen wurden und die Würfel weiter rollten, trank der Mann neben Dorian genüsslich aus seinem frisch gefüllten Glas.

»Gestatte, junger Mann«, erklärte er näselnd, »dass ich mich vorstelle. Ich bin Halschein, der Hauptkrämer von Büttig.«

»Zum Wohl«, gab Dorian zurück und probierte noch einmal. Schmeckte aber auch beim zweiten Schluck nicht besser.

»Danke, mein Freund.« Halschein trank und grinste vor sich hin.

»Sag«, fragte er dann beiläufig, »hast du noch mehr von diesen hübschen gelben Kieselsteinen?«

Dorian verkrampfte sich. Für wie dumm hielt ihn dieser Krämer?

»Nein, das war mein einziges Goldkorn» antwortete er vorsichtig. »Ich komme aus dem Grubendorf weiter im Norden und will, hm, einen Verwandten besuchen.«

»Soso, und der wohnt hier bei uns?«

Dorian spürte, wie er zu schwitzen begann – schwindeln war manchmal ganz schön anstrengend. Aber dann fiel ihm etwas ein:

»Nein, ein Stück von hier entfernt. Im Verlorenen Tal. Kennen Sie den Weg dorthin, lieber Herr Halschein?«

Der Mann schien geschmeichelt. »Du kannst es kaum verfehlen. Folge einfach unserem Fluss hier nach Osten. Es ist überhaupt nicht weit, du könntest es sogar heute Abend noch schaffen. Das heißt, bis du zum großen Kalkgebirge kommst. Da wirds nämlich ziemlich schwierig, weißt du, denn der Weg ...«

Halschein unterbrach sich und lachte laut auf. »Aber eigentlich wollte ich dich doch ausfragen – und nicht um-

gekehrt.« Die Augen des Krämers blitzten. »Wie hieß doch gleich dein Bekannter?«
»Ich, hm, er ist ... mein Großvater.«
Ein bisschen zu hastig hob Dorian seinen Humpen und trank einen großen Schluck um Zeit zu gewinnen. Was sollte er jetzt machen? Den Namen nennen? Irgendetwas erfinden? Oder lieber ganz schweigen und einfach im Verlorenen Tal suchen? Aber was, wenn Elron dort gar nicht mehr lebte? Dann würde Dorian mehrere Tage verlieren – Zeit, die er nicht hatte.
Ich muss es einfach riskieren!
So unbedarft wie möglich sagte er, während er sein Bier lässig auf die Theke zurückstellte: »Elron, so heißt mein Großvater. Kennt Ihr ihn vielleicht?«
»Elron, soso.«
Halschein schwieg, schüttelte dann den Kopf und kratzte sich an seiner aufgedunsenen Nase.
Die ist bestimmt rot, dachte Dorian, als er ungeduldig auf die Antwort wartete.
»Nein«, meinte der Krämer endlich. »Einen Elron kenne ich nicht. Tut mir Leid.«
Und auf einmal schien er es eilig zu haben. Er raffte seinen Umhang zusammen, rückte seinen Hut zurecht und tippte Dorian wieder mit dem Zeigefinger auf die Schulter.
»Noch mal Dank für das Bier, junger Herr. Ich muss, hm, jetzt leider unbedingt gehen. Wichtige Geschäfte, du verstehst schon.«
Und zum Abschied meinte er noch mit einem ernsten, fast besorgten Gesicht, das gar nicht zu seiner lustigen Art zu passen schien: »Viel Glück!«
Kurz danach verließ auch Dorian die Gaststätte und folgte dem kleinen Büttigfluss nach Osten. Dem Wirt

hatte Elrons Name ebensowenig etwas gesagt wie Halschein. Und noch mehr Leute wollte Dorian nicht fragen – es brauchte ja nicht unbedingt ganz Büttig erfahren, wen er da suchte.

Ich muss es allein versuchen!

Dorian ging, mit leicht zitternden Beinen von den paar Schlucken Schaumbier, am Fluss entlang nach Osten, auf der Suche nach dem Tal der Verlorenen.

Und er merkte nicht, dass die dunkle Gestalt, die in der Kneipenecke seine Gespräche belauscht hatte, ihm langsam, aber unbeirrt folgte. Es war ein großer Mann, in schwarzes dickes Leder gekleidet. Über seiner weiten Brust wölbte sich ein zerschrammter Panzer und am Gürtel hing, leuchtend wie der Halbmond, schwer und scharf, eine große Doppelaxt.

Die Augen des Mannes waren vollkommen dunkel, so als hätte sich das Schwarz der Pupille langsam auf das gesamte Auge ausgedehnt und erst die Iris verschluckt, dann das Weiß – wie eine bösartige Wucherung.

Als es dämmerte erreichte Dorian einen alten Waldbestand, hoch gewachsene und breite Bäume. Dorniges Gebüsch wuchs zu ihren Wurzelfüßen – da war es bestimmt schwer, durchzukommen.

Der Fluss rieselte träge und freundlich neben ihm her, ein paar Vögel pfiffen einander ihre Abschiedsgrüße des Tages zu. Das hätte Muntra gefallen.

Der Junge war froh, endlich aus der Ebene der Kleinen Hügel heraus zu sein, und es hatte ihm gut getan, wieder mit Menschen zu reden. Müde hockte er sich an den Flussrand und starrte ins Wasser.

Bestimmt würde er nun bald Elron finden. Der konnte ihm sicher alles erklären, die Farben wieder herbeizaubern – und im Hammerschlag wäre er wieder zu Hause.

Na ja, natürlich glaubte das Dorian nicht wirklich. Aber er hoffte es.

»Guten Abend, *junger Herr!*«

Fünf handschuhschwere Finger legten sich auf seine Schulter und drückten ihn zu Boden.

Als Dorians Kopf herumfuhr, starrte er erschrocken in einen schwarzen Brustpanzer hinein und direkt auf eine doppelschneidige Streitaxt.

Der Große aus der Wirtschaft!

»Ähm, ich ...«, stotterte Dorian. *Er ist mir gefolgt!* »Ich, ich habe kein Gold mehr.«

Der Mann grinste. Seine Stimme war heiser und rau.

»Gold? Ich brauche kein Gold. Ich brauche den Jungen, der zu Elron will.«

Der Schwarze machte eine Pause, zog mit der freien Hand seine Axt und schwang sie leicht, wie spöttisch durch die Luft.

»Und ich glaube ...« Die Finger auf Dorians Schulter packten noch fester zu. » ... ich habe ihn schon gefunden.«

Dorians Gedanken rasten. Wie konnte er nur so dumm gewesen sein! Da hatte er tagelang das Gefühl gehabt, verfolgt und gejagt zu werden – und nun diese totale Überrumpelung!

Was konnte er tun? Mit Harm Katzengold raufen, das war eine Sache. Aber mit diesem, ja, diesem Krieger?

Fliehen, dachte Dorian.

Mit einer blitzschnellen Bewegung riss er sich los, obwohl er meinte, ein Stück seiner Schulter würde dabei in der Pranke des Schwarzen zurückbleiben. Dorian rollte sich zur Seite, rappelte sich hastig auf und sprang mit einem großen Satz zur Seite. Aber noch in der Luft wurde er von einer wütenden Faust getroffen, wurde abgeschossen wie ein fliehender Vogel.

Dann krümmte er sich schon am Boden, nach Atem suchend. Wo war bloß die ganze Luft hin?
Der schwarze Krieger packte ihn an den Haaren und riss seinen Kopf hoch.
»Netter Versuch«, grollte er zischend und setzte ihm das Eisen der Axt an den Hals.
Und Dorian sah zum ersten Mal die leerschwarzen, nachtkalten Augen.
»Was, was wollt Ihr?«, keuchte er entsetzt.
»Nun, als Erstes deinen Namen.« Ein Grinsen, das schiefe Zähne entblößte und eine rasch hervorschnellende Zunge.
»Und dann auch den Rest: dein Leben.«
Voller Grauen biss sich Dorian auf die Lippen und versuchte zappelnd dem harten Griff zu enkommen.
Erfolglos. Er wand sich in den Händen des Schwarzen, zog und zerrte. Keine Chance. Und die Axt drückte kalt an seinen Hals.
Aus und vorbei, dachte er. Das wars. Der macht Gipsstaub aus mir. Beim Diamanten, Papa! Ach, verdammt!
Dann dachte er noch: Das ist alles Elrons Schuld! - als ein weißer Ball auf das Gesicht des Kriegers traf. Der Ball fauchte und kratzte in die düsteren Augen hinein und Blut tropfte plötzlich von der Stirn des Schwarzen.
Muntra! Es ist Muntra!
Sofort wusste Dorian, was zu tun war. Der Krieger mochte einen Augenblick überrascht sein, aber lange konnte diese Atempause nicht dauern. Schon hatte der Hüne Muntra am Nacken gepackt und holte aus, um sie weit von sich zu schleudern.
Jetzt!
Dorian sprang auf und rannte um sein Leben.
Er schaffte es ein paar Meter in den Wald hinein, dann

kam der wütende Schrei. Dorian dachte nur noch an die riesige Axt und schlug einen Haken – keinen Moment zu früh. Er hörte das Metall dicht an seinem Ohr vorbeisausen, sirrend in der Luft. Aufschreiend rannte er tiefer in das Gehölz. Die Bäume standen sehr eng beieinander. Das Unterholz war so dicht, dass er sich nur mühsam durch Dornen und Hecken schlängeln konnte. Und der Krieger hinter ihm hatte da weniger Schwierigkeiten – der walzte einfach alles platt, was ihm in den Weg kam. Aber Dorian war klein und schlank, konnte sich durch engere Spalten zwängen.

»Komm zurück!«, brüllte der Schwarze, und obwohl er schrie, klang seine Stimme immer noch heiser und flüsternd. Dorian dachte an das Gesicht im Funkelbrunnen, hatte wieder diese andere Stimme im Ohr, das raue befehlende Flüstern. *Sag deinen Namen!*

Aber dieser Mann hier sah anders aus – ein Scherge vielleicht, ein gedungener Mörder ...

Dorian sprang über einen umgestürzten Baumstamm, rutschte auf einem Moospolster aus und fing sich erst im letzten Moment.

Jetzt auf keinen Fall stürzen! Da hinten! Ein Weg!

Keuchend erreichte er den Pfad und hastete weiter – hier konnte er wieder schneller rennen. Und tatsächlich fiel der Schwarze zurück, behindert durch seine schwere Rüstung.

Dorian lief so schnell wie nie zuvor.

Und Muntra?, dachte er gehetzt, als sich der Wald zu lichten begann. Ob es ihr gut geht? Später!

Denn jetzt konnte er sich nicht um die Katze kümmern.

Mit trommelndem Herzen erreichte er die letzten Bäume: Links von ihm schwappte immer noch der Fluss nach Osten, rechts und direkt vor Dorian stiegen weiß-

graue Kalkwände auf. Der Pfad führte auf sie zu und so rannte er weiter ohne sich eine Pause zu gönnen.
Der Schwarze fiel noch ein Stück zurück.
Bald lief Dorian einen engen Hohlweg entlang, an dessen zwei Seiten die Steinwände emporwuchsen. Das mußte das große Kalkgebirge sein, von dem der Händler erzählt hatte. Dorians Atem ging stoßweise, der Grubenhammer schlug bei jedem Schritt schmerzhaft an seine Hüfte und die ganze Kopfhaut brannte, wo der Krieger ihn an den Haaren gepackt hatte. Dorian rannte.
Da teilte sich der Pfad.
Abgekämpft blieb der Junge stehen und lauschte. Hörte nur sein eigenes Keuchen, spürte das heftige Seitenstechen im Körper. Da ertönte hinter ihm das Poltern von schweren Schritten und ein Brüllen: »Warte nur, du Bastard!«
Weit hinter ihm. Aber nicht weit genug!
Dorian musterte gehetzt die Weggabelung, seine Blicke huschten hin und her. *Rechts oder links?* Er spürte, dass nur ein Weg ins Verlorene Tal führte – aber welcher? Rechts, links, rechts, links – ein blödsinniger Abzählreim. Und die glatten hohen Kalkwände boten keinerlei Versteck.
Das Poltern von metallenen Stiefeln kam näher.
Rechts oder links?
Gleich würde der Krieger den Waldrand erreichen und ihn sehen. Er musste sich entscheiden, verdammt!
Plötzlich vernahm Dorian von rechts einen quäkenden hohen Laut. Einen Ruf. Das hatte er doch schon einmal gehört? Das war doch irgendein Tier, richtig?
Ein Hirsch!
Wie in einer Vision sah Dorian Elron vor sich, auf der

Wiese neben ihm sitzend. Von Farbe redend und von Liebe. Und einen Grashalm zwischen den dürren Spinnenfingern, auf dem er blies. Was hatte er gesagt? *Der Ruf der Hirsche, kennst du das?*
Ohne noch weiter zu zögern drehte sich Dorian nach rechts und rannte los. Nach wenigen Augenblicken teilte sich der Pfad erneut, aber wieder war da dieser Ruf, der ihn in eine Richtung lockte.
Elron! Er führt mich!
Und Dorian stellte sich den Alten vor, wie er irgendwo saß, lächelnd und ruhig, mit einem Grashalm zwischen den Gabelfingern.
Noch eine schier endlose Zeit ging es so weiter: Immer wieder gabelte sich der Weg und Dorian folgte dem Hirschruf, der stets prompt erschallte und die Richtung wies. Immer weiter und tiefer lockte ihn der Klang in das Labyrinth aus Kalkwänden. Und langsam beruhigte sich der Junge – unmöglich, dass der mörderische Schwarze ihm folgen konnte, mochte er auch die Schreie des Hirsches hören. Der musste sich einfach verirren! Dorian gestattete sich ein müdes Grinsen, runzelte aber gleich darauf die Stirn: und Muntra?
Außerdem war er am Ende. Erschöpft.
Endlich erreichte er ein enges dunkles Tal. Kaum beleuchtet von der untergehenden Sonne. Weit unter ihm rauschte der Büttigfluss, vor ihm lag eine schräge Bergwiese, dann wieder Wald. Wohin jetzt? Dorian lauschte angestrengt, aber diesmal wies ihm kein Ruf die Richtung. Deshalb ging er geradeaus weiter – rennen konnte er nicht mehr.
Beim besten Willen nicht.
Schon wollte er in das neue Waldstück eindringen, als er weiter oben im Tal und mehr nach Süden eine kleine

Rauchfahne aufsteigen sah. Eine dünne gleichmäßige Säule aus Rauch, wie sie über einem Schornstein steht, der eigentlich im Sommer nicht zu brennen brauchte.
Schornstein.
Kamin.
Hütte.
Elron.
Mit letzter Kraft taumelte Dorian darauf zu.

Mit regungslosem Gesicht beobachtete der Mächtige, was sich am Büttigfluss abspielte. Kein Muskel zuckte, als er den Jungen erkannte, wie er sich müde ans Ufer hockte. Als er sah, wie sein Knecht den kleinen Nichtsnutz packte. Wie der sich losriss und ein kleines weißes Tier auftauchte, das dem Bauernbalg schließlich zur Flucht verhalf. Dann entfernte sich die Gruppe vom Fluss und das Bild verschwamm erst und erlosch vollständig. Der Mächtige rieb sich die Narben. Er konnte nur beobachten, was sich an und auf Wasser spiegelte.
Dunkelheit.
Ein winziger Bengel und eine noch kleinere Katze!, dachte er fast amüsiert. Und sie hatten seinen Knecht zwar nicht geschlagen, waren ihm aber doch entwischt. Immer noch bewegte sich nichts im lidlosen Marmorgesicht, nur die Finger streichelten die vernarbte Haut. Er war gut, dieser kleine Narr. Er könnte, als Erwachsener, einen sehr guten Vasallen abgeben, einen klugen Sklaven.
Fast schade, dass er nicht so lange leben würde.
Der Mächtige wandte sich von der Turmzinne und stieg lautlos die Treppe hinab. Ins Innere der Flammenden Festung, in ihr Herz: in die Kammer der Träume.
Ein kleiner Raum, in dem kaum zwei Menschen Platz

hatten. Fensterlos. Aber überall, an den vier Wänden, an der Decke, auf dem Boden, den der Mächtige nur vorsichtig betrat – das ganze Zimmer, es war ausgekleidet mit feinstem Spiegelkristall, das jetzt das Bild des Mächtigen hundertfach reflektierte.
Sonst war die Kammer vollkommen leer – nur die Spiegelwände und eine einzelne schwarze Kerze im Zentrum. Behutsam ging er auf sie zu – ein einziger unbedachter Schritt konnte das Spiegelkristall beschädigen und schon ein winziger Riss würde den Zauber brechen.
Als er die Hitze der Flamme spürte, hob der Mächtige die Kerze auf und starrte blicklos auf sein Spiegelbild.
Das große Schachspiel gefällt mir, dachte er. *Die Figuren sind erstaunlich eigenwillig. Hübsch intelligent.*
Er würde seine Taktik ändern müssen. Bisher kamen seine Angriffe von außen: das Feuer im Grubendorf, die misslungene Beschwörung am Funkelbrunnen, sein schwarzer Knecht in Büttig.
Mal sehen, kleiner Feind, überlegte er, *wie du damit umgehst.*
Mit einem Angriff von *Innen.*
Und der Mächtige hob die Kerze hoch empor in der Kammer der Träume.

Elron

Die Hütte war klein und alt. Sie passte zu dem Namen des Tales: verloren. Aber der Rauch zog gleichmäßig in den Himmel, draußen auf der Fensterbank standen Topfblumen und ein leerer Schaukelstuhl wippte gemächlich, als genieße er die Aussicht. Zögernd kam Dorian näher und spähte durch die Butzenscheiben des Fensters. Nichts zu sehen.

Und die Tür quietschte nicht, als Dorian sie öffnete, sondern schwang geschmeidig auf.

»Du kommst spät«, sagte Elron.

Der Alte lag auf einem viel zu großen Bett und sah so müde aus, wie Dorian sich fühlte. Und krank. Er schien noch verschrumpelter zu sein als vor einem Jahr; die Haut lag noch enger um seine Knochen und der dünne Mund war jetzt nur noch eine waagrechte Falte zwischen all den anderen im Gesicht des Mannes.

Dorian war so erschöpft, dass er am liebsten gleich zu dem Alten auf das Bett gekrochen wäre. Aber zuerst musste er ihn warnen.

»Der, der schwarze Krieger! Er kommt! Du musst ihn aufhalten!«, sprudelte es aus ihm hervor.

»Was meinst du?«

»Der Kerl, der mich verfolgt hat! In dem Labyrinth der Hohlwege! Er wollte mich töten! Wenn, wenn Muntra nicht gewesen wäre, dann... Nur mit ihrer Hilfe konnte ich fliehen. Sie ist meine Katze!«

»Du bist müde, Dorian. Komm, setz dich hin!«

Offenbar mühsam rückte Elron ein Stück zur Seite. Und Dorian fiel plump wie eine Fuhre Kohlen auf das Bett.

»Aber, der schwarze Krieger ... «, keuchte er wieder. Der Alte schüttelte lächelnd den Kopf.
»Dies ist das Verlorene Tal, Dorian. Hierher finden nur jene, die herfinden sollen. Alle anderen verfehlen unweigerlich den Weg. Der schwarze Krieger, wie du ihn nennst, kann uns hier nicht erreichen.«
»Sicher? Und Muntra? Ich muss ...«
»Ganz sicher«, unterbrach ihn Elron. »Ruh dich erst einmal aus. Deine Katze wird dich schon finden. Sie gehört ... zum Plan.«
Obwohl er dagegen ankämpfte, fielen Dorians Augen zu. Die ganze Anstrengung des Weges hierher holte ihn mit einem mächtigen Satz ein und zerrte an ihm herum: der Weg durch den Knarrenden Wald, das Gesicht im Funkelbrunnen, Gilgil und die Ebene der Kleinen Hügel. Büttig und der schwarze Schatten mit der hellen Doppelaxt.
»Danke«, murmelte er nur noch, »dass du mich aus den Kalkwänden herausgeführt hast.«
»Was meinst du?«, fragte Elron.
»Der Ruf ... du weißt schon ... Grashalm ...«
»Hm?«
»Der ... Ruf ... des Hirsches ...«
Und Dorian schlief.
Elron aber wachte über den Jungen. Er spürte den alten Schmerz im Rücken und schaute durch die schmutzigen Scheiben hindurch in die Dämmerung hinaus. Sein Blick war unruhig, denn er spürte die Anwesenheit des schwarzen Knechtes – der jetzt verloren und wütend zwischen den Kalkwänden herumirrte.
Dann drehte sich Dorian seufzend auf dem Bett und flüsterte noch einmal im Schlaf: »Der Ruf des Hirsches.«
Und der Alte lächelte.

»Nicht ich, Junge«, flüsterte er leise. »Osmon hat dich gerettet. Osmon der Hundert-Ender.«

Dorian träumte *den* Traum. Sein Vater schrie in der Dunkelheit der Grube, aber etwas war anders als sonst. Er schien Worte und Sätze zu formen, die er eigentlich nicht sprechen wollte. So als zwänge irgendetwas seinen Vater im Traum dazu, gegen seinen Willen zu sprechen. Aber Dorian verstand nichts. Kohle stürzte herab und verschloss endgültig den Mund seines Vaters. Und der Junge stand wie schon tausendmal zuvor in der Dunkelheit, erstarrt und hilflos, das Krachen und Rumpeln der Kohle im Ohr.

Dann begann ein warmer Regen. Dicke, raue Tropfen.

Regen im Bergwerk?

Dorian erwachte und blickte in große geschlitzte Augen. Die Katze schleckte mit ihrer rauen Zunge über sein ganzes Gesicht.

»Muntra!«

Er drückte das Tier fest ans sich, kraulte ihm den Nacken und strich schließlich über die dreieckigen Ohren. Die Katze begann zu schnurren.

»Ach, Muntra!«

Dorian war jetzt völlig wach und fühlte sich ausgeruht – er blickte sich um. Das Bett neben ihm war leer, die Hütte ebenso. Durch die Fenster und die offene Tür drang helles Sonnenlicht. Es musste schon spät sein.

Er scheuchte Muntra von seinen Armen. Sie sprang vom Bett und lief ins Freie hinaus, wobei sie stark humpelte.

Besorgt stand Dorian auf und folgte ihr nach draußen.

Elron hockte zusammengekrümmt auf dem Schaukelstuhl. Er blickte ins Verlorene Tal.

»Du bist wach«, meinte er und lächelte.
Dorian nickte schweigend. Muntra hüpfte mühsam auf den Schoß des alten Mannes und ringelte sich ein – sie schien ganz zufrieden.
»Und du willst Antworten.«
Wieder sagte Dorian kein Wort, sondern wartete nur. Elron seufzte.
»Was möchtest du wissen?«, fragte er schließlich.
»Wie geht es Muntra?«
»Oh, mach dir um sie keine Sorgen. In ein paar Tagen ist sie wieder vollkommen in Ordnung.« Elron verschluckte sein Lächeln, die Mundwinkel zogen sich nach unten. Wehmütig redete er weiter: »Sie ist jung und stark, im Gegensatz zu mir.«
Dann schaukelte der Alte eine Weile, ohne dabei Dorian aus den Augen zu lassen.
»Noch weitere Fragen?«
»So viele, wie Wasser ins Meer fließt.«
»Dann fang an. Wir haben nicht ewig Zeit.«
Dorian überlegte. Eine Menge war passiert, so viel war geschehen. Womit sollte er beginnen? Aber noch bevor er sich klar darüber wurde, öffnete sich sein Mund ganz von alleine und sprudelte Worte heraus:
»Was ist mit den Farben? Warum verschwinden sie? Und warum sehe nur ich, was passiert? Wer war der schwarze Krieger? Was will er von mir? Und was war das für ein Gesicht in den Wolken und im Funkelbrunnen? Warum sind die Menschen alle so streitlustig und wütend? Wieso ...«
Dorian musste aufhören um Luft zu holen.
Elron lachte.
»Viele Fragen. Und wichtige Fragen. Ich werde versuchen sie dir zu beantworten. Aber setz dich zu mir.«

Elron deutete auf die kleine Bank neben der Tür und wartete, bis sich Dorian gesetzt hatte. Wippte noch eine Weile gemächlich in seinem Stuhl.
Auch seine Stimme war ruhig, als er zu sprechen begann: »Vielleicht erzähle ich dir als Erstes von deinem Verfolger.«
»Der schwarze Riese mit der Streitaxt?«
»Ja.«
»Wer ist das?«
»Sein Name ist Burké, der Schlächter. Er ist einer von seinen Knechten.«
»Wessen Knecht?«
»Später, Dorian. Jedenfalls von Burké droht keine Gefahr mehr. Wie ich schon sagte: Niemand findet den Weg ins Verlorene Tal, wenn er ihn nicht finden soll.«
»*Wessen* Knecht, Elron!«
»Du bist ein ziemlicher Dickkopf, was?«
Elron hustete und schaukelte ein wenig stärker.
»Aber du musst dich noch einen Augenblick gedulden. Ich will dir erst andere Dinge sagen.«
Dorian seufzte und machte es sich auf der Bank bequem. Das schien eine längere Sitzung zu werden.
Eine Zeit lang musterte der Alte ihn nur schweigend, nickte manchmal, schüttelte dann wieder den Kopf – nur um immer weiter Muntra zu streicheln und den Schaukelstuhl in Bewegung zu halten.
Endlich fragte er: »Hast du schon einmal von Polarität gehört, Dorian?«
»Zwei Pole, so wie Nordpol und Südpol?«
»So ähnlich, ja. Dieser Begriff, er beschreibt zwei Gegensätze, so wie Norden und Süden. Wie Jung und Alt.
Wie Mann und Frau. Licht und Dunkel.«

»Schwarz und weiß!«, unterbrach ihn Dorian.
Der Alte nickte. »Du hast begriffen, ja. Polarität umschreibt das grundlegende Lebensgesetz unserer Welt. Wir können nur in Gegensätzen existieren. Können Glück nicht verstehen und achten ohne das Unglück. Wir können nicht lieben ohne zu hassen. Wie oben, so unten, haben die Alten das genannt. Alles hat zwei Seiten.«
Dorian nickte ungeduldig. »Ich verstehe schon, aber was hat das mit den Farben zu tun?«
Elron schüttelte den Kopf. »Vielleicht verstehst du, vielleicht auch nicht.«
Für ein paar Atemzüge versank er wieder in Schweigen, hob dann den Kopf und blickte in den Himmel.
»Aber du hast Recht«, sagte er, als spreche er mit den kleinen Wolken, die langsam über sie hinwegzogen. »Die Farben. Sie sind verschwunden und verschwinden noch immer.«
Was sollte das jetzt wieder? Ungeduldig wartete Dorian auf die Lösung des Rätsels, wollte den Alten aber nicht noch einmal unterbrechen. Er hatte ohnehin gemerkt, dass es Elron sehr anstrengte, so viel zu reden. War der Alte krank?
»Licht und Schatten«, brummte Elron. »Schwarz und weiß. Das siehst du noch, nicht wahr?«
Dorian nickte. »Hell und dunkel, ja. Und dazwischen nur grau.«
»Nur grau«, echote Elron. »Nun, schwarz und weiß, hell und dunkel – das wird es immer geben. Das sind Elemente der Polarität, die kann nicht einmal er fortnehmen.«
»Wer ist er?« Dorian fröstelte. »Das Gesicht, das ich in den Wolken gesehen habe und im Funkelbrunnen?«
»Wenn es zwei Narben auf der einen Wange hatte und zu

große Augen ohne Brauen und Augenlider – dann: ja.«
Dorian hatte einen Klumpen Kohle im Hals und konnte kaum sprechen. Er nickte nur und würgte dann ein einzelnes Wort heraus:
»Wer?«
»Er hat keinen Namen, Junge. Als er erkannte, welche Macht im Namen steckt, hat er seinen abgelegt. Ihm abgeschworen. Damit niemand den Namen benutzen, niemand seinen Namen gegen ihn verwenden konnte. Seine Knechte, von denen Burké einer ist, nennen ihn nur den Mächtigen. Für mich ist er der Namenlose.«
Elron schaukelte jetzt heftiger.
»Er ist das Dunkel, gegen das die Helligkeit leuchten muss.«
Dorian verstand nicht.
»Aber was will er?«, fragte er ratlos.
Jetzt lachte Elron auf. »Nun, das Helle will leuchten. Licht will strahlen. Liebe will lieben – es geht nicht anders. Die Dunkelheit dagegen muss zerstören, sie will das Licht verschlucken. Das sind die Gesetze der Polarität. Der Namenlose weiß das. Und er weiß auch, dass er das Licht nicht zerstören kann. Sein Schwarz kann nicht ohne das Weiß überleben. Also tut er das Nächstliegende. Etwas, was fast so gut ist. Wenn er das Licht nicht nehmen kann von der Welt, dann nimmt er ...«
»Die Farben.«
Dorian flüsterte es nur und beobachtete entsetzt, wie der Alte mit dem Kopf nickte. Der abgemagerte Hals wie dicke Borke am Baum.
»Aber warum?«, stammelte der Junge.
Ungeduldig kratzte sich Elron am Kopf. »Du hast noch nicht verstanden, Junge. Er ist die Nacht. Er ist die Dunkelheit. Es ist sein Sinn, gegen den Tag zu kämpfen!«

»Das ist doch verrückt!«
»So? Und warum?«
»Weil, weil es doch niemandem Spaß machen kann, böse zu sein. Oder dunkel.«
»Woher willst du das wissen, Dorian? Hast du nie die Anziehungskraft der Nacht gespürt, ihr Rufen?«
Dorian schwieg. Er erinnerte sich an Harm Katzengold, den er oft genug in die tiefste Hölle gewünscht hatte. Und er dachte an das Meer aus Wut und Zorn, in dem er fast einmal ertrunken wäre. Vor zwei Jahren. Als sein Vater starb.
Leise fragte er: »Dieser Mächtige, dieser Namenlose ist also die Nacht. Bist du dann der Tag, Elron, die Helligkeit, das Licht?«
Der Alte seufzte abermals tief auf und scheuchte Muntra weg, die nun zu Dorian hinüberhüpfte.
»Ich fürchte, nein«, sagte Elron müde. »Ich bin nicht das Licht. Nicht mehr.«
Er machte eine lange Pause und rieb sich die Augen, als wollte er lang gesehene Bilder fortwischen. Als er weiterredete, war seine Stimme brüchig.
»Du bist es, Dorian!«

Noch lange saßen die drei vor der Hütte. Elron und Dorian hatten viel zu besprechen.
Natürlich wollte Dorian nichts davon hören, als weiße Lichtgestalt gegen irgendein namenloses Dunkel zu kämpfen. Er war kein strahlender Ritter, kein Held aus alten Geschichten, kein heroischer Gott, der erbitterte Schlachten gegen das Böse führte. Und trotzdem: Je mehr Elron von dem Mächtigen berichtete, desto notwendiger schien es dem Jungen, irgendetwas zu tun, irgendetwas gegen ihn zu unternehmen.

»Der Namenlose«, so erzählte Elron, »ist ein uralter Magier aus einem vielleicht noch älteren Geschlecht. Er ist unsterblich, wenn du so willst. Er bedarf keiner Speise, muss nichts trinken, denn ...«

Elrons Stimme zitterte jetzt und stockte – ob vor Müdigkeit, Zorn oder Angst konnte Dorian nicht entscheiden.

»Er muss trotzdem essen«, fuhr der Alte fort. »Aber was er zu sich nimmt, ist die Furcht. Die Angst der Menschen. Solange er Herrschaft ausübt über ihre Gefühle, verjüngt sich sein Körper. Macht über die Menschen, das bedeutete seine Unsterblichkeit.«

Für ein paar Augenblicke schloss Elron die Augen und Dorian hatte Gelegenheit, zu überlegen.

»Und Macht bekommt er dort«, meinte er vorsichtig, »wo die Menschen unglücklich sind. Wo sie sich streiten und bekämpfen.«

»Genau.«

Und der Namenlose wusste offenbar, dass die Menschen ohne Farben schwächer wurden, wütender.

Bösartiger.

Und besser lenkbar.

»Er muss wirklich ein großer Zauberer sein«, überlegte Dorian.

»Ja, zugegeben«, knirschte Elron.

»Aber warum sieht niemand, dass die Farben verschwinden, niemand außer mir?«

»Die Menschen«, erklärte Elron, »besitzen eine besondere Gabe, gleichzeitig einen großen Fluch: Sie passen sich an und akzeptieren alles. Sie gewöhnen sich an alles. Hätte der Namenlose von einem Augenblick auf den anderen die Farben verschwinden lassen – alle hätten es bemerkt. Aber der Prozess war und ist schleichend, Junge. Wie eine lange Krankheit, von der man zuerst nur ein bisschen müde wird. Man merkt es kaum. Dann beginnt man zu husten. Nur ganz selten. Aber dieser Husten vergeht nicht, sodass man sich schließlich daran gewöhnt. Ihn akzeptiert. Irgendwann kommt das Fieber und mit ihm der Tod. Und der Mensch ist völlig überrascht.«

Wieder schwieg Elron und starrte in das Tal hinunter. Nebel stieg vom Büttigfluss hoch und verdickte sich zu schaumigen Wolken. Über Dorians Arme kroch wieder die Fliege der Angst, als er an das Gesicht des Namenlosen dachte.

»Und genauso war es mit den Farben«, redete Elron weiter. »Sie verblassten unmerklich und so langsam über Jahre hinweg, dass es einfach niemandem auffiel. Zumal der Mächtige sein Gaukelspiel mit uns treibt. Und immer noch gibt es ein paar einsame Orte und Plätze in unserer Welt, wo die letzten Farben darauf warten, lautlos und ohne Begräbnis zu sterben.«

»Aber ...« Dorian war ratlos. »... Aber ich verstehe immer noch nicht, wie er das macht.«

»Tröste dich!« Elron lachte bitter und hustete rau. »Ich verstehe es auch nicht. Aber ich sehe das Resultat.«

»Du siehst auch keine Farben?«

»Nein, Dorian. Wer einige Zeit durch das Glas schaut, das ich dir gab, wird nicht mehr von der Betäubung des Namenlosen verwirrt.«

»Dann hätte auch meine Tante oder Hanna Marienglas keine Farben mehr gesehen, wenn sie nur öfter durch das Glas ...«

»Wahrscheinlich, ja.«

Dorian schwieg.

Dann fragte er: »Warum ich, Elron?«

»Weil ich nicht mehr kann.«

»Und warum nicht?«
Elron spürte die Angst in der Frage des Jungen und betrachtete ihn lange. Sah dabei sein eigenes faltenvolles und runzliges Gesicht in den Augen Dorians gespiegelt.
»Schau mich doch an, Junge«, begann er leise und spöttisch. »Ich bin alt und schwach. Und außerdem, nun, ich habe meinen Kampf schon gekämpft, weißt du?« Er starrte in die immer dunkler werdenden Wolken, als wollte er sie mit seinen Blicken vertreiben.
»Vor langer Zeit, Junge« meinte er leise. »Und jeder hat nur die Kraft für einen großen Kampf.«
Dorian erinnerte sich an das Lied, das Gilgil ihm in der Sorglosen Steppe gesungen hatte.
»Auch du hast schon einmal um die verschwundenen Farben gekämpft, nicht wahr?«, fragte er.
Und Elron nickte.
»Aber der Preis war zu hoch ...«, flüsterte er dann und Dorian meinte ihn zu verstehen. Dachte an die eine Zeile des Gedichts: *Am Boden liegt seine sterbende Frau*.
»Dies geschieht immer wieder, ja, Elron?«
Auch Dorian sprach jetzt sehr leise. »Dieser Streit, dieser Kampf zwischen Tag und Nacht, die zerstörten Farben. Das düstere Grau einer Welt, der alles Bunte fehlt – es war schon oft so?«
Dorians Frage hing wie ein blitzender Spinnfaden in der Luft, unbewegt und leicht. Der Nachmittag zog seinen Umhang aus dichten Wolken immer fester um sich zusammen, Muntra schien eingeschlafen zu sein und Elron stierte vor sich hin, verloren in Erinnerungen. Dorian schwirrte der Kopf: Farben und Gefühle, Liebe und Hass, das ganze Zeug mit der Polarität. Wie oben, so unten. Der Mächtige und sein schwarzer Krieger, wie

hieß der noch? Burké, ja! Ob er ihn immer noch verfolgte? Bestimmt. *Hoffentlich läuft er im Kreis!* Ein Kreis, das war Polarität und jemand wollte die Farben zerstören und ein anderer jemand musste ihn daran hindern.
»Es passiert immer wieder?«, wiederholte Dorian leise, fast nur um die Stille des heranziehenden Gewitters zu unterbrechen.
Elron schwieg weiter. Und als er endlich sprach, klang seine Stimme so brüchig und alt, wie er sein musste, wenn Gilgil die Wahrheit gesagt hatte: mehr als hundert Jahre.
»Ja, Dorian Karfunkel. Es geschieht immer wieder.« Der alte Zauberer nickte. »Und da gibt es noch ein Paar, Junge, das nach den Gesetzen der Polarität tanzt.«
Unter ihnen im Verlorenen Tal blitzte es jetzt, der Umhang aus Wolken bekam einen schillernden Schmuck umgehängt. Das Gewitter rückte immer näher und Dorian wusste, was Elron sagen würde:
»Noch ein tanzendes Paar, ja: Leben und Tod.«

Zur gleichen Zeit irrte Burké, der Schlächter, immer noch durch das Labyrinth der Kalkwände. Stapfte mal nach rechts, mal nach links und brüllte heiser nach dem verfluchten Bauernfratzen. So stark der Knecht des Mächtigen war, so viel Ausdauer besaß er auch. Ja, er würde seinen Auftrag ausführen. Würde seinen Herrn nicht enttäuschen. Er würde diesen Jungen finden und bestimmt auch den dummen Greis, den alten halb verfaulten Erzfeind seines Meisters!
Der Schlächter knirschte mit den Zähnen und stierte an dem Hohlweg entlang. Ja, auf Elron freute er sich schon besonders.
Wieder teilte sich der Pfad vor Burké und verlangte eine

Entscheidung von ihm. Dicke Wolken hingen über dem schmalen Spalt Himmel, den die Steinwände seinem Blick freiließen. Erste schwere Tropfen zerplatzten auf dem Boden und wirbelten feinen Kalkstaub auf – Vorboten einer ganzen Armee.

»Regen!«, schnaubte der Schlächter, brüllte wütend in den steinernen Irrgarten hinein, lief blindlings nach rechts.

Wieder kein Ausgang.

Nach jeder Biegung erhoffte er sich einen Blick auf seine Opfer, die jetzt irgendwo zusammenhockten und vor ihm zitterten.

Nichts.

Aber er würde das Verlorene Tal schon finden. Und den Jungen. Und dieses widerwärtige Katzenvieh.

Und Elron natürlich.

Ausbildung

Als das Gewitter über ihnen losbrach, gingen sie ins Haus. Elron war erschöpft und schlurfte langsam in dem kleinen Raum umher. Erst da bemerkte Dorian, dass der Alte sich nur unter Schmerzen bewegte, auch wenn er es nicht zeigen wollte.

»Bist du verletzt?«, fragte Dorian.

»Nur alt, Junge, nur alt. Die Knochen sind brüchig, weißt du? Manchmal kann ich tagelang das Bett nicht verlassen. Früher, ja ...«

Elron kroch auf das breite Lager und legte sich hin. Dann seufzte er genießerisch und fragte:

»Kannst du kochen, Junge?«

Beim Diamanten!, dachte Dorian. Erst erzählt er mir, dass bald die Welt untergeht, und dann das!

Aber plötzlich musste er kichern und prustete schließlich befreit los. Auch Elron grinste schelmisch.

»Hm, nicht so gut«, gestand der Junge. »Kartoffeleintopf?«

»Klingt wunderbar. Ich wäre dir sehr dankbar ...«

Immer noch lächelnd machte sich Dorian an die Arbeit, während der Alte die Augen schloss und bald einschlief. Es tat Dorian gut, Wasser zu kochen, Kartoffeln zu schälen und Gemüse zu schneiden und dabei vor sich hin zu pfeifen. Er musste immerhin über so einiges nachdenken.

Das Feuer am Herd war schnell entfacht, draußen knallte der Gewitterdonner um die Wände, und Regen prasselte so laut auf das Dach, als befände sich die Hütte direkt unter einem Wasserfall. Trotzdem fühlte er sich wohl und geborgen. Selbst das Krachen und Blitzen machte ihm keine Angst – er begann sogar wieder

zu grinsen, als er an den schwarzen Krieger dachte.
Selbst schuld, wenn Burké jetzt noch draußen ist ...
Als das Gemüse vor sich hin kochte, zündete Dorian eine Kerze an und betrachtete lange die Flamme. Licht und Schatten. Feuer und Wasser. Erde und Luft. Polarität. Blitz und Donner. Der Mächtige und ... Tja, und was?
Und er, Dorian, der Machtlose?
Kopfschüttelnd riss er sich von dem kleinen Licht los und rührte im Topf. Stach in eine Kartoffel hinein und probierte, ob sie schon weich genug war.

Nachdem sie gegessen hatten, war auch Dorian müde. Sie löschten die Kerze und lagen schweigend im Dunkeln.
Das Gewitter war abgeklungen, nur manchmal flammte noch ein Wetterleuchten durch die Scheiben. Elron und er hatten kein Wort mehr miteinander gewechselt, nur einmal hatte der Alte den Mund aufgemacht und gebrummt: »Schmeckt ganz gut.«
Obwohl er müde war wie nach den härtesten Tagen im Steinbruch, konnte Dorian nicht einschlafen. Mechanisch streichelte er Muntra und versuchte herauszufinden, ob Elron schon schlief. Als er die Stille nicht mehr aushielt, fragte er:
»Ich muss etwas tun, nicht wahr?«
Und er fühlte, dass der alte Mann neben ihm nickte.
»Ja.«
Schweigen. Ein Aufleuchten draußen und ein Donner von weither wie ein fernes Stöhnen.
»Du musst die Farben zurückbringen.«
Das habe ich mir auch schon gedacht! Aber wie? Und was passiert, wenn ...

»Was geschieht, wenn ich nicht will? Oder wenn ich ... wenn ich es nicht schaffe?«
Wieder eine lange Stille. Muntra sprang von Dorians Bauch und kuschelte sich an seine Füße.
»Wenn alle Farben verschwunden sind«, sagte irgendwann Elron und es klang, als redete allein die Dunkelheit der Nacht mit Dorian und nicht ein Mensch im selben Raum.
»Wenn alle Farben verschwunden sind«, wiederholte Elron, »dringt das Grau vollends in die Menschen ein. Wir *leben*, weil es Polarität gibt, Dorian. Geburt und Tod, Einatmen und Ausatmen. Aber wir *fühlen*, weil es die Farben gibt in unserer Welt. Und mit den Farben werden unsere Gefühle verschwinden. Die Kälte wird herrschen und der Namenlose. Streit und Krieg. Verderben. Stumpfheit. Es ist kein Wunder, dass das Wort Grau so ähnlich klingt wie ein anderes: Grauen.«
Elron hustete und schwieg, drehte sich schwer atmend auf die Seite.
Dorian starrte mit weit offenen Augen ins Dunkle und rieb sich die Arme, um die Fliege der Angst zu vertreiben. Die kroch schon wieder auf ihm herum.
»Aber wie soll ich ... Ich bin doch nur ein Junge. Aus einem Grubendorf, das so klein ist, dass es nicht mal einen Namen hat!«
Noch einmal raschelte der Körper des Alten.
»Schlaf jetzt, Dorian. Du wirst nicht allein sein. Und du wirst lernen. Du musst lernen!« Noch einmal zuckte Licht auf, als irgendwo im Verlorenen Tal ein Blitz einschlug, und Dorian konnte erkennen, dass Elron lächelte.
»Schlaf, Junge. Morgen beginnt deine Ausbildung.«
Und Dorian sagte nichts mehr.
Was, beim Diamanten, sollte das wieder heißen!?

Er erwachte ausgeruht und so aufgeregt, dass er sich nicht einmal an *den* Traum erinnerte, der auch diese Nacht irgendwie nicht ganz gestimmt hatte ...
Seine Angst war weitergezogen wie das Gewitter, aber die Neugier war geblieben. *Ausbildung!,* hatte Elron gesagt.
Dorian stellte sich klirrende Schwertduelle vor, eine funkelnde Rüstung und gefährliche Kampfübungen. Er würde also lernen mit Dolch und Armbrust umzugehen, mit Axt, Schild und Bogen.
Er würde lernen zu kämpfen!
»Guten Morgen, Junge!« Elron stand schon am Herd und kochte einen Nusstrunk. »Ich hoffe, du bist munter!«
»Bin ich«, antwortete Dorian hastig. »Wann fangen wir an mit der Ausbildung?«
Elron grinste. »Nach dem Frühstück!«
Später – endlich, dachte Dorian – rief ihn Elron vor die Hütte.
»Das hier ist kein Spiel, Junge.« Ernst ruhten die alten Augen auf seinem Gesicht. »Wenn du gegen den Namenlosen antreten willst, musst du bereit sein. Wachsam und unerschrocken. Nicht auf Abenteuer aus, sondern auf Erfüllung deiner Aufgabe. Denke an Burké! Verstehst du?«
Dorian nickte eifrig und unwillig zugleich, denn an den schwarzen Krieger wollte er eigentlich lieber nicht denken.
Und an seine Angst vor ihm auch nicht.
»Ich verstehe! Aber jetzt fangen wir an, ja?«
Jede der hundert Falten und Fältchen in Elrons Gesicht schien sich plötzlich zu bewegen – der alte Magier lachte.
»Nun gut, junger Ritter. Lasst uns also beginnen.« Feier-

lich hob er Arm, Hand und Finger und deutete auf Dorian. »Dein Körper, Knappe Karfunkel, Lektion eins! Setz dich hier hin.«
Dorian gehorchte und hockte sich vor die Hütte in das vom Regen noch nasse Gras. Wolkenfetzen trieben unten im Verlorenen Tal, wurden aber immer kleiner, verdampften unter dem Licht der morgendlichen Sonnenstrahlen.
»Mach es dir bequem«, sagte Elron immer noch grinsend. »Schüttle noch einmal deine Glieder aus und schließe dann die Augen. Schließe die Augen, atme und sei still.«
Dorian tat, was sein Lehrer wollte. War das eine Art Prüfung? Er machte die Augen zu, rührte sich nicht. Hörte, wie der Alte sich in den Schaukelstuhl fallen ließ. Wartete. Irgendwo im Wald pfiff ein Odinshühnchen, Laubblätter raschelten im Wind.
Und was jetzt?
»Was soll ich jetzt machen?«, fragte er und öffnete die Augen.
Elron lachte. »Vierzehn Atemzüge! Das ist gar nicht so schlecht für den Anfang.«
»Ich verstehe nicht ...«
»Wenn du kämpfen musst ...« Elrons Stimme wurde wieder ernst. » ... ist das Wichtigste die Konzentration. Nicht die Waffe oder deine Muskeln, Junge. Du musst dich auf deinen Körper verlassen können und auf deinen Geist, aber zusammen, verstehst du? Körper und Geist müssen zu einer Einheit verschmelzen. Und das geschieht nur, wenn dich nichts ablenkt, wenn der Geist *im* Körper ruht!«
Dorian kapierte kein Wort.
»Probier es jetzt einfach noch einmal«, meinte Elron.

»Schließe die Augen und versuche ganz still zu sein. Und bewege dich nicht, unter keinen Umständen!«
Den ganzen Vormittag übte Dorian, was er für sich das *Nichtstun* nannte. Es war langweilig und ganz schön schwierig. Mal juckte ihm die Nase, mal musste er husten oder sein Bein schlief ihm ein. Oder eine Biene summte so lange um ihn herum, dass er sie verscheuchen musste.
Dann lachte Elron jedes Mal, ließ Dorian ein paar Augenblicke aufstehen, sich die Beine vertreten – und die Lektion ging weiter.
Seine Ausbildung hatte sich Dorian doch anders vorgestellt.
»Das genügt für heute«, meinte Elron endlich, nach viel zu langer Zeit, wie Dorian fand.
»Du musst lernen, auf deinen Atem zu achten!«, sagte der Alte. »Wenn du dich auf ihn konzentrierst, einzig auf die Luft, die in deine Lungen strömt, dort herumwirbelt, dich nährt und wieder verlässt, dann kannst du es schaffen. Nur so wirst du den Geist zentrieren. Dann gehorcht dein Körper dir – und nicht du deinem Körper.«
Dorian war skeptisch – aber froh, diese Sache hinter sich zu haben.
»Was kommt jetzt?«, fragte er argwöhnisch.
»Nun, ich glaube, ein bisschen Bewegung wird dir gut tun.« Elron lachte schon wieder so seltsam.
»Was meinst du?«
»Lektion zwei: reiten!«
Erwartungsvoll schaute Dorian zu, wie der Alte einen Grashalm abriss, ihn zwischen die Zeigefinger seiner Hände legte und darauf blies.
»Du dachtest«, sagte Elron dann geheimnisvoll, »ich

hätte dich aus dem Labyrinth der Kalkwände herausgeholt. Das stimmt nicht.« Der Alte lächelte schelmisch. Noch einmal blies er in die Hand und wartete dann. Nicht lange: Aus dem Wald hinter der Hütte erklang plötzlich eine mächtiger Antwort, ein dröhnender Ruf. War da noch jemand, der den Schrei der Hirsche imitierte?
Oder ...
»Es war ein Freund von mir, der dich geführt hat, Junge. Es war Osmon, der Hundert-Ender.«

Wie auf ein Stichwort schien der Boden plötzlich ganz leicht zu beben und dann brach der riesige Hirsch zwischen den Bäumen hervor und preschte auf die beiden zu. Hirsch war vielleicht auch nicht das richtige Wort: Er war viel größer als jedes Tier dieser Art, das Dorian je gesehen hatte – fast doppelt so hoch wie Dorian selbst! Das Fell glänzte wie kostbarer Stoff, die mächtigen Flanken hoben sich beim Atmen und die großen Augen leuchteten schon von weitem, so als trüge das Tier zwei warme Sonnen im Gesicht. Die Beine griffen kräftig aus, und als er näher kam, erkannte Dorian einen zotteligen, strahlend weißen Kragen an der Brust des Tieres.
Aber das Schönste war das Geweih. Es verzweigte sich früh, wuchs höher, teilte sich wieder und wieder in neue Sprossen und glitzerte im Licht des Tages – spitz, scharf und fest, aber auch grazil und voller Leben.
Es sieht wie ein wunderschöner Kristall aus, dachte Dorian.
Und er glaubte gerne, dass dieses mächtige Geweih sich in hundert spitze Enden teilte.
Schnaubend blieb der Hirsch neben den beiden Men-

schen stehen und schüttelte den mächtigen Kopf, senkte ihn dann, als wolle er sich verneigen. Die Zacken des Geweihs klirrten sanft – ein Klang wie von hundert feinen Silberglocken.
»Darf ich vorstellen ...«, begann Elron.
Aber das Tier unterbrach ihn und blähte die Nüstern.
»Dorian«, sagte es.
»Osmon«, antwortete der Junge und berührte vorsichtig die kaltfeuchte Schnauze, die ganz nah und riesig vor seinem Gesicht schwebte.
Und beiden schien es, als würden sie sich schon seit einer sehr, sehr langen Zeit kennen.

Der Ritt auf Osmon war für Dorian das Wunderbarste, was er jemals erlebt hatte. Obwohl der Hirsch gewaltig und schwer war, schien er über die Erde zu fliegen, die Vorder- und Hinterläufe ständig in tanzender Bewegung. Osmon hatte sich erst niederknien, dann sogar hinlegen müssen, damit Dorian überhaupt aufsteigen konnte. Anschließend hatte der Junge Schwierigkeiten gehabt, sich auf dem Rücken zu halten. Aber nachdem Osmon es ihm erlaubt hatte, klammerte sich Dorian an das Geweih fest, fand schließlich den richtigen Platz für seinen Körper und ritt über die Wiesen, durch den Wald und die Luft. Fast meinte er zu schweben.
»Geht es?«, schnaubte Osmon in vollem Lauf.
»Sehr gut!«, lachte Dorian. »Ich glaube, ich bin der geborene Reiter!«
»So! Dann pass mal auf!«
Osmon steigerte noch einmal seine Geschwindigkeit. Für Dorian wurde es immer schwerer, die Umgebung richtig zu erkennen – sie rauschte nur noch an ihm vorbei. Dann schlug Osmon ein paar enge Haken und

sprang über einen weiten Graben, sodass Dorian fast stürzte. Aber er hielt sich hartnäckig fest, versuchte die Bewegungen des Tieres mitzufühlen und spannte seine Beinmuskeln, so gut er konnte.

Osmon wurde wieder langsamer.

»Na?«, meinte Dorian stolz.

Dann war plötzlich ein großer Ast vor seinem Kopf.

Wo kommt der plötzlich her?, dachte er noch, spürte den Stoß und plumpste im hohen Bogen auf den Boden. Weiche Tannennadeln fingen den Sturz ab – zum Glück.

Osmon hielt, kehrte zu Dorian zurück und stupste ihn mit der Nase.

»Na?«

Der Junge fluchte im Stillen.

»Du musst immer auf deine Umgebung achten«, meinte Osmon. »Deine Aufmerksamkeit darf nicht mir gelten, oder wie du dich am besten festhältst. Du musst ich sein und umgekehrt. Dann kannst du sehen, was um dich herum passiert.«

Etwas zerknirscht nickte Dorian und stieg wieder auf, als der Hirsch sich hinkniete.

Aber als sie nach einem gemächlichen Trab die Hütte wieder erreicht hatten, schnaubte Osmon in Elrons fragendes Gesicht: »Er ist ein sehr guter Reiter.«

Dorian strahlte. Und Osmon erzählte nie etwas von seinem Sturz.

Burké, der Schlächter, irrte noch immer durch die Schluchten aus Kalkstein.

Wut und Schmach zerrten an ihm – er konnte den Eingang ins Verlorene Tal nicht finden. Obwohl seine Ausdauer schier unerschöpflich war, schwand seine Kraft langsam doch. Zwei Tage lang hetzte er schon durch dieses teuflische Labyrinth und schlug mittlerweile Kerben in den Fels, um nicht doppelt zu gehen. Aber es gab einfach zu viele Abzweigungen. Zu viele Möglichkeiten.

Ich brauche Nahrung, dachte er. Muss zurück nach Büttig.

Aufbrausend reckte er die schwarze Handschuhfaust und schrie seine Enttäuschung in den Himmel hinein. Dann kehrte er um, stapfte zurück in das Handelsdorf.

Aber ich komme wieder!

Die Farben des Regenbogens

Dorian lernte. Die nächsten sieben Tage vergingen so schnell, wie Osmon laufen konnte. Dorian übte das *Nichtstun* und das Reiten auf dem Hundert-Ender, er trainierte seinen Körper um die Muskeln zu stärken. Elron stattete ihn mit verschiedenen Waffen aus und brachte ihm bei, damit umzugehen. Aber es zeigte sich bald, dass Dorian kein Gefühl hatte für Schwerter, Äxte und Lanzen. Dabei stellte er sich ziemlich ungeschickt an, fand einfach nicht die richtige Balance oder den passenden Armschwung. Nur den Bogen verstand er schnell und traf bald jedes Ziel, das er anvisierte. Ja, der Bogen war seine Waffe, die passte an seinen Arm. Und der Hammer natürlich. Der Grubenhammer seines Vaters.

Als Elron den das erste Mal gesehen hatte, blitzte etwas in seinem alten Gesicht auf.

»Das ist ein sehr mächtiges Werkzeug, Junge.« Elron drehte den Hammer zwischen den Händen, schloss die Augen und schien zu lauschen.

»Sehr mächtig. Alte Arbeit der Schubrukken, der ersten Waffenkundigen. Aber es scheint ...« Der Alte zögerte.

» ... es scheint viel Trauer in ihm zu sein.«

Dorian machte jetzt auch erst mal schnell die Augen zu. Er hatte Elron nie von seinem Vater erzählt.

Der tastete noch immer mit seinen dünnen, fühlenden Fingern über das Werkzeug.

»Und er, ja, er gehört irgendwie noch nicht richtig zu dir.«

»Die Weihe«, flüsterte Dorian und dachte an den Streit mit seinem Onkel. Vor wie vielen Jahrhunderten war das gewesen?

»Ich bin eigentlich noch zu jung für ihn«, gab er zu.

»Ja. Es ist falsch von dir, ihn zu tragen, und doch trägst du ihn mit Recht.«
Elron gab ihm den Hammer zurück und nickte.
»Manche Dinge sind mehr, als sie zu sein scheinen, Junge. Manche Waffen sind, nun, man könnte sagen: lebendig.«
Elron schwieg eine Weile und setzte dann hinzu: »Benutze den Hammer sehr sorgsam, Dorian. Nutze ihn sehr sorgsam. Denn er ist unzerstörbar und kann doch zerbrechen.«
»Was meinst du damit?«
Aber Elron grinste schon wieder.
»Ach«, sagte er, »wir alten Leute müssen manchmal ein bisschen geheimnisvoll reden. Das erwartet man von uns.«

Und wieder verging Zeit. Dorian hatte immer noch seine Schwierigkeiten mit der Lektion des *Nichtstuns* und trainierte den Umgang mit Bogen und Hammer, auf die er sich jetzt konzentrierte. »Zwei gut geführte Waffen«, meinte Elron dazu, »sind besser als eine hundertköpfige Auswahl.«
Und Dorian ritt mit dem Hundert-Ender durch die Wälder. Trug nun immer seinen Bogen mit sich und manchmal auch Muntra, der die Ausflüge auf Osmons Rücken zu gefallen schienen.
Die Tage wurden kürzer, die Nächte kälter. An einem Morgen entdeckten sie die ersten Herbstblätter im Wald. Dorian erkannte nur, dass sie heller waren als die anderen – Gelb und Rot hatte er schon zu lange nicht mehr gesehen. Und plötzlich dachte er wieder an die verlorenen Farben, machte sich wieder klar, dass es mehr gab als Schwarz und Weiß.

Es war dieser Tag, als Burké, der Schlächter, begleitet von einer Hand voll gedungener Männer, erneut die Hohlwege des Labyrinths erkundete und den richtigen Weg suchte.
Elron konnte ihn spüren.
Sie kommen näher!, dachte er, Wir haben nicht mehr viel Zeit.
Abends saßen sie oft, wenn das Wetter gut war, vor der Hütte um ein Feuer und kochten. Meistens aßen sie Gemüse, Wurzeln und Getreide, weil Osmon dabei war.
Einmal hatte Dorian ein Baumhörnchen geschossen und briet es an einem Stock. Der Hirsch hatte ihn mit großen Sonnenaugen angesehen und gemurmelt: »Kinder des Waldes ...« Nur mühsam hatte der Junge das Fleisch hinuntergebracht.
Und *der* Traum besuchte Dorian jede Nacht. Sein Vater versuchte scheinbar, ihm wirklich etwas zu sagen. Er öffnete die Lippen, presste sie wieder zusammen, stammelte Worte, die Dorian nicht verstand. Ja, *der* Traum veränderte sich.
Zehn Tage waren es schließlich, die sich Dorian im Verlorenen Tal aufhielt, als er die Frage stellte, vor deren Antwort er sich fürchtete:
»Elron, wie soll ich die Farben zurückbringen?«
Der Alte seufzte und schlurfte langsam in die Hütte hinein. Er bewegte sich mit jedem Tagen mühsamer – Dorian spürte, dass Elrons Kraft versickerte wie Regenwasser in der Wüste.
»Komm mit rein!«
Der Junge folgte ihm.
»Was weißt du über Farben?«, fragte Elron fast mürrisch.
»Sie sind, hm, bunt.«

»Sehr gut, Dorian. Und Muntra ist eine Katze. Ich wollte schon ein wenig mehr hören.«
»Nun ...«, Dorian überlegte. »... es gibt viele Farben. Und ich glaube, einige Hauptfarben, so wie Rot und Blau.«
Elron nickte. »Schon besser. Schließe bitte die Tür und die Fensterläden am besten auch gleich.«
Während Dorian gehorchte und die Hütte verdunkelte, zündete der Alte eine Kerze an. Schwaches Wachslicht erhellte das Innere.
»Gib mit bitte das Glas.«
Dorian nestelte den Schmuck von seinem Hals – er hatte ihn schon lange genug getragen.
»Hier!«
Elron nickte. »Und jetzt pass gut auf. Ich fürchte, ich habe nur noch die Kraft, dir dies ein einziges Mal zu zeigen.«
»Was tust du?«
»Die Farben, Junge, sind auch hier im Verlorenen Tal verschwunden. Ich werde versuchen, sie zu beschwören und für kurze Zeit zurückzuholen. Jetzt schweig!«
Elron hob die Hand mit der Glasscherbe und bewegte ruckartig seine Arme. Es sah aus, als wollte er das Licht der Kerze einfangen.
Er begann zu murmeln, streckte und reckte seine Gestalt. Im Dämmerlicht schien der verrunzelte Körper zu wachsen – er warf bizarre Schatten an die Wände.
Dorian schluckte: Wenn es noch eines Beweises bedurft hätte, dass dieser Greis ein Magier war – hier hatte er ihn.
Elron murmelte unverständliche Worte und bewegte seine Finger jetzt, als wolle er die Kerze streicheln. Und plötzlich bündelte sich das Wachslicht in einem einzigen Strahl. Ein heller Pfeil traf auf die erhobene Hand des Alten, die immer noch die Glasscherbe umfasste.

»Und jetzt schau, Dorian Karfunkel!« Elrons Stimme war mit einem Mal laut und dröhnend, voll urzeitlicher Kraft.
»Schau hin!«
Der weiße Lichtfinger umschmeichelte erst den Kristall, flitzte um ihn herum und bohrte sich endlich in ihn hinein – Licht explodierte in der kleinen Hütte. Sechs verschiedene Farben streckten sich wie spitze Zungen aus Elrons Hand: bunt und warm und so leuchtend, dass Dorian die Augen zusammenkneifen musste.
Ein aufgeteilter Regenbogen strahlte vor ihm durch die ärmliche Hütte.
»Sechs Farben!« Elron sagte es mit durchdringender Stimme, als spreche er einen mächtigen Zauberspruch.
»Sechs Farben, geboren aus Schwarz und aus Weiß,
sechs Farben, gekrönt im strahlenden Kreis,
Blau ist das Wasser und Orange ist die Glut,
Grün ist die Pflanze ohne Bosheit und Wut,
Violett ist die Luft und Gelb das Fieber
und Rot ist das Zentrum der leuchtenden Lieder.«
Dorian starrte so gebannt auf das Schauspiel, dass er ganz vergaß zu blinzeln. Seine Augen tränten, überfordert von dem Glanz der Farben, die durch die Hütte tanzten. Noch einmal wiederholte Elron die Strophen, dann begannen die Farben zu kreisen, vermischten sich miteinander, verschlangen sich, glühten auf, bis ein Blitz aus Elrons Hand schoss, gleißend weiß, blendend – und in Tausenden von Funken versprühte.
Die Kerze erlosch.
Dunkelheit.
Und ein Poltern.
»Elron?«
Dorian tastete sich zur Tür und stieß sie auf. Licht kam

zaghaft hereingekrochen wie ein geprügelter Hund. Elron war zusammengebrochen und lag keuchend auf dem Boden. Seine Hände, ja, sein ganzer Körper krümmte sich um die Glasscherbe.

Dorian stürzte sich auf den Zauberer.

»Elron! Was ist?«

»Schon gut, Junge«, ächzte es unter ihm. »Hilf mir bitte aufs Bett!«

Dorian zerrte Elron nach oben und staunte dabei, wie leicht der alte Mann war. Aufseufzend legte sich der Magier nieder.

»Ich bin langsam wirklich zu alt für solche Tricks«, grummelte er dann und gab Dorian das Glas zurück. »Aber du hast es gesehen, nicht wahr?«

»Natürlich, Elron. Es war ... ein Wunder.«

»Na ja, nicht ganz.« Der Alte versuchte ein Lachen, das in keuchendem Husten unterging. »Aber doch fast, Junge. Anstrengend. Lass mich ein bisschen ausruhen, bitte.«

Dorian zog die Decke über ihn und schlich zur Tür.

Als Elron schlief und Dorian zusammen mit Muntra und Osmon um ein kleines Feuer hockte, stampfte Burké voller Wut auf den Boden. Schon wieder ein Tag vorbei! Hasserfüllt starrte er mit schwarzen Augen auf die Kalkwand vor ihm. Genau dahinter lag das Verlorene Tal. Er wusste es. Er spürte es. Er roch es. Aber der Pfad, auf dem er stand, führte in einem Bogen wieder fort, hinein ins Labyrinth!

Bei der Dunkelheit des Herrn! Warum fand er den Weg nicht? Dieser verfluchte Hund eines Zauber-Greises musste daran schuld sein! Magie! In blindem Hass zog er die Streitaxt, holte brüllend zum Schlag aus und hieb

die Waffe in die Mauer aus weißem Stein. Noch mal und noch einmal. Dieser verfluchte Bastard! Er musste den Weg finden, sonst ...
Der Schlächter bemerkte den feinen weißen Staub, die kleinen Steinsplitter, die er abgeschlagen hatte, und glotzte auf die Kalkwand. Begann zu grinsen.
Dann hieb er zwei- dreimal gezielt mit der Axt. Ja, ein großer Brocken löste sich. Und aus Burkés Grinsen wurde ein höhnisches Lachen. Der Stein war hart, aber nicht hart genug!
Mit einem heiseren Brüllen rief er seine Leute zusammen.

Elron schien sich nicht so recht zu erholen. Den ganzen nächsten Tag blieb er im Bett und redete wenig. Nur nach dem Lied der Farben fragte er Dorian, und ob er es sich gemerkt habe.
»Sechs Farben, geboren aus Schwarz und aus Weiß, sechs Farben, gekrönt im strahlenden Kreis«, begann Dorian. »Das werde ich nie vergessen.«
Der Alte lächelte und schloss die Augen.
Als er wieder eingenickt war, stellte Dorian sich vor die Hütte und betrachtete den leeren Schaukelstuhl. Hob Muntra auf seinen Arm. Er hatte keine Lust, seine Übungen zu machen – die Lektionen kamen ihm auf einmal wie ein dummes Spiel vor.
Es hat doch alles keinen Sinn, dachte er mutlos.
Und sogar als Osmon vorbeikam, um ihm einen Spazierritt vorzuschlagen, besserte sich seine Stimmung nicht.
»Ich bleibe heute besser bei Elron«, sagte er und der Hirsch nickte.
»Ruf mich, Dorian, wenn du mich brauchst. Du weißt ja,

wie.« Osmon rupfte ein paar Grashalme ab und kaute sie genüsslich. »Und mach dir keine Sorgen um ihn.«
»Du kennst Elron schon lange?«
Osmon schnaubte bestätigend. »Wir waren gleichzeitig Kinder, wir waren erwachsen und jetzt werden wir grau und langsam.«
»Ist er wirklich schon über hundert Jahre alt? Und du auch?«
Der Hirsch schüttelte seinen mächtigen Kopf, bis das Geweih summte und klirrte.
»Ich weiß nicht, Junge. Ihr messt eure Zeit anders als wir. Ich lebe in den Jahresringen der Baumstämme und im Wechsel von Schnee und Sonne. Aber alt sind wir beide.«
»Aber du bist noch so, so stark und jung und kraftvoll. Elron ist ...«
Osmon kniete sich neben dem Jungen nieder. Brachte seinen Schädel nahe an Dorians Gesicht.
»Elron trägt seine Schuld«, meinte Osmon. »Sein Opfer, seinen Kampf. Nicht nur eure Jahre machen älter und schwächer.«
Und Osmon summte, ohne dass er die Wörter sang, jenes Lied, das Dorian schon kannte, von Gilgil, dem Sänger der Sorglosen Steppe. Der hatte Elrons Lied vorgetragen – und Dorian erinnerte sich nur zu gut an den Text: *Der Preis war hoch für Rot, Gelb und Blau, am Boden liegt seine sterbende Frau.*

Einen Tag später spuckte Burké angewidert gelben Staub aus. Er befand sich mit seinen Männern schon tief im Kalkstein und bahnte sich unerbittlich seinen Weg. Vorhin war der Gang eingebrochen und die Gesteinsmassen hatten zwei seiner Leute unter sich begraben.

Aber das kümmerte ihn nicht. Hauptsache, der Weg war hinter ihnen eingestürzt. Das war sogar gut so, denn jetzt konnten sie nur noch vorwärts.
Und die Männer arbeiteten schneller. Hatten Angst.
Noch einmal spuckte der Schlächter aus und schlug mit der Axt in den weißen Stein.
Bald!, dachte er. Vielleicht schon morgen!
Sie träumten alle in dieser Nacht.
Burké von dem angstverzerrten Gesicht des alten Scharlatans Elron, wenn seine Axt auf ihn niederfahren würde. Osmon von vergangener Zeit, als er und sein Zauberfreund durch die Wälder geritten waren, voll Lachen und Mut und Freundschaft. Und er bemerkte erst spät, dass sie an einem Abgrund entlangtrabten, der in unheimlichen Farben gierig aufleuchtete.
Muntra träumte von der Schale Milch, die Dorians Tante ihr immer hingestellt hatte. An Milch schien hier niemand zu denken.
Harm Katzengold träumte von Rache. Seit Tagen irrte er in der Gegend umher, auf einer Spur des Verräters. Er würde ihn finden und zur Verantwortung ziehen. Er sah sich lachend und wütend über den Brandstifter gebeugt – seinen blutigen Hammer in der Faust.
Und Dorian schwitzte *den* Traum aus sich heraus, in grellen, bunt leuchtenden Farben. Wieder schrie sein Vater nicht auf, als der Stollen zusammenbrach, sondern öffnete gequält seine Lippen um zu sprechen. Diesmal verstand ihn Dorian im Traum: *Sohn!* rief sein Vater. *Du darfst niemandem trauen!* DU DARFST NIEMANDEM TRAUEN!
Und das Geräusch der zusammenbrechenden Kohle verwandelte sich in bellendes Gelächter, in einen Wirbel aus Kichern und Grölen und Kreischen. Die nar-

benbleiche Fratze des Namenlosen grinste Dorian an und sein Knecht, Burké, der Schlächter, heulte dazu wie ein hungriger Wolf, dessen Sehnsucht zu groß wird, wenn er die Scheibe des Vollmonds über sich aufsteigen sieht.

Der Abschied

Burké kommt näher. Elron versuchte vergeblich sich in seinem Lager aufzustemmen. *Und er ist schnell.*
Dem Magier war nicht mehr viel Kraft geblieben. Seine Hand, die früher mit einer einzigen Bewegung Königreiche zum Einsturz gebracht hatte – jetzt war sie zu schwach, um den Schweiß von seiner Stirn zu wischen. Angstschweiß.
Aber Elron spürte den schwarzen Schlächter, spürte, wie er sich durch die Erde fraß, eine hungrige und zornstarke Raupe.
Es ist Zeit!
Er setzte ein freundliches Gesicht auf und probierte noch einmal, sich aus dem Bett zu schwingen. Es misslang. Seine Arme und Beine knickten einfach weg wie trockenes Zittergras.
Elron versuchte es wieder, dann gab er auf.
Und rief Dorian zu sich.
»Du, du musst jetzt aufbrechen, Junge!«
Entgeistert starrte Dorian ihn an. *Jetzt schon?*
»Aber ich, ich, ich bin noch nicht so weit. Ich habe mit dem Hammer noch nicht richtig geübt und das Nichtstun klappt auch überhaupt nicht und ...«
»Dorian!« Mühsam schob sich der alte Zauberer in eine sitzende Position. »Du musst mir einfach vertrauen.«
Dorian schüttelte den Kopf. Das Traumbild blitzte durch seine Gedanken und er hörte seinen mahnenden Vater: *Du darfst niemandem trauen!*
»Nein, Elron, ich gehe noch nicht. Außerdem ist der Sommer fast vorbei und der Herbst kommt. Lass mich noch den Winter über bei dir bleiben. Dann kann ich ...«

»Nein, Dorian! Jetzt!« Etwas von der alten Schärfe tauchte in Elrons Stimme auf.
»Du wirst jetzt gehen, Junge!«
Dorian fühlte, wie die Tränen aufschossen, doch er drängte sie zurück. *Ich werde nicht weinen!*
»Aber, aber ich weiß noch nicht mal, was ich eigentlich tun soll?«
»Finde die sechs Farben!«
»Und wie?«
»Du wirst sie *sehen.* So wie du gelernt hast, dich bei der Lektion des Nichtstuns auf deinen Atem zu konzentrieren, bis es nur noch den Atem gibt und sonst nichts. Auf diese Art haben sich auch die sechs Farben konzentriert. Suche sie! Finde sie! Noch hat der Namenlose über sie keine Macht. Noch ...«
»Und was dann?« Dorian wurde zornig. Er wollte nicht fort.
»Was soll ich dann tun, alter Mann? Ich sammle die Farben ein wie Pilze im Wald und danach?«
Elron blickte erschöpft und traurig drein. Seine Stimme zitterte. »Danach beginnt die letzte Prüfung. Die schwerste.«
Dorian bereute seinen Ausbruch schon wieder.
»Was meinst du?«, fragte er zögernd.
Der Zauberer lächelte. »Du weißt doch, wie wir alten Käuze sind. Immer ein bisschen geheimnisvoll.« Elron musste husten. Lange. Seine Stimme schien auszuleiern, je mehr er redete.
»Am Ende, Dorian, musst du die Farben miteinander verbinden. Die Übergänge schaffen. Die sechs Farben sind nichts, wenn die Millionen Schattierungen nicht da sind, die Tönungen, Variationen und Mischungen. Um das zu schaffen ...« Elron hustete wieder » ... musst du

Schwarz und Weiß miteinander verbinden. Und deine größte Angst besiegen.«
»Aber, ich ...«
»Das genügt, Dorian. Es muss genügen.«
»Warum soll ich jetzt schon ...«
»Es ist Zeit, Junge!«
»Ich ...«
»Geh!«
»Aber wenn ...«
»Zum Teufel noch mal, du tölpelhafter kleiner Dickkopf, du Nichtsnutz aus einem Grubendorf!« Elrons Blick wurde böse.
»Verschwinde endlich! Mach, dass du hier rauskommst. Erledige jetzt, wozu du überhaupt geschaffen wurdest. Wozu ich dich gemacht habe!«
Stille.
Ohne ein Wort packte Dorian Rucksack, Hammer, Köcher und Bogen und verließ die Hütte. Muntra blickte verdutzt von einem zum anderen, maunzte dann und sprang Dorian hinterher.
Der Junge blickte sich nicht um, als er tief in den Wald eindrang, auf der Suche nach den verlorenen Farben. Er schaute nicht zurück und er weinte auch nicht. *Nie wieder!*
»War es nötig, so barsch mit ihm umzugehen?«
Osmon steckte seinen geweihgekrönten Kopf zur Tür herein.
Elron lächelte müde. »Besser, er ist wütend, als dass er die Wahrheit kennt. Er würde es nicht verstehen.«
Osmon schnaubte: »Verstehst du es, alter Freund?«
Das Lächeln des Magiers wurde breiter: »Nein!«
Wie hundert Glocken sang das Geweih, als der Hirsch nickte. »Vielleicht hast du Recht.«

»Bestimmt. Und du musst ihm folgen. Ihm helfen so gut du kannst.«
»Ich weiß.«
»Und vielleicht ...« Elron zögerte.«... kannst du ihm erklären, später, warum ich so gehandelt habe.«
»Du magst ihn, nicht wahr?«
»Sehr.«
Osmon scharrte mit einem Huf über die Türschwelle – die Hütte war viel zu klein für ihn. Seine dunklen Augen schimmerten feucht und klar.
»Du wirst mir fehlen, alter Freund.«
»Du mir auch, Osmon. Aber du weißt ja: Jedes Sternbild hat seine Zeit. Im Winter leuchtet dieses, im Sommer jenes.«
»Du mit deiner Polarität.«
Noch einen Moment schauten sich die beiden Freunde an, dann trennen sich ihre Blicke.
»Pass gut auf dich auf, Osmon!«
Dann war Elron allein. Er lächelte. Und wartete.

Dorian lief durch den Wald weiter Richtung Osten, bis die Nacht einbrach, langsam und vorsichtig wie ein Dieb. Immer noch war er wütend: Was glaubte dieser Elron eigentlich? Und Osmon war auch nicht da! Sollte der nicht mit ihm kommen auf die Suche?
Er hätte es wissen müssen. Sein Vater hatte Recht, der Traum hatte Recht: Niemandem konnte er vertrauen. Niemandem!
Abgesehen von Muntra vielleicht, die manchmal neben ihm herstreunerte oder auf seiner Schulter hockte, wenn ihre Pfoten Ruhe oder ihr Körper ein paar Streicheleien brauchte.
Als es dunkel wurde, hatte Dorian das Verlorene Tal

schon weit hinter sich gelassen. Der Wald dünnte nach und nach aus und neben ihm floss wieder der Büttigfluss, verbreiterte sich in einer angenehmen, aber nichts sagenden Landschaft.
Dorian wusste nicht, wohin er gehen sollte, also würde er dem Fluss folgen.
Morgen.
Für heute aber machte er es sich auf einer Moosschicht bequem und lauschte den Abendrufen der Schnappeulen. Rasch schlief er ein.

Das letzte Stück Kalkstein brach krachend auf und gab den Weg frei.
Endlich!
Dämmerungslicht schimmerte, zeigte ihm das Tal, den Fluss unter ihm und weiter geradeaus einen Wald.
Burké, der Schlächter, hob den Kopf und schnupperte lauernd.
Dort!

Elron lag im Bett und starrte in die Kerze. Die Hütte war leer und still, wie ausgelöscht nach dem Lärmen des Jungen. Ob Dorian es schafften würde? Der Alte machte sich Sorgen und dachte zurück an seinen eigenen Kampf gegen den Namenlosen. Dorian war so viel jünger als er damals. Aber Osmon würde sich um ihn kümmern.
Elron zuckte zusammen – war da ein Geräusch?
Nein, nichts.
Noch nicht.
Im Bett also, dachte er. Liegend. Wie unangemessen für einen uralten Kämpfer!
Elron lächelte, schloss die Augen und erlaubte sich seit

Jahren ein erstes Mal wieder an seine Frau zu denken.
Mona, meine Mona. Jetzt bin ich bald bei dir.
Dann spürte er ihn draußen vor der Hütte, noch bevor er polternd näher kam und die Tür aufriss.
»Wo ist er?«, knurrte Burké.
»Du kommst zu spät, Knecht. Der Junge ist schon weit weg.«
»Wo? Wo ist er, du stinkender Greis?«
»Unerreichbar für dich, Stiefellecker!«
Der Schlächter heulte auf, glotzte mit schwarzen leeren Augen auf den alten Mann im Bett. Spannte die Muskeln und hob seine Waffe.
Auch Osmon hat dunkle Augen, dachte Elron. *Aber in ihnen ist Sonne. Ach, Mona!*
Das Letzte, was Elron sah, war die funkelnde Doppelaxt, die wie ein metallener Blitz auf ihn zuschoss.
Dann hüllte ihn Zufriedenheit ein und das Lächeln seiner Frau.

Begegnung im Schilf

Dorian schreckte hoch. Er konnte noch nicht lange geschlafen haben, denn ein letzter Rest Abenddämmerung hing noch am Himmel.

Etwas ist passiert!

Aber was? Ganz langsam, als wollte er dieses Gefühl nicht mit einer schnellen Bewegung verscheuchen, stand Dorian auf. Muntra schlief, ihr drohte also keine Gefahr. Der Junge lauschte – aber nichts war zu hören. Was also?

Plötzlich bemerkte er, wie seine Finger eigenständig und lebendig an seinen Hals gekrochen waren und das Glasstück betasteten. Dorian keuchte, ihm schwindelte – und plötzlich wusste er es. Elron! Etwas geschah mit ihm!

Hastig packte er Muntra und seine Sachen und schickte sich an, zur Hütte des Magiers zurückzulaufen.

Da schob sich ein großer breiter Schatten vor ihn und versperrte den Weg.

»Nein«, sagte Osmon.

»Aber Elron ist in Gefahr!«

»Dein Weg führt nicht mehr zurück.«

»Wir müssen ihm helfen! Ich spüre es ganz deutlich! Jeder Augenblick zählt.«

Der Hirsch schnaubte. Langsam senkte er sein Haupt und streichelte mit feuchtkalten Nüstern über Dorians Wange. Die hundert leuchtenden Enden seines Geweihs klirrten.

»Es ist zu spät«, flüsterte Osmon.

Dorians Nein war nur ein leiser Schrei, den die junge Nacht mühelos verschluckte. Und gleichzeitig wusste er: *Es ist die Wahrheit.*

Er rannte durch die Dunkelheit. Rannte weg von Osmon, weg vom Verlorenen Tal, weg von Elron.

Es ist wahr!

Dorian hetzte am Fluss entlang, der im leichten Sternenlicht glitzerte. Elron war tot! Der Junge stolperte und fiel, kam wieder hoch, rannte weiter. *Sinnlos!* Er rannte so schnell, als sei Burké wieder hinter ihm her, und wünschte sich jetzt doch wieder zu weinen.

Aber er konnte es nicht mehr.

Es passiert immer wieder, dachte er. Erst meine Mutter, dann Papa, jetzt Elron.

Rannte und rannte. Niemandem vertrauen. Es machte keinen Sinn. Er durfte niemals wieder jemandem vertrauen. *Nie!*

Der Schmerz war zu groß.

Irgendwann hielt Dorian an und warf sich auf den Boden, schlug mit den Händen auf die Erde ein. Nie! Nie! Nie wieder!

»Du hast keine Schuld, Junge!«

Osmon war lautlos neben ihm aufgetaucht und beugte sich zu ihm herab. Dorian sagte kein Wort.

»Seine Zeit war gekommen. Er wusste es und wollte es.«

Schweigen.

»Und er hat länger gelebt als viele andere.«

Immer noch keine Antwort. Das Flüstern des Flusses neben ihnen.

»Es gibt Dinge, Junge, für die es sich lohnt zu leben. Und es gibt andere, für die lohnt es sich zu sterben.«

Dorian atmete leise. Er suchte etwas. Er suchte nach Elrons Gesicht, aber es blieb verschwommen. Er suchte nach Tränen, die nicht kamen. Er suchte nach einer Antwort.

»Es war Burké, nicht wahr?«

Diesmal war es Osmon, der lange und still ins Wasser starrte.
»Ja«, sagte er dann. »Und der Schlächter folgt uns. Elron hat uns ein wenig Zeit verschafft – die sollten wir nutzen.«
Er kniete sich hin, damit Dorian aufsteigen konnte. Doch der zögerte noch.
»Es eilt«, drängte der Hirsch und der Junge stieg auf.
»Wohin?«, fragte Osmon.
Und Dorian merkte, dass von nun an er die Entscheidungen treffen musste. Kein Elron war mehr da um ihm den Weg zu weisen. Keine Eltern, keine Tanten und Onkel. Auch Osmon wusste nicht wohin.
Denn nur Dorian sah Farben, wenn es überhaupt noch welche gab.
»Nach Osten, den Fluss entlang!« Und er versteckte seine Unsicherheit und seine Wut und seine Trauer hinter einer Grimasse.

Sorgfältig wischte er am Gras das Blut von seinen Händen ab und entzündete eine Fackel. Die Nacht blieb lautlos, als sich Burké auf die Erde kniete und suchte und suchte. Und fand. Da waren die Spuren neben der Hütte. Stiefelabdrücke, die in den Wald führten.
Kleine Stiefel.
Der schwarz gekleidete Mann, Knecht des Mächtigen, grinste höhnisch. Es würde schwierig werden, im Wald und in der Nacht der Fährte zu folgen. Und es würde nur langsam gehen. Aber er hatte Zeit, jetzt wo der alte Dummkopf tot war. Der Weg des Jungen war noch weit.
Viel Zeit. Der Schlächter erhob sich, schwang die Fackel wie seine Axt und marschierte auf den Wald zu.

Osmon galoppierte, Dorian und Muntra auf seinem Rücken, durch die Nacht, bis sie schwächer wurde und blass, bis sie von den Nadeln des Tageslichts zerstochen wurde und starb.

Polarität, dachte Osmon.

Er war so schnell gelaufen, wie er konnte, immer am Fluss entlang. Burké mochte ausdauernd sein und stark, aber an Schnelligkeit konnte es niemand mit Osmon aufnehmen. Nach dieser Nacht würden sie einen weiten Vorsprung haben.

Der Hundert-Ender merkte, wie Dorian einschlief, er spürte das Zucken der Muskeln im Moment der Entspannung. Osmon lief weiter und schnell, aber ruhig und bedachtsam, damit der Junge nicht hinunterfiel.

Muntra steckte in seinem Hemd, nur ihr Kopf schaute heraus und blickte ängstlich auf den fliegenden Boden unter ihr.

Es war schon fast Mittag, als Osmon sich eine Pause erlaubte. Erschöpft trottete er zum Fluss, stieß den ganzen Kopf ins herrlich kalte Wasser und trank.

Als die gleichmäßige Bewegung des Tieres stoppte, war Dorian aufgewacht.

Müde und verschlafen rutschte er von Osmons Rücken.

»Elron ist tot«, sagte er und schöpfte mit der Hand Wasser. Trank. Blickte auf die Lichtpunkte der Wellen, die die Sonne reflektierten. Dachte an das Glas an seinem Hals – und gab sich einen Ruck.

»Ich habe Hunger.«

Osmon nickte zustimmend. »Ein gutes Zeichen, Junge. Ich grase hier ein wenig. Vielleicht findest du für dich ja auch etwas.«

Dorian nahm Köcher und Bogen und trottete am Fluss entlang. Der war hier breit und floss langsam dahin. Ein

Gürtel aus Schilf und Rohrkolben wuchs am Ufer und nahm die Sicht auf das Wasser.
Vielleicht kann ich ein Schilfhuhn erlegen.
Er hatte wirklich Hunger – und wunderte sich darüber. Elron war tot, die Farben verschwanden, ein spitzer Stachel aus Schmerz steckte irgendwo in seinem Bauch – und er wollte ein Schilfhuhn. Verrückt. Aber Elron hätten diese Gegensätze bestimmt gefallen.
Irgendwie schaffte es Dorian, zu lächeln. So leise wie möglich watete er in den Fluss.
Aber kein Vogel zeigte sich. Nur der Schlamm gluckste unter seinen Stiefeln und das trockene Schilf flatterte.
Weiter ins Wasser. Vielleicht ein Fisch? Dorian kämpfte sich vorwärts, schon waren seine Schuhe durchnässt. Dann hatte er den Pflanzengürtel durchquert und blickte in den Fluss. Noch ein paar Schritte ging er, bis das Wasser klarer wurde, und tatsächlich! Kaum einen Meter vor ihm stand ein Prachtbrocken in der sanften Strömung und schlug träge mit den Flossen. Dorian legte einen Pfeil auf den Bogen, zielte – und schoss daneben. Der Fisch hatte sich kaum gerührt, war nur mit einer blitzschnellen Bewegung ein wenig zur Seite geruckt. Auch beim zweiten und dritten Versuch hatte Dorian kein Glück – und hörte ein Lachen.
»So schaffst du das nie!«
Dorian drehte sich um und sah nur die sich schlängelnde Mauer aus Schilf. Der Wind wehte hindurch. Es raschelte leise.
»Hier drüben!«
Er folgte der Stimme mit seinen Augen, sah aber immer noch nichts. Es war eine junge Stimme. Die gehörte keinem Erwachsenen.

»Wer ist da?«, rief Dorian und ärgerte sich, dass er nicht so selbstsicher klang, wie er wollte.
Wieder kam ein kurzes Lachen aus dem Schilf, dann bewegte sich jemand durch die hohen Pflanzen.
»Ich sehe dich!«, rief Dorian.
»Beeindruckend!«, meinte die Gestalt, die jetzt langsam auf ihn zukam.
Ein Junge in kurzen Hosen und viel zu großem Hemd, vielleicht so alt wie Dorian. Sein Gesicht war hart und etwas ledrig, Zeichen für ein Leben in Sonne und Wind. Aber sehr hell, sodass sie mit dem Schilf verschmolz. *Die Haut ist sicher schilfgelb,* dachte Dorian. *Ach, Farben!*
Dann bemerkte er, dass der Junge einen Speer an der Seite trug und um den Kopf eine Art Turban, der die Haare ganz bedeckte. Er näherte sich Dorian mit anmutigen, gleitenden Bewegungen, so als wäre er selbst ein Stück Schilf im Wind. Ein sehr feines Gesicht war das, mit kleiner Nase und blattförmigen Augen.
»Die Dinge im Wasser stehen immer an anderer Stelle, als sie zu stehen scheinen«, erklärte er Dorian lässig. »Du musst ein bisschen darüber zielen. So!«
Rasch holte der Junge aus, schleuderte den Speer und traf.
»Nicht schlecht«, brummte Dorian.
»Ach! Danke für das Kompliment des großen Jägers!«
Dorian senkte eingeschnappt den Kopf und der Junge lachte wieder.
»Nimms nicht so tragisch!« Er blickte Dorian an. »Hast du Lust, mit mir ein richtiges Mittagessen zu jagen?«
Sie brauchten nicht lange, bis sie acht große Fische erlegt hatten – und nachdem Dorian einmal kapiert hatte, worum es ging, traf auch er sicher.

»Noch einen!«, meinte der Junge.
Dorian wunderte sich.
»Warum so viele? Hast du großen Hunger?«
»Ha! Nein! Für meine Familie.«
Familie, dachte Dorian und sah seinen Vater im Kohlebergwerk.
»Ihr ... ihr lebt hier?«, fragte er.
»Ja, ein Stück flussabwärts. Nur eine kleine Siedlung, denn wir ziehen bald weiter.«
»Wer seid ihr?«
Der Junge lächelte und strich über einen Rohrkolben. Sein Turban wackelte ein wenig, als er bedächtig mit dem Kopf seine Antwort abwog.
»Man nennt uns«, sagte er dann, »die Hüter des Schilfs.«
Dorian wollte weiterfragen, aber in dem Moment rief der Junge: »Da!« Ein Fisch, der größte bis jetzt, hatte sich unter einem Stein hervorgeschoben und stierte vor sich hin.
Und diesmal trafen Pfeil und Speer gleichzeitig.
»Möchtest du mit uns essen?«
Dorian nickte. Das war vielleicht eine gute Idee. Der Junge schien nett, und wenn man »Hüter des Schilfs« genannt wurde, wusste man vielleicht über alles Mögliche Bescheid.
»Aber ich muss erst ...« Dorian zögerte. » ... mein Reittier holen.«
Du darfst niemandem vertrauen!, rief die Stimme in ihm.
»Der Hirsch? Er gehört dir! Mann! Möchtest du ihn gegen irgendetwas tauschen?«
»Nein«, lachte Dorian. »Und er gehört mir nicht. Er gehört nur sich selbst.«
Ich habe eben gelacht, dachte er. Wie schnell das geht.

Der Mächtige kauerte in der Kammer der Träume. Wie zäh diese Bergleute waren. Sogar in ihren Träumen kämpften sie noch. Lange hatte er gebraucht, um dem toten Vater des Jungen die Lippen aufzureißen und die Worte hineinzustopfen, die für den Balg gedacht waren.
Der Mächtige spiegelte sich von Decke, Boden und Wänden und hielt die Kerze wie ein Schwert in die Höhe. »Du darfst niemandem trauen, mein Junge«, zischte er. »TRAUE NIEMANDEM.«
Wirklich zu dumm, dass er immer noch nicht den Namen des Jungen wusste. Dann könnte er direkter eingreifen. So aber wiederholte er nur die Traumbeschwörung: »Niemandem!«
Nach einer Weile wurde seine Konzentration gestört: Obwohl schon später Sommer, hatte sich eine letzte Biene in die Kammer verirrt und brummte tollpatschig an die Spiegel. Der Mächtige lauschte ihrem Flügelschlag, diesem Sirren, das nach Sprache klang. Dann packte er das Insekt mit zwei Fingern und drückte zu. In Todesqual wand es sich und stach zu, pumpte sein Gift in den Stachel und verendete.
Der Namenlose verzog keine Miene – der unerwartete Schmerz tat ihm gut. So wie diese Biene musste sich Elron gefühlt haben unter der Axt Burkés. Schade, dass er den letzten Blick des verfaulten Alten nicht miterlebt hatte.
Der gegnerische König war tot.
Aber das Spiel noch nicht beendet. Vielleicht sollte er sich jetzt seinem neuen Bauern zuwenden.

Die Flöte

Das kleine Dorf bestand nur aus drei runden Hütten, deren Wände und Dächer aus Schilfblättern geflochten waren. Überhaupt schien hier alles aus Schilf zu sein, nicht nur die Wohnstätten, sondern auch die Schuhe der Bewohner, die Teller, von denen sie aßen, und sogar das Feuer, das mit gepresstem Schilf genährt wurde. Allerdings brannte es schlecht und qualmte nur, fand Dorian. Erst später merkte er, dass das Absicht gewesen war – die Hüter des Schilfs brieten den Fisch nicht, sie räucherten ihn.

Der turbangeschmückte Junge hielt vor der größten Hütte, schaute Osmon noch einmal bewundernd an und drückte Dorian die Fische in die Hand.

»Warte einen Augenblick, ja?«

Er verschwand im Innern. Dorian spürte die neugierigen Blicke, bis sich die Schilfmatte am Eingang wieder öffnete und eine alte Frau erschien, sich etwas gebückt haltend und mit weißem Haar, aber lachend und freundlich. Sie erinnerte Dorian an Hanna Marienglas. Wie es denen jetzt wohl ging im Grubendorf?

»Ah, Gäste! Willkommen, willkommen!«, krächzte die Alte. »Und sogar mit einem Essensgeschenk!« Nur nebenher musterte sie den Hundert-Ender und stürzte sich gleich wieder auf Dorian.

»Gib her, Kleiner!«, schmunzelte sie.

Verdutzt ließ er sich die Fische aus der Hand nehmen und folgte der Frau, die auf das rauchende Feuer zuging und dabei ohne Pause weiterredete.

»Ah, leckere Beute, Steinputzer! Große Brocken! Weiches Fleisch! Komm und hilf mir, Kleiner! Was hast du denn für einen großen Paarhufer-Freund? Der mag bestimmt keinen Fisch. Meine Enkelin hast du schon kennen gelernt?«

»Was?«

In diesem Moment kam der fremde Junge wieder aus der Hütte. Er hatte sich umgezogen und trug nun ein Metallarmband um das Handgelenk und einen langen Rock. Nur der Turban verhüllte noch Kopf und Haar.

Ein Mädchen!

»Ah, Fabiola! Komm, hilf mir!«, schnatterte die Frau. »Leckere Beute und noch wasserhaft. Aber dein Freund hier, nicht sehr gesprächig, was? Fischstumm, wie?« Sie lachte und begann die Fische auf spitzes Schilfrohr zu spießen.

Dorian brachte den Mund immer noch nicht zu.

»Was glotzt du denn?«, fragte Fabiola. »Noch nie ein Mädchen gesehen?«

»Haha!«, lachte Osmon und die Alte kicherte.

Dorian brachte kein Wort heraus.

Es wurde ein herrlicher Schmaus. Obwohl Osmon immer wieder zum Aufbruch drängte, ließen sie sich doch Zeit. Zusammen mit den Hütern des Schilfes, einer kleinen Gruppe von vielleicht fünfzehn Männern, Frauen und Kindern – kauerten sie am Feuer, errieten im Rauch Figuren und lachten. Oder saugten einfach nur das köstliche Fleisch der Steinputzer von den Gräten.

Aber nicht alles, damit auch noch genug für Muntra übrig blieb, die schnurrend von einem zum andern zog und ihr herzlichstes Ich-bin-eine-liebe-Katze-Gesicht aufsetzte.

Dorian gefielen diese Hüter des Schilfs. Sie machten

Späße, waren freundlich und sie schienen von Wut und Streit und Hass nichts zu wissen. Sie lebten von und mit dem Schilf, erzählten sie, und zogen weiter, wenn die Pflanze über den Winter abstarb. »Aber irgendwo wächst es immer Kleiner!«, sagte Fabiolas Großmutter. »Irgendwo ist immer Sommer, jawohl, und wir ziehen dem Schilf und der Sonne hinterher. Gutes Leben! Immer viele Steinputzer. Und manches gesehen in der Welt!«
Als sie sich später am Fluss die Hände wuschen, fragte Fabiola: »Wie heißt du?« Sie war die Erste, die sein Name überhaupt zu interessieren schien – die anderen hatten sich nicht danach erkundigt.
»Ich bin Do ... äh, Donatus«, stotterte Dorian. *Niemandem!* Flüsterte die Traumstimme seines Vaters im Kopf. *Du darfst niemandem vertrauen, Sohn!*
»Seltsamer Name«, meinte Fabiola. »Klingt wie ausgedacht!«
Ihre klaren Augen musterten ihn neugierig.
Welche Farbe die wohl haben? fragte er sich.
»Und woher kommst du, Donatus? Ich habe jemanden wie dich hier noch nie gesehen.«
»Aus, ähm, aus dem Norden.«
Dorian überlegte. Wenn du schon lügen musst, hatte sein Vater einmal gesagt, dann bleibe wenigstens so weit wie möglich an der Wahrheit.
»Ich stamme aus einem Grubendorf«, erklärte er also. »Grube und Steinbruch.«
»Aha. Deshalb der Hammer.«
Sie hat ihn also bemerkt. Vor Fabiola musste er auf der Hut sein. Sie war nicht nur eine gute Jägerin, sondern beobachtete auch genau. Wollte sie ihn vielleicht aushorchen?

»Und warum bist du nicht in deinem Grubendorf, Donatus?«
»Ähm, ich suche etwas.«
»Nämlich?«
Was, beim Diamanten, soll ich jetzt antworten?
»Hm«, stotterte er. »Ich ... ich glaube, deine Großmutter ruft dich!«
Fabiola lächelte spöttisch, zog ihn aber doch mit zum Feuer zurück, das nur noch schwach vor sich hin glimmte. Osmon hatte die Gelegenheit für ein Nickerchen genutzt, die anderen lachten und redeten noch immer. Dorian wurde Fabiolas Vater vorgestellt, einem etwas zu dünnen, freundlichen Mann, und ihrer Mutter, einer schönen Frau mit seltsamem Schilfschmuck an den Ohren. Dorian tastete unauffällig nach der Haarschleife seiner Mutter. Er hatte sie nie richtig kennen gelernt.
Das große Wort aber führte immer noch Fabiolas Großmutter.
»Na, Nichte«, meinte sie irgendwann, »spielst du uns jetzt was?« Und zu Dorian gewandt erklärte sie: »Noch jung und ein Rotzlöffel, die Fabiola, ja, aber auf der Flöte, Kleiner! Da macht ihr genauso wenig jemand was vor wie mit dem Speer.«
Diesmal war es Fabiola, die mit offenem Mund dastand und sich ziemlich unbehaglich fühlte. Eine Weile zierte sie sich noch, aber alle wollten sie hören und feuerten sie an. Schließlich holte sie eine kleine, natürlich aus Schilfrohr geschnittene Flöte hervor und begann zu spielen.
Dorian kauerte sich an Osmons Seite, der hingerissen dieser Musik lauschte.
Und der Junge spürte etwas Seltsames im Bauch. Einen

Schmerz? War es der Stachel, den Elrons Tod hinterlassen hatte? Nein. Es war so ähnlich und doch wieder ganz anders. Kein Stechen eben, sondern eher ein Zerren und Kribbeln. Und es tat eigentlich auch nicht richtig weh. Oder doch?

Dorian wusste nicht, was da in seinem Bauch zappelte – aber er wusste, woher es kam. Direkt von seinen Augen, die Fabiola beobachteten: ihr sich zur Musik wiegender Kopf; ihre feinen Finger, die über die Löcher der Flöte huschten; ihre blattförmigen Augen, die geschlossen waren, als würde sie selbst auch nur zuhören und nicht spielen. Ihre Brust, die sich beim Einatmen hob. Und ihr Mund, der sanft an der Öffnung der Flöte hing.

Sie spielte eine langsame, fast melancholische Melodie, die aus wenigen Tönen bestand. Eine fallende Folge von sechs Noten, einfach und klar, die sich aber immer mehr vermischten, ineinander übergingen, sich umspielten. Noten, die eine ganze Welt aus Klang darstellten und sich endlich überlagerten, bis neue Variationen entstanden.

Die Musik erinnerte Dorian an irgendetwas. Sechs Grundtöne?

Ja, sie erinnerte ihn an Farben. Und als Dorian jetzt die Augen schloss, sah er Elrons Hütte vor sich, abgedunkelt im Kerzenlicht, und der Regenbogen wuchs aus den Fingern des Magiers heraus.

Als Fabiola endete, blieben alle still – sogar ihre Großmutter schwieg. In dieses Nachlauschen hinein stupste Osmon schließlich den Jungen an und raunte: »Wir müssen weiter!«

Dorian nickte. Noch wie betäubt rappelte er sich auf und packte Rucksack und Bogen zusammen.

Sie bedankten und verabschiedeten sich wortreich und kehrten dann dem Dorf den Rücken.
»Wartet!«, rief Fabiola. »Ich begleite euch noch ein Stück.«
Schweigend gingen sie nebeneinander her: Dorian und Fabiola, während Osmon schon ein Stück vorausgetrabt war um die Strecke zu erkunden. Hatte er jedenfalls gesagt. Muntra sprang um sie herum.
»Ich weiß nicht, wer du bist«, begann Fabiola.
Und Dorian fühlte wieder dieses Zerren im Bauch. Ihre Stimme war so sanft wie die Flöte und ihre Bewegungen so geschmeidig, dass er sich ganz plump neben ihr vorkam. Wie hatte er sie nur für einen Jungen halten können?
»Ich weiß nicht, wer du bist, Donatus.« War da Spott in ihren Augen? Ein verstecktes Wissen?
»Aber ich kenne dein nächstes Ziel.«
»Was meinst du?«, stieß Dorian bestürzt hervor. Was konnte sie denn von ihm wissen?
»Du ... du willst zum Blauen Schlund, nicht wahr?«
»Nein, nie gehört!«
»Doch, das ist dein nächstes Ziel.«
»Na, da weißt du mehr als ich.« Dorians Misstrauen wuchs. Was sollte das?
Sie lachte. »Ja, offenbar ist das so.«
Sie schaute ihn kurz an und redete dann weiter: »Bitte, hör mir zu: Dieser Fluss biegt bald nach Norden ab, wird dann schmaler und schmaler, bis er schließlich versickert. Noch ein Stück weiter nördlich liegt der Blaue Schlund. Wenn dein Hirsch schnell ist, schafft ihr es vielleicht – aber ihr müsst euch beeilen. Glaub mir! Wenn ihr zu spät kommt, dann ...«
»Ich verstehe kein Wort« unterbrach sie Dorian.
»Hör zu! Ihr dürft nicht zu spät kommen, denn morgen

Nachmittag wird sich der Schlund schließen, für fünfmal hundert Jahre! Dann ist es zu spät!«
»Was meinst du? Öffnet sich, schließt sich ...«
Beim Diamanten, warum reden bloß alle in diesen unverständlichen Andeutungen mit mir?
Fabiola blieb geheimnisvoll: »Du wirst schon verstehen. Und noch etwas Wichtiges: Bevor der Blaue Schlund sich schließt, blinzelt er einmal. Ein einziges Mal – vergiss das nicht!«
Dich werde ich nie vergessen, dachte Dorian, schüttelte aber ärgerlich den Kopf. Und meinte mürrisch: »Ich verstehe kein einziges Wort von dem, was du so daherredest!«
»Das kommt schon noch, *Kleiner!*«
Dorian schoss das Blut ins Gesicht. Bei allen Erzadern! Wirklich ganz schön frech!
Fabiola lachte.
»Ich habe noch ein Geschenk für dich.« Sie nestelte an ihrem Gürtel herum. »Hier nimm! Aber gehe sorgsam mit ihr um.«
Sie legte ihm die Flöte aus Schilfrohr in die Hand.
»Aber, aber, das ist doch deine ...« Dorian war erstaunt und verlegen. Was klopfte da in seinem Hals herum, in seinem Herzen?
»Außerdem, ich, ich kann ja gar nicht spielen ...«
»Du kannst es lernen! Es ist leicht. Und, Donatus, es hat nur mit Konzentration zu tun und dem richtigen Atem.«
Der Junge starrte sie an. Er verstand überhaupt nichts mehr –, denn das hätte auch Elron sagen können. Was wusste dieses Mädchen von ihm?
Sie schien seine Verblüffung nicht zu bemerken.
»Aber sei vorsichtig mit ihr«, erklärte sie weiter. »Bitte, ja? Die Flöte ist zerbrechlich wie das Schilf selbst und du

musst sehr auf sie aufpassen. Spiele nie mehr als drei Lieder. Bitte! Nie länger!«

Dorian nickte. Was sollte er auch sonst tun.

Osmon trabte heran.

»Wir müssen los!«, schnaubte er und scharrte im Gras.

»Ja.« Dorian schüttelte nachdenklich den Kopf. »Los.«

Dann nahm er die Flöte aus Fabiolas Hand und verstaute sie sorgfältig in seinem Rucksack.

»Warum trägst du eigentlich immer diesen komischen Turban auf dem Kopf?«, fragte er.

Diesmal war es wieder Fabiola, die nervös den Blick senkte. Aber dann lächelte sie.

»Das wirst du schon noch herausbekommen, Donatus«, sagte sie. »Das hoffe ich zumindest.«

Osmon bückte sich und ließ Dorian aufsteigen.

»Dann ... auf Wiedersehen und ... Glück auf«, stammelte der Junge.

»Vergiss nicht: nie mehr als drei Lieder an einem Tag.«

Dorian nickte.

»Machs gut«, sagte er lahm.

»Möge der Wind euch biegen, aber nicht brechen«, flüsterte die Hüterin des Schilfs.

Und Fabiola winkte noch, als Osmon, Dorian und Muntra nur noch ein kleiner Punkt am Horizont waren.

Zur gleichen Zeit stand der Mächtige wieder auf seiner Burgzinne und sein Knecht Burké stürmte durch den Wald. Er war den Spuren des dummen Kindes gefolgt, hatte sie in der Nacht verloren und erst nach einem langen Tag wieder gefunden. Und nicht nur die. Der Schlächter knirschte mit den Zähnen. Andere Trittsiegel, ein Pferd oder sowas – ein Reittier. Schneller als er, schneller als der dunkle Knecht des Namenlosen.

Er packte die Axt und hieb einen Baum um – so wütend war er.
Und im Blutrausch.
Er musste schneller werden. Musste sie einholen.
Noch ein Baumstamm wurde geköpft.
Niemand und nichts weit und breit. Und die Tierspur schien ihn zu verhöhnen. Sollte er nach Büttig zurückkehren um ein Pferd zu holen? Zu langwierig. Und es mochte Schwierigkeiten mit den Einwohnern geben.
Der Schlächter rief nach seinem Herrn, aber der Mächtige hörte ihn nicht.
Weiter!, entschied Burké.
Er schulterte die Axt und begann zu laufen.

Die erste Farbe

Sie reisten schweigend. Weil Dorian nicht wusste, wohin er sonst gehen sollte, folgte er Fabiolas Rat: weiter am Fluss entlang, der wirklich bald nach Norden abbog. Was für ein seltsames Mädchen. Und sie wusste mehr, als sie ihm verraten hatte – da war er sich ganz sicher.
In seinem Kopf empfahl ihm die so vertraute Stimme: *Du darfst niemandem vertrauen, Sohn.*
Als die Nacht kam, rasteten sie an einem einsamen Fleckchen am Ufer. Das Flusswasser war wirklich schon stark gefallen, bald würde es ganz versickern. Sie waren fast den ganzen Tag in hartem Galopp vorwärts geprescht und verzichteten deshalb müde auf ein Feuer. Fabiolas Vater hatte ihnen Schilfmatten mitgegeben, die herrlich weich waren und warm.
»Für den Winter«, hatte er gesagt.
Wenn ich dann noch lebe, hatte Dorian gedacht.
Die alte Großmutter hatte seinen Rucksack mit Proviant gefüllt, über den er jetzt hungrig herfiel. Er und Muntra taten sich an dem geräucherten Steinputzer gütlich, der kalt fast noch besser schmeckte. Osmon dagegen hatte nur kurz am spärlich wachsenden Gras gezupft und sich dann neben sie gelegt.
Er und Dorian starrten zu den Sternen hinauf.
Der Blaue Schlund, dachte Dorian. Blau, eine Farbe. Sollte das wirklich sein erstes Ziel sein? Natürlich fiel ihm dabei das Lied ein, das Elron für ihn gesungen hatte zum leuchtenden Regenbogen: *Blau ist das Wasser und Orange ist die Glut.*
Elron.
Dorian erinnerte sich, wie er Eintopf für den alten Mann

gekocht hatte. Kartoffeln. »Nicht schlecht«, hatte der Zauberer gebrummt. Oder wie sie über die Polarität sprachen. Wie Elron lachte, als Dorian über die Übung des Nichtstuns stolperte.

Dorian hatte nicht um ihn getrauert. Er biss sich auf die Lippen, konnte aber nichts mehr ändern. Er wollte weinen, aber er hatte das Weinen verlernt.

Der Junge warf einen letzten Happen Fisch zu Muntra hinüber und setzte sich aufrecht hin. So als erweise er dem Magier eine letzte Ehre, kreuzte Dorian die Beine im Schneidersitz und atmete tief. Die erste Lektion: *Nichtstun.*

»Du denkst an Elron!«, meinte Osmon nach einer Weile. Und es war keine Frage.

»Ihr wart gute Freude, nicht wahr?« Auch Dorian fragte das nicht wirklich. Deshalb schwieg der Hundert-Ender auch, unentwegt in den Nachthimmel schauend.

»Du Kennst dieses Lied, Osmon.« Dorian flüsterte und begann zu singen, leise und ein bisschen krächzend. Er sang, was ihm Gilgil vorgetragen hatte: *»Elron schlägt die Zauberhände vor sein Gesicht, aus seinen Tränen fließt ein überirdisch Licht. Der Stab liegt auf der Erde, der die Schlacht entschied. Keiner mehr um Elron, der am Leben blieb. Elron weint und er träumt von Farben, die um ihn herum erloschen und starben. Der Preis war hoch für Rot, Gelb und Blau – am Boden liegt seine sterbende Frau. Und Elrons starke Zauberhände bedecken sein Gesicht, aus seinen Tränen fließt ein überirdisch Licht.«*

Das ganze Lied.

Osmon schwieg lange und lauschte der verklungenen Jungenstimme nach. Seine Augen leuchteten wie verdoppelte Mondscheiben im Dunkeln.

»Es ist nicht vollständig«, schnaubte er dann.
Dorian sagte nichts dazu, sondern wartete. Er spürte, wie schwer es dem Hundert-Ender fiel, weiterzusprechen.
»Die restlichen Strophen, Junge«, meinte Osmon endlich, »erzählen den Anfang. Erzählen von Elrons Kampf um die Farben, gegen die Dunkelheit und das Grauen. Seinen Kampf gegen jenen, den er nur den Namenlosen nannte, dessen Narbengesicht du kennst und seinen Knecht Burké.« Der gewaltige Hals des Tieres schüttelte sich, die Geweihsprossen klirrten.
»Und sie erzählen von seiner Frau Mona«, schloss er, so leise wie es seine machtvolle Stimme erlaubte.
»Wie war sie?«, fragte Dorian.
»Schön. Klug. Und eine wunderbare Reiterin. Ich spürte sie nie, wenn sie auf meinem Rücken saß.« Die Sätze fielen wie einzelne schwere Regentropfen aus Osmons Mund. »Elron wurde gezwungen ... er musste sie opfern.«
Dorian schloss die Augen. *Am Boden liegt seine sterbende Frau.*
»In diesem Moment wurde er ein alter Mann«, sagte Osmon.
»Singst du mir die restlichen Strophen?«
»Nein.« Die Stimme des Tieres war wieder laut und klar. »Hundert-Ender singen nicht! Und jetzt schlaf, Junge!«
Aber Dorian konnte nicht. Nachdem er es eine ganze Weile versucht hatte, holte er lieber die Flöte aus Schilf hervor und probierte sie aus. Er spielte nur einzelne Töne, die erstaunlich schön und warm in die Dunkelheit hinausblitzten. Es ging wirklich leicht. Und bei jeder unterschiedlichen Note sah er ein anderes Gesicht vor sich.
Ein Ton für Fabiola. Ein hoher für Muntra. Einer für Os-

mon, der unwillig brummen mochte: Hundert-Ender singen nicht. Ein Ton für Harm Katzengold. Den tiefsten Klang der Flöte für das narbenbesetzte Gesicht im Funkelbrunnen, für den Namenlosen.
Und als Letztes einen schrillen, quietschenden Ton, einen grellen Laut.
Für Burké.

Wieder hatte er in den Nacht die Spur verloren. War am Boden herumgekrochen wie eine Wurmratte und hatte geschnuppert im Dreck.
Der Schlächter grunzte.
Er kam zu langsam voran. Wenn er nicht bald sein Jagdwild einholte, würde er es doch noch verlieren.
Wütend hieb er auf die Bäume ein – wenigstens lichtete sich endlich dieser verfluchte Wald.
Er knickte einen Busch zur Seite, schmetterte eine Rotbuche um und schloss geblendet die Augen: Burké blickte nach Osten, direkt in die aufgehende Sonne hinein, die den Himmel verzauberte.
Widerliches Lichtauge! dachte er.
Eine Wiesenlandschaft, leicht hügelig, und nach rechts hin ein Fluss. Der Schwarze trottete auf ihn zu und wusch sich sein Gesicht. Die starke Strömung zerrte an seiner Hand.
Ich muss endlich schneller werden!
Da, hier war die Fährte ja wieder! Deutlich sichtbar und schnurgerade führte sie am Ufer entlang, immer Richtung Osten. Und immer zu schnell für ihn.
Burké schaute sich wütend um. Schneller werden. Der Fluss? Die Strömung nach Osten? Gefällte Bäume?
Er mahlte angestrengt mit den Zähnen und grinste dann breit. Das würde gehen.

Burké nahm die Axt aus dem Gürtel und machte sich an die Arbeit.

Schon früh am nächsten Morgen ritten sie weiter – noch bevor die Sonne aufging und ihre Strahlenfinger das Schwarz der Nacht verblassen ließen. Je weiter sie nach Osten kamen, desto niedriger wurde das Wasser im Fluss. Wie Fabiola gesagt hatte, schrumpfte der im Laufe des Tages zu einem Bach zusammen, kleiner noch als der Glimmerbach im Grubendorf.
Der Bach verwandelte sich in ein Rinnsal. Und schließlich versickerte und verschwand auch das.
Weiter und weiter flog Osmon über das trockener werdende Land. Bald brannte die Sonne heiß auf sie herab und auf die vereinzelten Pflanzen, die hier noch wuchsen. Der Boden wurde seltsam weich, fast lederartig.
Morgen Nachmittag wird der Schlund sich schließen, hatte Fabiola behauptet.
Und was noch? Ja: Wenn dein Hirsch schnell ist, schafft ihr es vielleicht!
Dorian lächelte. Er beugte sich vor und sagte:
»Osmon, du bist das Schnellste auf der Welt.«
Der Hirsch hob die Lefzen, was bei ihm einem Lächeln am nächsten kam.
»Na ja, Junge, übertreibe nicht. Der Wind ist vielleicht doch noch ein kleines bisschen schneller.«

Burké schlang zufrieden den letzten Lederriemen um die Baumstämme. Das war ein hervorragendes Floß. Und vor allem: Es würde ihn rasch vorwärts bringen! Er zerrte es ins Wasser, prüfte noch einmal das einfache Ruder und sprang auf. Einen Augenblick trudelte das Floß und drehte sich im Kreis, dann schoss es vorwärts.

Der Schlächter lachte: »Bauernfratz, ich komme!«
Er freute sich schon auf ihn. Und auf dieses weiße Katzenvieh auch.
Seine Axt war hungrig.

»Da vorne!«, rief Osmon.
Am Horizont vor ihnen tauchte eine Linie aus dichten, nebeneinander stehenden Stäben auf. Seit einiger Zeit waren sie nur durch eine flache öde Landschaft geritten, bis sie endlich diesen seltsamen Zaun erreichten.
»Was ist das?«, fragte der Junge.
Osmon zuckte nur im vollen Lauf die Schultern – fast hätte er Dorian damit abgeworfen.
Als sie die seltsame schwarze Linie erreichten, hielten sie an. Das waren keine Stäbe. Eher so etwas wie schwarze Pflanzen, runde kleine Stämme ohne Zweige oder Blätter. Sie wuchsen dicht nebeneinander, waren leicht gebogen, sehr dünn und hoch – viel größer als Dorian. Sie reichten fast bis an Osmons Geweih. Als Dorian an dieser Linie entlangblickte, bemerkte er auch, dass sie keine Gerade bildeten, sondern eher einen Halbkreis. Und wenn er jetzt in die Ferne spähte, sah er eine zweite Linie dieser Riesengrashalme auf der anderen Seite.
Auf der anderen Seite wovon?
Dorian untersuchte einen dieser Riesengrashalme: schwarz und leicht gebogen. Er federte zurück, wenn man gegen ihn drückte.
Direkt hinter dieser Grenze, wenn es denn eine war, fiel der Boden um eine Armlänge ab. Und dort, weiter hinten, noch vor der zweiten Linie! Was war das? Da schimmerte etwas.
Vorsichtig gingen sie weiter, stiegen hinter den schwar-

zen Halmen hinunter. Dorian überlief es kalt. Und Osmon schüttelte schnaubend sein Fell:
Der Boden, auf dem sie jetzt standen, war völlig weiß wie Salz oder Eis.
Und feucht.
»Ziemlich unheimlich hier!« Dorian merkte gar nicht, dass er flüsterte.
»Und die Erde, Junge.« Auch Osmon sprach leise. »Nicht nur nass, sondern auch, nun, irgendwie elastisch!«

Kurze Zeit später erreichten sie einen runden See. So exakt kreisförmig, dass er fast künstlich wirkte. Durchsichtiges, glasklares Wasser und eine schier bodenlose Tiefe.
Das musste der Blaue Schlund sein, dachte Dorian.
Aber wie, beim Diamanten, sollte der blinzeln?
Der Junge schwitzte und überlegte. Was sollten sie jetzt tun? *Blau ist das Wasser ...*, hörte er Elron singen.
Entschlossen zog er sich Hemd und Hose aus.
»Es ist so heiß, dass ich mich ein bisschen abkühle!«, sagte er, aber es klang gar nicht lustig.
Und Osmon lachte auch nicht. Nervös warf er den Kopf hin und her, starrte über die weiße Fläche bis zu den beiden Linien aus schwarzen Pfählen.
»Na gut«, brummte er schließlich. »Aber pass auf dich auf, Junge!«
Und Dorian sprang.
Das Wasser war so kalt, dass er keuchte und etwas davon in Mund und Nase bekam. Er hustete und schluckte, es schmeckte salzig. Salziges Wasser!
Aber wo ist das Meer?
Ratlos schwamm Dorian ein paar Runden, winkte Osmon zu – und tauchte schließlich hinunter.

Das Wasser war klar und leblos und kalt.
Tiefer.
Nach einer Weile spürte er einen stechenden Schmerz in den Ohren. Er schüttelte unter Wasser den Kopf, aber es ging nicht weg.
Tiefer.
Immer weiter tauchte Dorian hinab. Er hatte das seltsame Gefühl, im Innern einer großen Kugel zu schwimmen.
Noch tiefer.
Langsam wurde der Schmerz in den Ohren unerträglich. Außerdem ging sein Luftvorrat zu Ende. Und es war so kalt!
Da erkannte er endlich den Grund, immer noch tief unter sich. Ein seltsamer schalenförmiger Boden, bewachsen mit seltsamen Stäbchen. War das wirklich eine riesige Kugel?
Und da! Etwas Kleines und Rundes – und Leuchtendes. Etwas – beim Diamanten! – etwas Blaues.
Eine Farbe!
Dorian wollte noch tiefer gehen, aber der zornige Schmerz dehnte sich weiter aus, schien nicht nur seine Ohren, sondern den ganzen Kopf zusammenzupressen. Sehnsüchtig warf er einen letzten Blick auf die Farbe und schwamm hastig nach oben, ließ sich zurück an den glatten Wasserspiegel tragen.
Vor Kälte zitternd zog er sich ächzend hoch und schob sich ans Ufer. Sofort kuschelte sich Muntra an ihn und gab ihm etwas von ihrer Wärme ab.
»Da ... da ... da unten ist etwas.« Dorian schlotterte. »Eine Farbe, Osmon! Da unten ist etwas Blaues!«
»Du bist auch schon ganz blau«, brummte der Hirsch und drängte seinen gewaltigen Körper ebenfalls an den Jungen.

»Die erste Farbe«, keuchte Dorian aufgeregt. »Aber meine Ohren! Die Ohren tun verdammt weh, je tiefer ich tauche.«
»Das ist der Druck!« Osmon nickte so heftig, dass sein Geweih klirrte. »Du musst schlucken, Junge! Immer wieder schlucken.«
»Und das soll helfen?«, fragte Dorian skeptisch.
»Ja«, erwiderte der Hirsch. »Wenn du tief tauchst, quetschen die Wassermassen deinen Kopf zusammen und damit die Luft in ihm. Durch das Schlucken wird das verhindert. Dann kannst du ...«
Der weißfeuchte Boden unter ihnen begann plötzlich zu zittern und zu beben.
»Da!«, rief Osmon, während Muntra aufgeregt fauchte.
Und entgeistert beobachtete Dorian, wie sich der Halbkreis aus schwarzen Stäben langsam auf sie zubewegte. Und die Erde unter den Pfählen auch! Sie schob sich einfach über den weißen Untergrund, auf dem sie standen.
Und noch schlimmer: Auf der anderen Seite des Blauen Schlundes, ihnen gegenüber, kam eine identische, zweite Linie auf sie zu. Immer schneller rollte der Boden in ihre Richtung – als wenn sich ein großes Maul schließen würde.
»Spring!«
Osmon brüllte es, als die zwei Stabreihen sie fast erreicht hatten und zum Großteil schon den Blauen Schlund bedeckten.
Dorian packte die Katze und hüpfte im letzten Moment hoch in die Luft, als die schwarzen Stäbe vor und hinter ihm waren, die helle Erde unter sich herziehend.
Ein schmatzendes Geräusch.
Dorian fiel weich auf den lederartigen Boden.

Der See unter ihnen samt der ihn umgebenden weißen Schicht – er war verschwunden.
»Was beim Diamanten war ...«
Aber bevor er den Satz beenden konnte, zuckte es wieder unter ihren Füßen – und die Erde öffnete sich noch einmal.
Sie sprangen erneut, purzelten vielmehr überrascht durcheinander und landeten auf dem weißen Grund. Verblüfft beobachteten sie, wie sich die Erde zurükkschob, lautlos und still.
Dann war wieder alles ruhig. Die schwarzen Pfähle in der Ferne und der See vor ihnen. Ängstlich schauten sie sich an.
Und Dorian dachte an Fabiolas Worte: *Bevor der Blaue Schlund sich schließt, blinzelt er ein Mal!*
»Beim Diamanten!«, stammelte Dorian – er hatte begriffen.
Die kreisrunde Form des Sees! Das salzige Wasser in einer Kugel! Der weiße glitschige Boden und die doppelte Reihe aus schwarzen – Wimpern!
»Ein Auge«, stöhnte Dorian und Osmon nickte.
Der Blaue Schlund war nichts anderes als ein riesiges, im Boden liegendes Auge!
Und dann wird der Schlund sich schließen, hörte er Fabiola sagen, *für fünfmal hundert Jahre!*
Ohne ein weiteres Wort zu vergeuden hechtete Dorian ins Wasser, pumpte seine Lungen voll Luft und tauchte hinunter.
Aber wie viel Zeit blieb ihm noch, bevor sich das Auge erneut schloss – und diesmal endgültig?

Noch jemand stand an einem Wasser, fern von ihnen mit eigenen quälenden Gedanken. Harm Katzengold

beugte sich über den Funkelbrunnen im Knarrenden Wald.
Seit Wochen war er jetzt unterwegs. Hatte diese Wiese Grashalm für Grashalm untersucht, auf die der Verräter immer wieder geflüchtet war. Keine Spuren, kein Hinweis. Er war nach Halblang gereist, dem nächsten Ort im Osten des Grubendorfes – eine Bauernsiedlung. Und jetzt kam es ihm so vor, als hätte er jeden einzelnen verdammten Baum im Knarrenden Wald geprüft.
Nichts.
Harm hockte am Funkelbrunnen und rief alle Götter der Kohle, des Steins und der Erzadern an. Irgendwie musste er Dorian doch finden.
Und seine Gebete wurden erhört.
Die Wasseroberfläche des Brunnens begann sich zu kräuseln. Und Harm schien es, als dränge ein Flüstern und Raunen, ein Zischen und Murmeln aus der Tiefe zu ihm.

Hinunter, hinunter.
Als Dorian wieder den Schmerz im Ohr spürte, schluckte er krampfhaft, wie Osmon vorgeschlagen hatte. Und beim dritten Mal hatte er Glück.
Es funktionierte!
Ein helles Knacken in beiden Ohren und der Druck in seinem Kopf war sofort verschwunden.
Runter jetzt!
Tiefer tauchte er, hinunter in die schweigende, blass flirrende Welt. Alle paar Meter musste er schlucken, aber er kam gut voran. Trotzdem – es dauerte so lange. Endlich war er ganz unten, tastete über Stäbchen und Zäpfchen, die den Grund des Blauen Schlundes bildeten.

Und er sah das blaue Leuchten vor sich. Noch ein paar Meter! Da!
Nicht größer als eine Murmel, einfach nur eine abgeflachte Kugel. Aber blendend in warmem, tiefem Blau.
Die erste Farbe!, dachte Dorian. *Ich habs geschafft! Elron wäre stolz auf mich!*
Er packte das Kleinod mit beiden Händen, stieß sich vom Grund ab und schwamm nach oben.
Da wurde es dunkler.
Voller Entsetzen starrte Dorian durch das Wasser zur Oberfläche hinauf. Die Ränder des Sees verschwanden und mit ihnen das Licht.
Das Auge schließt sich wieder!
Panik lähmte ihn. Er gab seinen Beinen und Armen den Befehl, zu schwimmen, aber sie rührten sich kaum, zappelten nur schwach hin und her. Und ihm ging die Luft aus ...
Dann gehorcht dein Körper dir und nicht du deinem Körper.
Dorian hörte die Stimme des alten Magiers tief in seinem Kopf. Er schloss die Augen und konzentrierte sich. *Nichtstun.* Vorsichtig entspannte er seine Muskeln, entfernte jeden Krampf.
Dann riss er die Augen wieder auf und schwamm schnell und sicher nach oben. Zum Licht. Zur Luft. Zum Leben.
Aber schon waren die Lider des blauen Schlundes nur noch wenig voneinander entfernt. Dorian erkannte lediglich einen engen Spalt wie eine dünne Mondsichel über sich.
Ich schaffe es nicht!
Nur noch wenige Meter, aber er wusste – es war zu spät. Seine Lungen drohten zu explodieren. Keine Kraft

mehr. Und selbst wenn er es nach oben schaffte – er wäre trotzdem zu erschöpft, um sich durch den engen Schlitz zu drücken und ans Ufer zu ziehen. Er würde ersticken in diesem grausamen geschlossenen Auge voller Salzwasser. Einer dann dunklen und kalten Kugel.

Und Dorian dachte, seine Lippen von einem Grinsen verzerrt, dass Elron vielleicht doch nicht so stolz auf ihn sein würde.

Sein Blick wurde dunkel, die allerletzten Luftblasen perlten verlöschend aus seinem Mund.

Aber was war das?

Direkt über ihm wuchsen Kristalle in das Wasser herein, scharfe und elegant geschwungene Sprossen. Und unter diesen hornartigen Formen, schaukelnd und verschleiert vom Wasser, ein Gesicht mit angstvollen großen Sonnenaugen.

Mit letzter Kraft streckte Dorian die Hände aus und packte Osmons Geweih.

Der Hundert-Ender warf seinen Kopf zurück und spannte den Nacken, schleuderte Dorian in hohem Bogen hinter sich aufs Land, sprang selbst, kurz bevor die Erde ihn überrollte, hoch in die Luft und stürzte.

Im selben Moment schlossen sich die riesigen Augenlider mit einem leisen, wie müde klingenden Schmatzen.

Der Blaue Schlund schlief.

Der Umweg

Der Schlächter kam jetzt gut voran. Immer wieder steuerte er ans Ufer um die Spuren zu suchen. Und sie zu finden. Die mussten sich sehr sicher fühlen, dass sie nichts taten um ihren Weg zu verwischen. Sehr sicher – oder sehr dumm.

Er würde sie kriegen. Den Jungen, das Reittier und dieses dreimal verfluchte Katzenvieh! Ja, erst die beiden Tiere vor den Augen des Jungen abschlachten und dann ...

Jagdfieber verzerrte sein Gesicht – er feuerte die Strömung an, befahl ihr ihn schneller zu tragen. Ja, er war schnell wie ein Fisch! Vielleicht nicht so schnell wie dieses Tier, auf dem der Junge ritt, aber schnell genug. Burké hatte die Spuren genauer untersucht: ein Paarhufer, sicher ein Hirsch. Ein großes Tier, vielleicht sogar ein Fünfzig-Ender?

Endlich ein würdiger Gegner!

Da erkannte er Hütten am Ufer, armselige Behausungen. Grinsend zerrte er am Ruder und steuerte das Floß an Land. Sprang ins Wasser und hieb sich eine Bresche ins Schilfgras.

Die werden bestimmt was wissen, dachte er.

Das würde er ihnen jedenfalls raten.

Und der Schlächter sprang auf die Menschen zu, die sich Hüter des Schilfs nannten.

Obwohl sie erschöpft waren, wollten beide den unheimlichen Ort so schnell wie möglich verlassen. Dorian drückte sich zitternd vor Kälte an Osmons Rückenfell und kuschelte sich an Muntra. Als sein Zittern nachließ, schlief er fast sofort ein, hielt aber seinen letzten Gedanken fest, damit der ihm in seine Träume folgen konnte: *Elron würde doch stolz auf mich sein.*

Und noch etwas hielt er fest mit verkrampften, immer noch starren Fingern: einen kleinen rundlichen Gegenstand, nicht viel mehr als eine Glasmurmel, die von wundersamer blauer Farbe war.

Dorian erwachte, als der Hundert-Ender anhielt. Es war schon Abend – Osmon war fast bis zur Erschöpfung gelaufen.

Dorian aber war bester Laune.

»Ich hab es geschafft, Osmon!«, lachte er. »Wir haben die erste Farbe gefunden. Sollen sie nur kommen, Burké und der Namenlose! Wir nehmen es mit ihnen auf, was?«

Der Hundert-Ender schnaubte abschätzig.

»Die erste von *sechs* Farben, Junge. Und das war schon knapp genug!«

Dorian schluckte.

»Du hast mir das Leben gerettet«, meinte er dann leise – seine Euphorie war ein bisschen verflogen.

»Ich versprach Elron, dich zu schützen.«

»Trotzdem. Wenn du nicht gewesen wärest ...«

Osmon unterbrach ihn: »Ach, was! Zeige mir lieber, was du eigentlich im Schlund gefunden hast.«

Der Hirsch stupste mit den Nüstern an Dorians Hand, die immer noch zur Faust geballt war. Überrascht starrte der Junge sie an und hatte Mühe, seine Finger zu entspannen. Und dann lag es vor ihnen und strahlte blau und funklend in das Grau des Abends hinein. Keine Kugel, wie Dorian jetzt auffiel, sondern oval geformt und an einer Seite spitz ausgezogen.

»Wie eine Träne«, meinte Dorian leise.

Und Osmon nickte. »Die Träne des Blauen Schlundes.«

An diesem Abend nahmen sie sich Zeit für ein Feuer. Dorian erlegte zur Feier des Tages ein Wildkaninchen und teilte sich den Braten mit Muntra. Osmon schüttelte zwar missbilligend den Kopf, sagte aber nichts. Er hatte eine saftige Wiese gefunden und käute wieder und wieder, auch als sie schon lange an den prasselnden Flammen saßen.

Immer wieder schaute sich Dorian die blaue Träne an – er konnte sich gar nicht an ihr satt sehen. Und seine Stimmung besserte sich mit jedem Blick.

»Warum bist du eigentlich nicht in den Blauen Schlund getaucht?« fragte er spöttisch.

Osmon zog die Lefzen hoch – er grinste. »Möchtest du eine metaphysische Antwort oder eine direkte?«

»Beide«, lachte Dorian. »Zuerst die metadingsda, bitte.«

»Nun, die lautet, dass dies hier dein Weg ist. Deine Suche und dein Finden.«

»Aha. Und die direkte?«

»Einfache Prinzipien, Dorian! Hundert-Ender tauchen nicht.« Und genüsslich kaute der Hirsch weiter am Gras.

Sie lachten.

»Ach, Osmon! Weißt du eigentlich, wie lange ich schon keine Farbe mehr gesehen habe?«

»Zu lange, nehme ich an.«

Dorian nickte und grinste seinen Gefährten an.

»Was ist eigentlich mit dir, Hundert-Ender und Lebensretter! Siehst du denn noch Farben um dich herum, mehr als Schwarz und Weiß?«

»Ja«, dröhnte der Hirsch. »Ich bin kein Zauberwesen.«

»Na, das sehe ich anders«, lachte der Junge. »Willst du … möchtest du nicht durch Elrons Glasscherbe schauen, um zu erkennen? Um zu wissen, wie die Welt wirklich aussieht?«

Osmon zögerte.
»Nein.«
»Aber warum nicht? Du siehst nur eine gefälschte Welt. Ein falsches Gelb, das im Feuer brennt. Ein falsches Grün auf der Wiese, von der du dir Grashalme rupfst. Das hier ist eine echte Farbe!« Dorian hielt die Träne des Blauen Schlundes ans Feuer, bis sie hell zu funkeln begann. »Alles andere sind nur Illusionen des Namenlosen«, schloss er atemlos.
»Dann, Junge ...«, Sein Freund starrte ihn lange an.
» ... dann lass mir meine Illusionen. Jeder von uns trägt ein paar mit sich herum. Und einige wenige davon braucht man sogar.«
»Aber, aber es sind Lügen!« Dorian war verwirrt.
»Stimmt«, brummte Osmon. »vielleicht sind ja nicht alle so stark wie du, diesen Lügen ins Auge zu sehen.«
»Du und nicht stark genug?«
Wieder zögerte der Hundert-Ender und drehte den Kopf, um den unzähligen Nachtgeräuschen des Waldes zu lauschen.
»Ich bin müde, Juge. Wir müssen morgen schon früh weiter. Ich spüre, dass Burké uns wieder nah ist.«
Der Schlächter! Dorians Hochstimmung sackte in sich zusammen.
»Aber er kann unmöglich so schnell sein, Osmon. Selbst mit dem besten Pferd kann er dich nicht einholen.«
»Ich verstehe es auch nicht. Doch ich kann ihn spüren.«
Dorian packte nervös einen halb verkohlten Zweig und stocherte im Feuer herum.
»Also versuche noch ein wenig zu schlafen.« Osmon schnaufte. »Und noch eins will ich dir sagen.« Das Geweih klirrte sanft in der Nacht. »Du hast heute deine Sache sehr gut gemacht, Dorian.«

Es dauerte eine ganze Weile, bis es ihm auffiel, dann schlug sein Herz schneller: Osmon hatte ihn das erste Mal, seit sie sich bei Elron kennen lernten, nicht *Junge* genannt, sondern seinen Namen benutzt. Und er hatte nicht nur »Dorian« gesagt, sondern auch einen bestimmten Tonfall benutzt. Eine neue Nuance in der Stimme, eine Art Wärme und Respekt, die der Hirsch vorher nur einem anderen Namen zugestanden hatte. Einem anderen Menschen: Elron.

Der Schlächter kam jetzt noch schneller voran, denn er hatte ein Boot gestohlen. Ein Kanu aus Schilf von diesen Memmen am Fluss. Klein und zerbrechlich, aber mit zwei Rudern an den Seiten. Jetzt konnte er seine eigene Kraft der Strömung hinzufügen. Jetzt flog er wirklich!
Mit wildem Grinsen ruderte er vorwärts, schlug auf das Wasser ein, als wollte er es mit zwei hölzernen Breitschwertern zerschmettern.
Er würde sie kriegen!
Weiter nach Osten, hatten sie gejammert, wenn er ihnen Zeit dazu gegeben hatte.
Weiter nach Osten. Sein Herr würde bald glücklich sein.

Osmon stupste ihn wach. »Wir müssen los!«
Müde streckte sich Dorian und gähnte laut – der Morgen dämmerte erst.
Dorian starrte nach Osten in das verschmierte Grau und erinnerte sich an die Farben eines Sonnenaufgangs: an das sanfte Rosa über dem Horizont, dann das intensive Violett, ein grelles Orange und schließlich das strahlende Gelb der Sonne.
Farben, dachte er sehnsüchtig.

Schlaftrunken tastete er nach der blauen Träne und fragte dann: »Wohin gehen wir?«
Osmon erwiderte leise: »Das musst du schon sagen!«
Aber Dorian hatte keine Ahnung. »Weißt du, wo wir hier sind?«
»Nun, einen halben Tagesritt nordöstlich des Blauen Schlundes, würde ich sagen.«
»Ha! Ich wusste gar nicht, dass du am frühen Morgen schon so witzig sein kannst.«
»Hundert-Ender sind nie witzig.«
»Du weißt schon, was ich meine ...«
»Stimmt.« Osmon grinste mit den Lefzen. »Nun, vor uns im Norden liegen die Verkrüppelten Berge – eine kilometerlange Barriere aus massivem Felsgestein. Man kann sie nur im Winter besteigen, wenn Eis und Schnee sicher sind. Im Sommer oder Herbst wird man von Lawinen begraben und von Schmelzwasser ertränkt.«
»Nett!«, grübelte Dorian. Schöne Aussichten waren das!
Wohin sollen wir gehen? Wo finden wir die zweite Farbe?
»Hinter den Verkrüppelten Bergen«, fuhr Osmon fort, »auf ihrer anderen Seite, liegt im Westen die Stadt Schuchmech und im Osten das Orakel.«
Dorian rieb sich die Augen. *Blau ist das Wasser und Orange ist die Glut.* Wenn das Wasser des Schlundes für das Blau gestanden hatte, was symbolisierte dann wohl die Glut?
»Was für ein Orakel?«, fragte er gedankenverloren – fast nur um irgendetwas zu sagen.
»Ein heiliger Ort, den auch Elron manchmal besuchte«, erklärte der Hirsch. »Das Orakel des Fallenden Vulkans.«
Dorian schnappte nach Luft.

Glut? Feuer? Vulkan?
Lag dort vielleicht ihr nächstes Ziel? Dorian wusste es nicht. Aber sie konnten es ja versuchen.
»Das klingt gut, Osmon«, meinte er überzeugter, als er eigentlich war. »Wenn wir dort kein Rot finden, wo sonst? Also erst einmal auf zu den Verkrüppelten Bergen!«

Fluchend und spuckend sprang er aus dem Boot. Das hatte keinen Zweck mehr, zum Höllenschlund! Dieser erbämliche Bach führte mittlerweile weniger Wasser als ein leerer Krug Kornbier!
Burké heulte zornig auf. Er kam nicht mehr vorwärts. Und schlimmer noch: Er hatte sie verloren. Mit den Zähnen knirschend suchte er das Ufer ab, legte sich auf die Erde, kroch mit der Nase am Boden die Umgebung ab.
Nichts. Keine Witterung, keine Fährte. Keine Spur.
Sie waren entwischt.
Als seine Wut den Siedepunkt erreicht hatte, watete er zurück zum Boot, riss seine Axt aus dem Gürtel und hieb auf das Fahrzeug ein. Immer wieder schlug er zu, bis nichts mehr übrig blieb als einzelne zerschnittene Stückchen Schilf.

Dorian, Osmon und Muntra brauchten fast den ganzen Tag, bis sie vor sich am Horizont die Verkrüppelten Berge aufsteigen sahen: einen mächtigen steinernen Grenzwall. Dahinter lag irgendwo das Vulkan-Orakel.
»Weiter«, schnaubte Osmon.
Als sie endlich die ersten Ausläufer des Gebirges erreichten, hielten sie erschöpft an. Dorians Blick durchsuchte die zerklüfteten Felsen und abgebrochenen

Trümmer, die durcheinander lagen. Sie türmten sich vor den Gipfeln auf wie eine Herde versteinerter Schafe, die sich um ihren Gebirgshirten drängte.
»Wir übernachten hier«, entschied Osmon. »Um die Verkrüppelten Berge kümmern wir uns morgen.«
»Warum heißen sie so?«, fragte Dorian.
»Nun, es ist ein großes Gebirge. Und wirklich sehr, sehr hoch. Aber es sieht aus, als wären keine Gipfel da. Als wären die Spitzen abgebrochen. Zusammengefallen. Verkrüppelt. Man sagt, dass die Gipfel früher so hoch stiegen, dass sie Löcher in den Himmel stachen ...«
»Wie kommen wir hinüber?« Dorian war ratlos. »Du hast selbst gesagt, dass es im Herbst schwierig ist ...«
»Nicht schwierig! Unmöglich.« Osmon schüttelte seinen großen Schädel und die Geweihsprossen klirrten. »Aber trotzdem ist eine Durchquerung ganz einfach. Es gibt einen Tunnel, den das uralte Volk der Schubrukken anlegte. Frühe waffenkundige Krieger aus alten Zeiten, weißt du? Der Tunnel geht tief unter dem Gebirge hindurch und führt fast direkt zum Orakel. Kein Problem für uns. In einem Tag sind wir durch.«
Ein Tunnel?, dachte Dorian.
Er schluckte schwer und sah seinen Vater vor sich, begraben von einem Meer aus Stein und Kohle und Dunkelheit. *Nie mehr ins Bergwerk! Nie mehr unter die Erde!* Das hatte er sich geschworen im Grubendorf, hatte er versprochen bei allen Sternen in der Nacht.
»Ähm, Osmon?«, meinte er zögernd. »Ich, ich weiß nicht, ob das so eine gute Idee ist ...«

Bei allen verfluchten Höllenratten! Es blieb ihm nichts anderes übrig. Er musste Ihn fragen. Sein Versagen gestehen.

Burké knurrte.
Den ganzen Tag war er herumgeirrt, immer auf der Suche nach einer Fährte, nach einem abgeknickten Ast, nach einem winzigen Wegzeichen.
Erfolglos. Dieser Bastard hatte sich in Luft aufgelöst wie die Spuren. Die Erde war glatt und weich – nichts zeichnete sich auf ihr ab. Und jetzt sank die Sonne und leuchtete ihm zum Abschied spöttisch zu: einen ganzen Tag verloren.
Burké hatte versagt.
Aber sein Meister würde ihm den richtigen Weg weisen. Er würde wissen, wo sich die Bastarde versteckt hielten.
Der Schlächter kniete sich an den Rand des halb versiegten Baches, denn er benötigte das Wasser. Er brauchte einen Spiegel.
Dann begann er die Beschwörung.

Unterdessen erzählte Dorian. Von seinem Leben im Grubendorf, von Tante und Onkel, sogar von Harm Katzengold. Und – auch von seinem Vater und wie er starb. Der Junge berichtete nervös von seinem Schwur, niemals wieder unter Tage zu gehen. Und noch nervöser von seiner Angst, genau das zu tun.
Osmon hörte schweigend und ernst zu.
»Wir sollten es trotzdem versuchen, Dorian«, erklärte er dann. »Wenn wir den Tunnel der Schubrukken nicht benützen, müssen wir um die Verkrüppelten Berge herumgehen. Das ist ein Umweg von mehreren Tagen, vielleicht sogar Wochen!«
Der Hirsch schwieg.
»Lass es uns morgen einfach probieren, Dorian.«
Der Junge nickte.
Aber er war skeptisch.

Das Glitzern der Sterne auf dem Flusswasser begann zu tanzen. Vermischte sich. Bildete die verehrte Gestalt mit Narben im Gesicht und den riesigen Augen ohne Lider, die sogar Burké fürchtet. Sie starrt den Schlächter an.
»Du!« Nur ein Flüstern und nur ein Wort. Aber es klang, als würden Tausende von Mündern sich bewegen, als würden unzählige Lippen dieses eine Wort aussprechen: *»Du!«*
Der Schlächter zögerte. Er wusste nicht, ob er Erlaubnis hatte, zu sprechen.
»Ja, Herr. Ich, ich habe ihn verloren. Er hat ein Reittier, ein sehr schnelles Tier und ich ...«
»Schweig!« Tausend Zungen, die aus dem Wasser zu ihm flüsterten.
»Schweig und warte!« Ein furchtbares, gnadenloses Donnern, aber so leise wie das Geräuch eines Blattes, wenn es sich von seinem Zweig löst.
Burké schwitzte und wagte es nicht, seinen Blick von dem Gesicht im Wasser zu lösen.
Zeit verging.
Burké schwitzte immer stärker.
Dann begann die Stimme seines Herrn erneut zu raunen: *»Du nutzloser Tölpel! Sie haben die erste Farbe bereits gefunden. Im Wasser des Blauen Schlundes sah ich den Jungen, wie er ins Auge hinabtauchte. Du hast versagt, Knecht.«*
Burké zitterte stärker. Ein Schweißtropfen rann von seiner Stirn und tropfte von seiner Schläfe auf das im Wasser schwebende Abbild seines Meisters. Im allerletzten Moment fing der Schlächter den Tropfen auf. Sein Herr mochte es nicht, gekitzelt zu werden ...
»Gehe zum Orakel des Fallenden Vulkans«, flüsterte der Wasserspiegel.

Keine Rüge, keine Drohung.
Der Schlächter nickte eifrig.
»Ich werde sie einholen und finden, Mächtiger! Und diesmal verliere ich sie nicht!«
Das Gesicht seines Herrn zersplitterte stumm im seichten Wasser.
Burké schulterte seine Streitaxt, taxierte am Himmel die Richtung nach Norden – und rannte los.
Er wusste, noch einmal durfte er Ihn nicht enttäuschen.

»Hier ist es«, brummte Osmon, als sie früh am nächsten Tag neben dem Eingang des Tunnels standen. Der Tunnel, der durch das Verkrüppelte Gebirge führte. *Unter* ihm hindurch.
»Ich, ich glaube nicht, dass ich das schaffe.« Dorian wiegte den Kopf zweifelnd hin und her.
Der Hundert-Ender schnaubte. »Versuche es!«
Vor dem Mundloch des Stollen lagen Fackeln.
Wie bei uns im Grubendorf, dachte Dorian und ergriff eine. Entzündete sie mit geübter Hand, die doch zitterte. Und ging ins Dunkel hinein.
Osmon folgte ihm.
Stille. Und der Geruch nach Steinen, die verbrauchte Luft, die Dorian so gut kannte. Zögernd machte er ein paar kleine Schritte und blieb stehen. Sein Puls trommelte am Hals und Schweiß stand auf seiner Stirn.
Er zwang sich zu einem weiteren Schritt.
Die Fackel warf Licht und Schatten an die Wände. Dorian kamen sie wie Fratzenbilder vor, brennend in seiner Erinnerung. Er sah sie alle vorbeihuschen ...
Seinen Vater, am dunklen Kohlenflöz arbeitend. Ruhig und stark mit wuchtigen Hammerschlägen – aber sicher geführt. »Hol mir die Lore, mein Sohn.«

Noch ein Schritt.
Der Hirsch hinter ihm flüsterte leise: »Siehst du, Dorian, es geht!«
Schritt. Unter seinen Füßen löste sich ein Stein und rollte ein kleines Stück.
»Ja, Papa, mach ich!« Er geht zurück in den Hauptstollen, auf die Lore zu.
Schritt.
Zuerst ein ganz leises Knistern und Knacken, so als zerreiße man ein trockenes Herbstblatt. Dann lauter – Meeresrauschen tief unter der Erde. Dorian blickt sich zu seinem Vater um.
Unter den Verkrüppelten Bergen, verstrickt in seinen Erinnerungen, blieb Dorian endgültig stehen. Er schwitzte und zitterte. Knackte da nicht etwas über ihnen? Er wollte ja weitergehen, aber es gelang ihm nicht. Die Schatten tanzten. Sein Herz raste.
Dann ein gewaltiges Krachen, Kohle, Fels und Staub. Knirschen und Rumpeln. Der letzte Schrei seines Vaters. Dorian bekommt Staub in die Lunge, hustet und kann trotzdem nicht atmen. »Papa!« Er glaubt zu ersticken. Er glaubt zu erblinden. Dunkelheit und Kohlesplitter überall. Nein! Nie wieder! Nie wieder in eine Grube!
Aufschreiend wirbelte Dorian herum und rannte an Osmon vorbei. *Nur raus hier!* Zum Ausgang des Tunnels, gehetzt und blind. *Nie wieder! Papa!*
Draußen atmete Dorian die klare Luft ein und stützte sich am Mundloch des Tunnels ab
»Es tut mir Leid!«, flüsterte er.
Osmon nickte.
»Mach dir keinen Vorwurf«, sagte er. »Dann müssen wir eben außen herum. Ein paar Tage nach Osten, bis zur Flanke des Gebirges, dann nach Westen.« Er schüttelte

sein Geweih. »Aber lass uns gleich aufbrechen, Junge!« Dorian hatte nichts zu erwidern und stieg auf, als sich der Hundert-Ender vor ihm hinkauerte. Muntra sprang irritiert auf seine Schultern und sie ritten los, am Fuße der Verkrüppelten Berge entlang. Schweigend.
In sich zusammengesunken hing Dorian auf Osmons Rücken.
Junge, hat er gesagt, dachte er. *Nicht Dorian.*

Da! Da war sie wieder, die Spur. Burké knurrte und kratzte sich gierig mit großen Händen am Nacken. Nach Norden also, zu den Verkrüppelten Bergen. Wie Er gesagt hat. Natürlich. Aber dieses Tier, das der Bastardjunge reitet, es ist schnell. Es muss ein Hirsch sein. Groß. Stark. Wirklich ein guter Gegner. Erst der kleine Dreckklumpen, dann der Hirsch. Triumphierend riss er die Axt los und reckte sie brüllend in den Himmel. Er hatte sie wieder, seine Ehre.
Aber er musste sich beeilen.
Der Schlächter rannte los.

Sie brauchten fast eine ganze Woche, um die Verkrüppelten Berge zu umrunden. Der Weg war felsig und uneben, wodurch Osmon nicht schnell laufen konnte. Er war Moos am Boden gewöhnt, Gräser oder die warme Schicht vermodernder Blätter. Mehr als einmal trat er sich einen Stein zwischen die Hufe, sodass sie warten mussten, bis der Junge ihn wieder entfernt hatte.
Dorian hatte ein schlechtes Gewissen. Muntra maunzte oft, weil sie seine Unsicherheit fühlte, und sogar Osmon war nervös.
Er spürte den Schlächter. Den Mörder Elrons.

Zu allem Überfluss konnten sie nur tagsüber reisen. Nachts war der Weg zu gefährlich: Eine Steinlawine konnten sie unter sich lostreten oder eine Spalte im Fels nicht erkennen. Auch Überhänge mussten gemieden werden, die jeden Augenblick abbrechen konnten. Oft genug schüttelte sich das Gebirge und warf Steinbrokken auf sie herab.

Sie redeten wenig, fanden keine richtigen Worte mehr. Wenn es Nacht wurde, starrte Dorian am Lagerfeuer lange auf die Träne des Schlundes und saugte sich Kraft aus dem leuchtenden Blau des Kleinods.

Farben!

Oder er holte die Flöte aus dem Rucksack und übte. Fabiola hatte Recht gehabt: Es war wirklich leicht. Wenn er nicht selbst dem Instrument eine Melodie aufzwang, sondern sich der Flöte anvertraute und ihren Tönen folgte, dann entstand ein silberfeines Netz aus Klängen. Zerbrechlich und leicht zu zerreißen, aber es webte sich ein in die Ohren von Dorian, Osmon und Muntra.

Und kein einziges Mal spielte er zu lange, um das Geschenk des Mädchens zu schonen.

Nie mehr als drei Lieder, hatte sie gesagt. *Vergiss das nicht!*

Die Tage vergingen langsam.

Jetzt musste er sich entscheiden. Am Tunneleingang fand Burké eine benutzte Fackel, aber die Spuren ...

Witternd zog er die Nase hoch und blickte sich um. Kein Zweifel.

Sie umwanderten die Verkrüppelten Berge, anstatt den Stollen zu benutzen.

Sie sind noch dümmer, als ich dachte!

Was sollte er tun? Ihnen folgen, seinem Wild nachjagen am Fuß der Berge entlang?
Wozu?, dachte der Schlächter. Ich kenne ihr Ziel.
Ja, er würde ihnen nicht hinterherrennen. Sondern sie überholen. Sich ausruhen beim Orakel und Kräfte sammeln. Gemütlich warten.
Und eine Falle stellen.

Endlich erreichten die Freunde, neun Tage waren sie jetzt unterwegs, einen kleinen Felsvorsprung. Osmon kletterte ihn hinauf, nutzte dazu das letzte Licht des Sonnenuntergangs. Dorian stieg ab und beide starrten hinunter: Weit vor ihnen leuchtete etwas, spritzend, fallend, wie eine feurig brodelnde Wand aus Licht.
»Das Orakel, Junge«, erklärte der Hundert-Ender. »Morgen sind wir da.«
Dorian schwieg und blickte hinaus in die Nacht. Der Fallende Vulkan. Elrons Lied. *Orange ist die Glut.*
Aber sosehr er seine Augen auch anstrengte, er sah zwar helles Licht, strahlendes Feuer, aber er sah keine Farben.
Kein Orange.

Die Feuerprobe

»Sei willkommen, Farbensucher!«
Ihre Stimme klang heiser und rauchig. »Ich bin Amante, das Orakel des Fallenden Vulkans!«
Noch den ganzen nächsten Tag hatten sie gebraucht, um diesen Platz zu erreichen. Jetzt dämmerte schon wieder die Nacht und warf ihre Schattennetze aus. Aber obwohl die Sonne verschwand, wurde es nicht dunkel: Hinter der Frau, die sich Amante nannte, glühte und strahlte der Fallende Vulkan. Er wirkte auf Dorian wie ein riesiger Wasserfall aus Licht: Eine träge zischende Feuerglut stürzte sich von weit oben aus dem Verkrüppelten Gebirge herab und Feuer fiel langsam und funkelnd zur Erde, Flammenspritzer wie brennende Wachsklumpen von sich schleudernd.
Am Rand dieses Vorhangs aus Glut und Feuer stand Amante und begrüßte die Freunde. Ihr Alter zu schätzen, war unmöglich. Das Gesicht war glatt und faltenlos, flackernd im Schein des Vulkans, aber die Augen leuchteten fast noch heller als das Feuer um sie herum und erzählten von Wissen und Vergangenheit. Ihre Hände waren lang und dünn und ihr gesamter Körper war von einer Flut aus weißen Haaren bedeckt – so lang, dass sie bis zum Boden reichten.
Ungeduldig stupste Osmon Dorian an.
»Ähm, hallo, Amante«, stotterte der. »Du ... du weißt, was wir suchen?«
Die Frau lachte.
»Vergiss nicht: Ich bin ein Orakel.«
»Hm.« Dorian knetete an seinen Händen herum. »Und ... und kannst du uns helfen?«

Amante wurde wieder ernst und hob die Hände.
»Ich bin die Hüterin der Glut, die Herrin des Feuers. Aus dem Feuer ist alles geboren, im Feuer wird alles vergehen. Aus der Flamme entspringt das Leben und die Flamme nimmt es.«
Dorian trat jetzt noch nervöser von einem Fuß auf den anderen. Das klang ja alles sehr beeindruckend – aber er war nicht gekommen, um sich wieder unverständliche Vorträge anzuhören!
Aber dann redete Amante weiter.
»Du suchst deine zweite Farbe, Menschenkind, du suchst die Farbe der Glut. Das Orange des Feuers. Und hier wirst du sie finden.«
»Wo?«, fragte Dorian aufgeregt. »Wo genau? Ich sehe hier keine Farbe!«
Das Orakel ließ sich nicht unterbrechen.
»Hier wirst du es finden, wenn du stark genug bist«, erklärte sie Dorian ruhig. »Du musst hinauf zur Quelle des Fallenden Vulkans. Dann weiter über die Brücke des Magmasees bis zur Halde der Glühenden Steine. Dort suche die Farbe. Finde das Orange.«
Amante schwieg und streckte einen Arm aus. Sie wies auf eine in den Fels gehauene Treppe, die neben dem Wasserfall aus Feuer und Lava steil nach oben führte.
»Geh!«, sagte sie. »Deine Gefährten müssen hier warten.«
Und obwohl Osmon unwillig schnaubte und Muntra ihr Fell sträubte, machte sich Dorian alleine auf den Weg.
Es war so heiß! Und der Fallende Vulkan, der sich wenige Meter neben ihm zischend in die Tiefe ergoss, blendete Dorian. Seine Nase brannte von der Hitze so sehr, dass er durch den Mund atmen musste.
Blau ist das Wasser und Orange ist die Glut. Elrons Worte tanzten durch seinen Kopf.

Bald erreichte er die letzte Treppenstufe. Eine breite Kante, umnebelt von Dampf. Hier, direkt neben ihm, stürzte der blubbernde Wasserfall aus Feuer hinab.
Dorian stieg die Stufe hoch und starrte auf eine düstere Ebene, eine Art schleimigen See. Schwarz und fauchend, verziert mit einem Netz leuchtender Linien, aus denen Dampfwolken zischten.
Der Junge hob einen Stein auf und warf ihn auf die trügerische Fläche hinab – es knisterte, als der Stein die Oberfläche berührte, ein Aufleuchten, dann verbrannte der Stein. Schien einfach zu verpuffen.
Magma, dachte Dorian.
Vor ihm lag eine riesige Fläche aus Magma. Schlacke des Vulkans, die an der Oberfläche abgekühlt war und dunkel. Aber nur wenige Millimeter darunter war Feuer und Glut. Der Magmasee. Dorian schwitzte und wischte sich über die Stirn.
Wo war die Brücke?
Zögernd ging er am Rand des Sees entlang, der manchmal mit Feuerzungen nach ihm schnappte. In der qualmenden Dunkelheit hätte er die Brücke beinahe verfehlt, wäre fast an ihr vorbeigelaufen.
Brücke ist wirklich übertrieben, dachte Dorian, als er ganz vorsichtig einen Fuß darauf setzte: Ein schmales Felsband, das über den Magmasee führte, kaum breit genug für den Jungen. So schmal, dass hier unmöglich zwei Leute nebeneinander hergehen konnten.
Dorian rückte den Grubenhammer am Gürtel zurecht, schulterte seinen Bogen und wischte sich noch einmal über das heiße Gesicht.
Vorsichtig ging er los.
Die Brücke stieg an, schmal und ohne Geländer, sodass jeder Fehltritt sein Ende bedeuten würde. Und unter

ihm schwappte die düstere Lava. Immer wieder brach sie auf, entzündete sich an den Rändern und begann zu glühen, schickte Rauch und Feuer nach oben.
Dorian erschauerte und tastete sich noch vorsichtiger weiter.
Auf zur Halde der Glühenden Steine, dachte er grimmig.
Und er schaffte es. Langsam und stetig, mit einer Hand vor dem Mund, überquerte er die Brücke. Am anderen Ende des Magmasees angelangt, ruhte er sich einen Augenblick aus und suchte dann nach der Halde.
Aber er fand sie nicht.
Der einzige Pfad, der von der Brücke weiterführte, endete an einer steilen Felswand. Von Schwindel gepackt und hustend starrte Dorian nach oben – und sah überhaupt nichts. Nur Nebel und Dampf. Und Hitze. Fast schien es ihm, als wollte sich der Fels vor ihm im Rauch verstecken.
Er tastete den Stein vor sich ab. Überrascht zog er die Hände zurück. Die Felswand war kühl. Und ziemlich rissig. Porös. Dorian überlegte. Obwohl er mehr über Kohle wusste, kannte er sich auch ein bisschen mit Vulkangestein aus. Wenn Magmagestein sehr schnell abkühlt, dachte er, hat er keine Zeit, Kristalle auszubilden. Wenn dann noch Luftblasen dazukommen, wird er brüchig, bildet Säulen und Zacken.
Und viele Spalten. Gut zum Klettern.
Muss ich dort hoch?
Unschlüssig zog Dorian an seinem Hammer herum, wischte einmal mehr den Schweiß vom Gesicht und begann den Aufstieg.
Zeit verstrich. Dorian kletterte stetig, zwang sich aber zu langsamen Bewegungen, die seine Sicherheit erhöh-

ten. Konzentrierte sich. Die Übung des Nichtstuns. Atmen.
Bald hatte er das Gefühl, nur noch aus zwei Händen und Füßen zu bestehen, die sich abwechselnd in der Felswand verhakten oder nach oben griffen. Drei blieben fest, eines bewegte sich. Zwei Füße, eine Hand – und wenn der Griff sicher war, schob sich die zweite Hand nach oben. Dann sichern und einen Fuß nachziehen.
Und immer weiter. Er musste nach rechts ausweichen, weil über ihm die Griffe fehlten im Fels. Schob sich tastend und schräg nach oben. Mist! Noch weiter nach rechts. Er fand einen Felsüberhang und merkte, dass er mittlerweile direkt über dem Magmasee hing.
Ich sollte unbedingt bald wieder nach links klettern! dachte Dorian.
Sichern, eine Hand, die zweite nachziehen. Dann einen Fuß. Den zweiten. Wieder sichern. Und lieber nicht zu oft nach unten schauen. Dorian schüttelte den Kopf – der Schweiß verklebte seine Augen.
Dann endlich griff seine suchende Hand ins Leere, tastete auf eine waagrechte Felskante. Erschöpft zog er sich hoch.
Geschafft! Ich bin oben!
Einen herrlichen Augenblick lang gönnte er sich Ruhe, lag mit dem Bauch auf dem Gipfel und blickte jetzt doch hinab. Merkte erst, wie hoch er geklettert war. Dorian schauderte und eine gute Bekannte, die Angstfliege, kroch wieder einmal über seinen Rücken.
Beim Diamanten, wenn ich gestürzt wäre!
Erst dann schaute er sich um. Er stand tatsächlich auf einem Gipfelplateau. Hinter ihm, wo er heraufgeklettert war, und weit, weit unten lag der Magmasee, eingehüllt

in eine dicke Rauchdecke. Direkt vor ihm ein kleiner Berg aus Schutt und Steingeröll – das, ja, das musste die Halde der Glühenden Steine sein. Und hinter ihr, auf der anderen Seite des Gipfels, lag ein neuer Abgrund, die andere Seite des Berges.

Dorian fühlte sich verlassen und einsam. Müde stolperte er auf die Halde der Glühenden Steine zu. Aufgeschüttet und mehrere Meter hoch lag sie da, Tausende und Abertausende von größeren und kleineren Steinen. Wie sollte er da den einen finden, der die Farbe trug?

Aber er hatte Glück.

Weil das Licht des Vulkans nicht bis hier oben hinleuchtete, war der Schutthügel nur in schwachen Schein getaucht. Dorian starrte die Halde entlang und hinauf und, fast ganz oben, da sah er es. Ein Leuchten. Schwach aber eindringlich. Schmeichelnd.

Die Farbe Orange.

Neue Energie floss durch seinen Körper und schüttelte die Angstfliege ab. Dorian kroch die Halde hinauf, rutschte aber immer wieder ab – und fluchte. Die Steine waren heiß!

Glühende Steine, dachte er. Natürlich. Wäre ja auch zu einfach gewesen.

Besorgt schaute er auf seine dampfenden Stiefel und gab sich dann einen Ruck – er musste sich beeilen, wenn er nicht in Flammen aufgehen wollte.

Sonst gibts gegrillten Dorian, meinte er grimmig.

So schnell wie möglich kletterte er den Hügel aus Felsgeröll hinauf, stolperte aber einmal und stützte sich mit der rechten Hand ab. Ein Fehler.

Er schrie auf und starrte auf die Finger: Brandblasen bildeten sich und die Haut begann sich fast sofort in kleinen Streifen abzuschälen. Der Schmerz trieb ihm Trä-

nen in die Augen, sodass er die Zähne zusammenbeißen musste.
Ich habe nicht geweint, als Elron starb, ermahnte er sich stumm. Also werde ich es auch nicht tun, nur weil ich mich verbrannt habe! Beim Diamanten nochmal!
Verbissen schob er sich höher auf das orange Leuchten zu.
Erreichte es. Berührte es. Spürte Kühle und Linderung. Seine zweite Farbe, ein kleiner Brocken Vulkangestein.
Blau ist das Wasser und Orange ist die Glut.
Dorian atmete befreit auf und verstaute den Stein, der nicht größer als ein Kiesel im Glimmerbach war, aber voller Farbe und Licht, sicher in der Hemdtasche.
Jetzt aber weg hier!
Eine Hand, umhüllt mit schwarzem Leder, packte ihn am Nacken und zerrte Dorian hoch.
»Hallo, Bastard!«, zischte Burké ihm entgegen. »Du hast mir viel Mühe gemacht.«
Dorians Augen weiteten sich entsetzt. Der Schlächter musste auf der anderen Seite der Halde gewartet haben.
Er hat mich abermals überrumpelt!
Verzweifelt riss sich der Junge los.
Aber Burké lachte nur. »Jetzt machen wir dir ein Ende, großer Held.« Seine Zähne leuchteten im Dämmerlicht. »Erinnerst du dich, was ich dir bei unserem ersten Treffen sagte?« Der schwarze Knecht knurrte. »Erst nehme ich dir deinen Namen und dann dein Leben.«
Die blitzende Streitaxt fuhr auf Dorian herunter. Aber Elrons Training zahlte sich aus: Rasch duckte er sich unter der Waffe durch und zerrte den Grubenhammer aus seinem Gürtel. Als die Eisenschneide erneut auf ihn zukam, blockte Dorian mit dem Hammerkopf ab. Funken sprühten, als die beiden Waffen sich kreuzten, und

die Wucht des Schlages schien seinen Arm abzureißen.
»Oho!« Der Schlächter beugte sich vor und grinste wölfisch. Dorian spürte seinen muffigen Atem im Gesicht. »Der tote Greis hat dir ja doch noch einiges beigebracht, Bastard. Das ist gut.« Wieder das höhnische Lachen. »Das erhöht die Ehre.«
Da durchströmte Dorian Zorn, so gewaltig wie der Fallende Vulkan selbst. Diesmal war er es, der zuschlug und Burké zum Zurückweichen zwang. »Du willst meinen Namen wissen?«, brüllte der Junge. »Du brauchst nur einen Namen zu kennen, einen einzigen.« Wieder schmetterte er den Grubenhammer auf seinen Gegner, so schnell, dass der Schlächter erst im letzten Augenblick parieren konnte. Sein Grinsen verschwand.
»Und merke dir diesen Namen«, rief Dorian. »Merk ihn dir gut: Elron!« Er schlug zu. »Elron, hörst du?« Noch ein Schlag und Burké taumelte. »Kein Greis, sondern ELRON!« Dorians Hammer sauste hinunter auf den Schwarzen, der weiter zurückwich.
Dann standen sie sich keuchend gegenüber, hoch auf der Halde der Glühenden Steine. Von ihren Stiefeln stieg stinkender Rauch auf; der Schmorgeruch der Sohlen und die giftigen Vulkandämpfe bissen in Augen und Nase.
Ich muss hier schnell weg, dachte Dorian und holte erneut mit dem Hammer aus.
Hinter Burké fiel die Felswand ab, die Dorian erklettert hatte. Weit unten der Magmasee. Hinter Dorian gähnte ein zweiter, bodenlos scheinender Abgrund.
Dorian schluckte, ließ erneut seine Waffe hinabfahren – und traf. Ein dumpfer Laut wie ein Schuss ertönte, als der Grubenhammer Burkés Brustpanzer traf. Die Wucht stieß den Schlächter auf die Knie. Aber sofort stand er

wieder und, schlimmer noch, riss im Hochkommen die Doppelaxt mit.
Schmerz durchzuckte Dorian und fassungslos starrte er an sich hinunter – ein leichter Schnitt klaffte im rechten Arm, Blut tropfte.
Sein Blut.
Burké schnupperte gierig. »Ah! Ich will deinen Namen, Bastard!«
Und da geschah es. Dorian war zu lange auf einer Stelle gestanden, hatte zu lange auf seine Wunde gestarrt und in die toten Augen seines Feindes. Entsetzt hörte er das Zischen unter sich, als seine Stiefel nun doch Feuer fingen. Dampf schlug hoch und ein entsetzlicher Schmerz, als seine bloßen Füße die glühenden Steine berührten.
Er schrie auf und stolperte zurück.
Er rutschte weiter die Halde hinab.
Und er fiel.
Hinein in den Abgrund.

»Ich mache mir Sorgen, Amante. Ich habe versprochen ihn zu schützen.« Osmon trabte unruhig neben dem Orakel hin und her, starrte immer wieder hinauf zum Fallenden Vulkan.
»Der Junge muss alleine kämpfen.«
»So wie Elron, was?«
Amante schwieg bestürzt und starrte in den Wasserfall aus Lava hinein. Fischte einen glühenden Tropfen aus der Glut und betrachtete ihn. Flüsterte einen einzigen Satz:
»Wohltätig ist des Feuers Macht, wenn es die Hüterin bewacht.«
»Dann behüte ihn«, drängte Osmon. »Du musst etwas tun.«

Amante presste die Lippen zusammen und warf den Feuerstein von sich.
»Ich kann nicht eingreifen und du weißt das«, erklärte sie unwillig. »Aber ich werde nach ihm sehen.«
Gemessen und langsam stieg sie, umhüllt von ihrem weiß schimmernden Haar, die Stufen zum Magmasee hinauf.

Dorian fiel. Mit der einen Hand umklammerte er den Grubenhammer, mit der anderen versuchte er krampfhaft sich irgendwo festzukrallen. Doch die Felswand neben ihm glitt viel zu schnell vorbei, als dass er einen Halt erwischen konnte. Er hatte Angst. Einfach nur Angst.
Nein!, dachte er entschlossen. So durfte es nicht enden. Nicht durch die Hand des Schlächters, des Mörders von Elron.
Elron. Und wieder einmal hörte er die Stimme des alten Zauberers in seinem Kopf, während er in rasendem Flug tiefer ins Nichts stürzte: *Der Hammer. Nutze ihn gut, Dorian. Er ist eine gewaltige Waffe und kein totes Ding. Er ist lebendig.*
Immer noch stürzend und an Steinklüften vorbeischrammend, packte Dorian den Grubenhammer seines Vaters mit beiden Händen, schwang ihn, so fest er konnte, und schlug auf die vorbeisausende Felswand ein.
Es krachte.
Der Ruck schnitt ihm fast die Hände ab. Seine rechte Schulter knirschte und sprang aus ihrem Gelenk. Der Schmerz drängte ihn zusammen auf bloß ein Gefühl: *Es tut weh!*
Aber es hatte geklappt.
Mit einem einzigen, gewaltigen Schlag hatte sich der

Hammer in den Felsen gebohrt. Wie ein Fisch an der Angel hing Dorian am Stiel, krallte alle zehn Finger hinein. Und ganz vorsichtig tastete er mit den Füßen nach einer Spalte. Fand eine.
Ließ mit einer Hand den Hammer los und tastete nach dem Vorsprung.
Er stand sicher.
Löste den Hammer.
Ignorierte den Schmerz in den verbrannten Füßen, vergaß die aufgerissenen Hände, den gequälten Körper. *Blau ist das Wasser und Orange ist die Glut.* Konzentration war das Wichtigste. Atmung.
Und Dorian begann mit dem Aufstieg.

Der Schlächter beobachtete, wie der kleine Dreckskerl fiel, und starrte ihm hinterher, bis dampfendes Nichts den Körper verschluckte. Der schwarze Knecht knurrte wütend. Nicht einmal einen kläglichen Todesschrei hatte der Junge ausgestoßen. Schade. Trotzdem würde sein Meister mit ihm zufrieden sein. Sehr zufrieden sogar.
Grunzend rutschte der Schlächter die Halde hinab und leckte an der Schneide seiner Axt.
»Du bist noch hungrig, was?«, fragte er. »Aber ich schenke dir noch eine kleine Katze. Und einen großen Hirschen.«
Auflachend kletterte er die Felswand hinab und stapfte zur steinernen Brücke, die über den Magmasee führte. Als er ihre Mitte erreichte, spritzte unter ihm eine Fontäne aus Lava hoch und sprühte Feuer und Glut fast bis zu ihm hinauf.
Feuer, dachte er. Mörderische Kraft. Gierige, knochenlösende Vernichtung.

Fasziniert kauerte sich der Schlächter an den Rand der Brücke und schaute dem herrlich bestialischen Schauspiel zu.
Jetzt hatte er ja Zeit. Das Reittier des Bauerntölpels würde schon auf ihn warten.

Dorian fieberte. Irgendwie hatte er es geschafft, das Gipfelplateau zu erreichen, obwohl die Schmerzen immer schlimmer wurden. Stöhnend humpelte er um die Halde der Glutsteine herum und suchte seinen Feind. Aber die Ebene war leer. Er spähte die Wand hinab zum Magmasee, doch der graue Dampf hüllte alles ein. Dorian musste husten. Er zitterte ja! Fast am Ende seiner Kräfte tastete er nach dem orangefarbenen Glutstein, der noch immer im Hemd steckte. Inmitten dieser Hölle aus Stein und giftigem Dampf leuchtete das Orange wie eine aufgehende Sonne.
Weiter, dachte Dorian. Vielleicht ist er noch beim Magmasee.
Mühsam schob er sich über die Felskante und kletterte nach unten.
Auf halber Strecke, als er schon eingetaucht war in die Ausdünstungen des Vulkansees, drehte er sich um und stierte nach unten.
Da!
Er hatte Burké entdeckt. Der Schlächter hockte mit dem Rücken zu ihm mitten auf der Brücke und starrte begeistert in den feurigen Tod. Mühsam zerrte Dorian den Bogen von der pochenden Schulter.
Nein. Noch nicht. Er ist zu weit entfernt. Der Junge hatte keinen sicheren Stand, wie er hier an der Felswand hing. Und sein Schussarm war alles andere als kraftvoll. Seine verbrannten Füße bockten mit jedem Schritt auf,

die Hände schmerzten und die Wunde am Arm blutete immer noch. Unmöglich, jetzt schon zu schießen.
Aber wie lange halte ich noch durch?
Dorian schob den Bogen zurück und kletterte tiefer. Und er betete dabei zum Gott der Diamanten und Erzadern, dass der Schlächter sich nicht umdrehen würde.
Doch Elrons Mörder gaffte auch noch in das Lavafeuer unter sich, als Dorian schon festen Boden unter den Füßen hatte. Wieder tastete er nach Pfeil und Bogen, wieder ließ er die Finger sinken. Immer noch zu weit weg. Mit seinen Verletzungen würde er auf die Entfernung nicht einmal ein Haus treffen. Aber näher herangehen? Näher an diese Mordmaschine, an dieses verzückt in den Feuertod starrende Monster? Dorian zitterte.
Er hatte Angst.
Und befahl seine Füße vorwärts. Sie gehorchten nur störrisch.
Er brauchte unendlich lange, bis er die Brücke erreichte. Humpelnd, aber vorsichtig, pirschte er sich auf eine sichere Schussdistanz näher.
Als sein Pfeil den Schlächter nicht mehr verfehlen konnte, atmete Dorian tief durch, tauchte zum Grund seiner Erschöpfung wie in den Blauen Schlund. Fand dort Angst, aber auch Wut. Er packte den Bogen und legte zitternd einen Pfeil ein.
Und schrie:
»Du wolltest meinen Namen, Schlächter? Du sollst ihn hören!«
Burké wirbelte herum. Ungläubig sah er den Jungen auf sich zukommen. Das, das konnte doch nicht sein! Das war ein Trugbild der Hölle!
»Du sollst«, rief Dorian wieder, »meinen Namen hören, wenn du stirbst.« Er spannte die Sehne und zielte sorg-

fältig. Sein Atem strömte gleichmäßig und ruhig. *Nichtstun. Den Schmerz vergessen. Dem Körper befehlen und nicht umgekehrt.*

»Ich bin Dorian! Dorian Karfunkel!«

Und er ließ los, lauschte dem Sirren der Sehne und dem Gesang des Pfeils. Er wusste, dass er treffen würde.

Immer noch völlig überrascht und starr stand Burké, der Schlächter, am Rand der Brücke.

Sein Gesicht drückte Staunen aus und unendlichen Hass, als Dorians Pfeil ihm durch die Kehle ging. Röchelnd krümmte sich Burké nach vorne, tastete knurrend nach seinem Hals, heulte noch einmal laut auf und kippte hinein in das tödliche und gierige Flammenfeuer, das er so sehr bewundert hatte.

Als der Schlächter stürzte, fiel auch Dorian. Völlig erschöpft lag er auf der schmalen Brücke, zitternd und verletzt.

Hier fand ihn Amante, das Orakel.

Suche ohne Ziel

Zwei Wochen lang hing Dorians Leben an einem Faden, so brüchig wie die vergilbte Locke seiner Mutter. Starkes Fieber schüttelte ihn, die Brandwunden an den Füßen eiterten und der Schnitt am Arm hatte sich entzündet.

Manchmal hörte er Stimmen, die er nicht erkannte, das Klirren von feinen Glöckchen irgendwoher oder ein klagendes Schnurren.

»Viel Blut verloren«, sagte immer wieder eine Frau und kühlte ihm die Stirn. War das seine Mutter? Aber die war doch schon lange tot. Sein Vater auch. Er selbst auch, nein, er lebte doch, oder?

Wenn er halb wach war, fantasierte er in wildem Fieber, aber wenn er schlief, stieg er in eine viel heißere Hölle hinab. Die Traumfiguren vermischten sich zu einem Hexentanz, sein Vater im Kohleberg hatte plötzlich zwei Narben auf der Wange und der Mund des Namenlosen sprach unvermutet mit Vaters Stimme: »Du darfst niemandem trauen!« Alles war verkehrt – oder doch nicht? Dorian wälzte sich auf seinem Lager herum, aber es kamen nur noch mehr Gespenster: Harm Katzengold hatte auf einmal einen Turban auf dem Kopf und wollte ihn küssen, während Fabiola einen Hammer schwang und ihn umtanzte. »Dorinchen, Dorinchen!«, schrie sie dabei. Und ein neues Bild brannte sich in seine Albträume ein: Burké, der Schlächter, die Hand an der Kehle, wo Dorians Pfeil steckte. *Beim Diamanten! Ich habe ihn getötet.* Und Osmon schüttelte traurig den Kopf, Gras kauend, und schnaubte leise: »Kinder des Waldes, Kinder des Waldes.« Und rülpste

dann. Wieder und wieder stürzte Burké heulend in den Magmasee, verbrannte, wollte aber nicht sterben, kletterte unaufhörlich als lebende Fackel zur Brücke hinauf, nur um abermals hinabzufallen. *Getötet habe ich!* Und auf seinem Rücken, seinem Bauch, in den Ohren und Augen, überall summte die Fliege der Angst Nicht eine, sondern ein ganzer Schwarm umkreiste ihn.
»Er hat viel Blut verloren«, wiederholte Amante.
Sie pflegte den Jungen. Sie kannte die Kraft des Feuers, aber auch dessen Gier. Immer wieder wechselte das Orakel Verbände, trug Heilsalbe auf oder legte kalte Umschläge auf Dorians Stirn. Und stets flüsterte sie dabei ihr Glaubensbekenntnis: *»Wohltätig ist des Feuers Macht, wenn es die Hüterin bewacht.«*
Als Dorian das erste Mal wieder zu sich kam, eine ganze Woche nach seinem Kampf mit Burké, hatte die Welt sich verändert: Der Herbst begann und kalte Stürme umfauchten die Erde, sogar hier am Fallenden Vulkan. Die Sonne wärmte nicht mehr richtig, sondern stand trübe am Himmel, genauso krank wie der Junge.
Und auch Dorian war ein anderer geworden.
Er erholte sich nur langsam, ließ sich von Muntra trösten und wartete fast geduldig, dass er wieder aufstehen konnte. Ganze Nachmittage verbrachte der Hundert-Ender an seinem Bett – manchmal schwiegen sie nur, manchmal redeten sie ohne Pause.
»Ich«, begann Dorian einmal, »ich hatte fürchterliche Angst.«
»Na und?«, dröhnte Osmon.
»Diese Angst lähmte mich. Ich wollte sie nicht. Und will sie jetzt nicht. Ich möchte sie weghaben, Osmon.«
Der Hundert-Ender ließ sein Geweih klirren. »Angst«, er-

klärte er, »ist ein sehr wichtiges Gefühl. Es hilft uns, Situationen zu verstehen, und bringt dem Körper neue Kräfte.«
»Aber Angst ist furchtbar!«
»Ja, zugegeben. Doch es kommt darauf an, wie man mit ihr umgeht. Ein weiser alter Mann hat einmal gesagt: *Der Mutige erschrickt nach der Gefahr, der Furchtsame vor ihr, der Feigste in ihr!*«
Dorian lächelte endlich wieder: »Dieser weise alte Mann hieß nicht zufällig Elron?«

Dann kam der Tag, als Dorian zum ersten Mal aufstehen durfte. Schwach und ausgemergelt stützte er sich auf Osmon, der ihm nach draußen half. Dorian starrte auf die Treppe, die neben dem Fallenden Vulkan nach oben führte. Zum Magmasee. Zur Brücke. Obwohl die Lava um sie herum die Luft aufheizte, war es merklich kühler geworden.
»Es riecht fast nach Schnee«, sagte Dorian leise.

Während der nächsten Tage ließ er sich vom Orakel durch ihr Reich führen. Amante zeigte ihm das ewige Leuchten eines blutenden Kegelvulkans, der Feuerglut aus seiner Spitze austreten ließ wie kleine Blutstropfen. Sie führte ihn an die Grellwand, klirrend und funkelnd aus gefrorener Lava – so hell, dass man nicht direkt hinsehen konnte, sondern über abgeschattete Spiegel das Wunder betrachten musste. Und Amante ließ Dorian sogar in ihr Heiligtum eintreten, den Lavadom, dessen Wände und Decke sich feurig bewegten und ineinander schoben, reißend und dampfend – und trotzdem blieb die mächtige Halle stabil.
Dorian verhielt sich bei alledem sehr still und nach-

denklich. Er hatte Elrons Tod gerächt, ja. Aber war er nicht eben dadurch selbst zum Mörder geworden?
Nein!
Oder doch? War es richtig gewesen oder falsch? Osmon sagte: »Der Schlächter war schon lange vorher tot.« Aber stimmte das? Hatte er nicht gelebt und gefühlt – wenn vielleicht auch nur Wut und Hass?
Dorian hatte die zweite Farben gefunden und noch etwas anderes: Unglück und Verantwortung.
Zuerst ist mein Vater gestorben, dachte er. *Dann die Farben. Dann Elron. Und zuletzt Burké, der Knecht des Namenlosen.*
Dorian kratzte sich am verletzten Arm und rieb sich die Schulter.
Wie viele noch?, fragte er sich.
Aber er wusste keine Antwort. Und blieb oft stumm. Spielte jeden Tag auf Fabiolas Flöte; wanderte in den düsteren Hallen umher. Einmal belauschte er ein Gespräch zwischen Osmon und Amante, als sie dachten, er schliefe.
»Einfach zu jung für das alles, Hundert-Ender. Es ist nicht richtig!«
»Er schafft es!«
»Das sagst du. Aber glaubst du es auch?«
Und Osmon schwieg.

Irgendwo am westlichen Ende ihrer Welt stand der Namenlose auf dem Turm seiner Festung. Der Wind zerrte an ihm und dem schwarzen Umhang, die geschmolzenen Dünen trieben dahin.
Der Namenlose stand völlig bewegungslos, sein Gesicht war kalt wie erstarrte Lava. Vollkommen ohne Regung. Stumm starrte er in die Nacht.

Eine seiner stärksten Figuren war geschlagen worden. Ein Turm besiegt durch den Bauern.
Aber der Dummkopf Burké hatte ihm gut gedient. Noch im Todesmoment hatte der Mächtige den Namen erhascht, den der Junge im Siegestriumph preisgab. Dorian. Dorian Karfunkel. Endlich wusste er den Namen. Jetzt konnte er ihm nicht nur auf der Spur bleiben und belauschen. Jetzt konnte er ihn nicht nur durch den Spiegel der Wasser ansprechen. Brauchte nicht mehr in der Kammer der Träume fremde Albgeschöpfe beschwören.
Nein!
Jetzt konnte er ihn rufen. In die Irre locken. Beherrschen.
Der Namenlose breitete die Arme aus und umarmte die Nacht. Die weiten Ärmel flatterten wie Rabenvögel an seiner Seite. Bald war es vollbracht. Er brauchte nur noch wenig Zeit. Und die würde der Junge verschenken. Elrons Balg. Dorian Karfunkel!
Außerdem hatte er ja noch eine andere Figur auf dem Brett. Bauer gegen Bauer. Der Narr Harm Katzengold mochte noch etwas gestreckt und geschliffen werden, musste noch zerbrechen in hündischem Gehorsam. Oder vielleicht auch nicht. Der Dummkopf war ja jetzt schon so blind. So dumm eben.
So nützlich.
Und dann tat der Namenlose etwas, das er sich schon seit Äonen nicht mehr erlaubt hatte.
Er lachte.

»Wir sollten bald wieder losziehen«, meinte Osmon eines Abends, als sie im Lavadom zusammensaßen.
Dorian nickte und brummte ein unwilliges Ja.

»Was ist eigentlich los mit dir?«
»Nichts!«
»Bist du sicher?«
»Bist du denn sicher, Hundert-Ender?«
»Wenn dich etwas bedrückt, Junge, dann ...«
»Nenn mich nicht immer *Junge!*«, brüllte Dorian, stand auf und flüchtete nach draußen.
Osmon wollte ihm folgen, aber Amante hielt ihn zurück.
»Lass ihn!«, meinte sie.
Dorian stellte sich an den Fallenden Vulkan und starrte in das tropfende Feuer. Ja, beim Diamanten, was war mit ihm los? Grimmig biss er die Zähne zusammen.
Ihm ging die Grimasse des Schlächters nicht mehr aus dem Kopf, die leeren Augen, als er nach seiner Kehle griff und in den Tod stürzte. Dorian hob seine Hände vor die Augen und studierte sie lange, so als würde er in einem Buch lesen.
Ihr habt den Bogen gehalten und den Pfeil eingelegt, sagte er zu ihnen.
Dorian schüttelte den Kopf und ließ die Hände fallen. Griff nach der Flöte aus Schilf.
Spielte.
Drei Lieder, nicht mehr. Alles war so seltsam. Sicher: Seine Wunden waren veheilt, nur die Muskeln am Arm noch schwach. Seinem Körper ging es wieder ganz gut, aber was war bloß mit seinem Kopf? Mit seinem Herzen?
Er genoss den Trost der Flöte, und als er das Instrument von den Lippen nahm, sah er Fabiolas Mund vor sich. Er dachte lange über sie nach.
Erst spät in dieser Nacht kehrte er zu Osmon und Amante zurück und setzte sich zu ihnen. Deutlich und

fast befehlend sagte er: »Morgen. Morgen brechen wir auf.«
Sie erwachten in aller Frühe. Es war herbstkühl und Regenwolken deckten den Sonnenaufgang zu – nur ganz langsam wurde es hell.
Amante hatte Dorian neue Stiefel gegeben und dickere Kleider. Osmon wurde durch sein Fell vor dem nahenden Winter geschützt.
Nur zögernd verabschiedeten sich die Freunde von der seltsamen Frau mit dem langen weißen Haar. Zuletzt richtete Osmon doch noch einmal das Wort an sie – zaudernd, wie es Dorian vorkam.
»Orakel!«, brummte der Hirsch. »Zu dir kommt jeder mit einer Frage und keiner geht ohne Antwort. Jeder will erfahren, was die Zunkunft bringt. Und du darfst keinem, der redlich sucht, deinen Spruch verweigern.«
Amante blieb lange stumm. Fast unwillig begann sie: »Das Feuer ist die Zukunft, so wie das Feuer die Vergangenheit war. Wollt ihr wirklich eine Antwort?«
Osmon nickte so heftig, dass sein Geweih fast misstönend klang.
»Nun gut.« Amante streckte die Arme aus und schloss die Augen. Lauschte dem Zischen und Brodeln des Fallenden Vulkans. Ihre Stimme selbst schien zu brennen und dampfen, als sie endlich weitersprach.
»Dorian steht außerhalb meiner Gabe. Er wird die Farben finden und der Welt schenken oder untergehen im Glutatem des Namenlosen – es liegt an ihm.«
Sie holte tief Luft und atmete aus. Dorian glaubte echten Drachenatem aus ihrem Mund zischen zu sehen. Er begann zu zittern.
»Du aber, Hundert-Ender«, fuhr Amante mit ihrem Spruch fort, »du hast deine Zukunft selbst beschrieben.

Denn du sagtest einmal: *Es gibt Dinge, für die lohnt es sich zu leben. Und es gibt andere, für die lohnt es sich – zu sterben*. Dies ist dein Orakel.«
Osmon schnaubte zustimmend – er wusste, dass Amante nichts mehr hinzufügen würde. Und Dorian dachte: Papa, Elron, Burké. Ist Osmon der Nächste?

Harm Katzengold lachte. Er hatte einen Verbündeten. Einen mächtigen Zauberer, einen wahren Herrscher. Mit dieser Hilfe würde er den Verräter finden.
»Dorinchen!«, brüllte Harm und schwang schon mal probehalber seinen Hammer.
Etwas unheimlich war ihm schon zumute gewesen, als dieses starre Gesicht plötzlich im Funkelbrunnen aufgetaucht war. Aber der Mächtige hat ihm alles erklärt. Wie er das Land schützen wollte. Wie er selbst den Brandstifter suchte. Und dass Harm ihm helfen konnte. Helfen musste.
»Komm zu mir«, hatte die Stimme des Mächtigen geraunt, immer und immer wieder.
Und Harm Katzengold folgte.
Er steckte den Hammer weg und lief los. Der Weg war noch weit.

»Östlich von uns liegt der Garten der Palmen und die große Stadt Schuchmech«, erklärte Osmon. »Westlich von uns nur unbekanntes Gebiet. Eine Grenze unserer Welt, die ich noch nie besuchte. Osten oder Westen, Dorian. Wohin willst du gehen?«
Der Junge zögerte. *Blau ist das Wasser,* hatte Elron gesungen, *und Orange ist die Glut. Grün ist die Pflanze ohne Bosheit und Wut*. Pflanze und Grün? War der Garten der Palmen ihr nächstes Ziel?

Dorian versuchte sich zu konzentrieren und lauschte in sein Inneres hinein. Seine Gefühle hatten ihm bis jetzt immer den richtigen Weg zeigt, erst zu den Hütern des Schilfs, dann in den Blauen Schlund und schließlich hierher, zum Fallenden Vulkan. Als er sich jetzt nach Osten drehte, spürte er etwas wie ein schwaches Ziehen, ein stummes Bitten. Aber als er zum unbekannten Westen schaute, zur unerforschten Wildnis, hörte er plötzlich eine klare, wohl bekannte Stimme in seinem Inneren rufen: *Dorian! Dorian!*

Er zögerte keinen Moment. Laut und entschieden bestimmte er: »Nach Westen, Osmon!«

Und sie ritten los, ließen das Orakel hinter sich. Keiner achtete darauf, dass Muntra leise fauchte.

Der Namenlose war zufrieden mit sich. Er genoss die neue Macht, die diesen Dorian zu seiner Puppe machte. Aber er durfte ihn nicht unterschätzen. Der Bauernfratz war das Einzige, das seine Pläne noch stören konnte. Und dann war da noch dieses Mädchen, das er nur undeutlich im Spiegel erkennen konnte. Spielte sie überhaupt eine Rolle? Und wenn – welche?

Mit einem Ruck drehte er sich um und schritt langsam die Wendeltreppe hinab. Betrat die große, kaum erhellte Halle der Nacht. Nur Stille begrüßte ihn. Nur die Kälte und der dumpfe Geruch alter Mauern. Keiner kam um ihm die Stiefel zu lecken. Burké war nicht mehr, seine Armee verschwunden.

Die lidlosen Augen des Mächtigen starrten ins Leere, als er sich in der staubigen Halle bewegte und schließlich auf seinen Thron setzte.

Mal sehen, dachte der Mächtige, *wo mein neuer Knecht steckt. Katzengold. Falschgold. Nur ein Junge, langsam und dumm. Aber ein Junge, den Dorian kennt. Einer, den Dorian fürchtet.*

Woche um Woche durchstreiften sie das westliche Land. Sie überquerten schlammige Gräben, kämpften sich durch dichte Wälder, schwammen durch Seen, auf denen schon erstes Gletschereis trieb. Sie fanden nichts. Und niemanden. Fast unablässig regnete es oder ein Sturm blies vergilbte Herbstblätter und Staub in ihre Gesichter.

Osmon wurde immer schweigsamer – Dorian spürte, wie sein Freund zu zweifeln begann. Muntra hatte sich erkältet und schniefte, wenn sie nicht leise vor sich hin maunzte.

Und Dorian fühlte sich einsam. Mit jedem öden, hoffnungslosen Tag sehnte er sich mehr nach Menschen. Selbst Fabiolas Flöte tröstete ihn jetzt kaum noch, obwohl er langsam zu einem wahren Meister auf dem Instrument heranwuchs. Das hatte jedenfalls Osmon gemeint. Oder hatte der ihm nur Mut machen wollen? Vertraute er ihm überhaupt noch? *Niemandem vertrauen,* befahl ihm der Traum weiter in jeder Nacht.

Und auch die zwei strahlenden Farben, die Amante in seinen Rucksack eingenäht hatte, gaben nur wenig Kraft und Trost, sooft er sie auch betrachtete. Seine Zukunft oder den richtigen Weg fand er in ihnen jedenfalls nicht.

Wiederholt war Dorian nahe daran, von hier zu verschwinden. Aber dann schien es immer, dass sein Vater nach ihm rief: *Dorian! Dies ist der richtige Weg!*

Oder etwas, das mit der Stimme seines Vaters rief?

Der Regen hielt an. Seine Haut fühlte sich bald aufgequollen und schuppig an und auch Osmons prächtiges

Fell hing in feuchten Zotteln von ihm herab.
Kalte Tage ohne Ereignisse. Es war noch schlimmer als jene Zeit, in der Dorian durch die Ebene der Kleinen Hügel geirrt war.
Menschen, dachte er immer öfter. Ich muss endlich wieder Menschen sehen. Reden. Lachen.
Irgendwann hielt er es nicht mehr aus und beugte sich auf Osmons Rücken hinab, bis er nahe am Ohr des Hirsches war und nicht gegen den kalten Wind anbrüllen musste.
»Wie heißt die Stadt im Osten«, fragte er, »von der du erzählt hast?«
»Schuchmech«, antwortete Osmon zögernd. Was hatte der Junge jetzt schon wieder vor?
»Ich will dorthin«, meinte Dorian. »Findest du sie?«
»Sicher. Hundert-Ender finden jeden Ort.«
»Aha! Dann finde mir doch die nächste Farbe. Na los!«
Osmon schwieg.
»Tut mir Leid«, sagte Dorian. »Ich bin ...«
»Schon gut.« Der Hirsch schnaubte. »Aber ich denke, du wirst die Farbe eher im Garten der Palmen finden als in dieser Stadt.«
»Und wieso?« Dorian schluckte wütend. »Ich bin es, der die Farben findet, vergiss das nicht!« Die gestaute Frustration der letzten Tage, seine eigenen Zweifel und seine Einsamkeit brachen aus ihm hervor.
»Du traust dich ja nicht mal durch Elrons Glas zu sehen«, sagte er schneidend. »Du siehst ja nichts! Ich, ich entscheide, wohin wir gehen. Und ich will nach Schuchmech!«
Osmon hob verwirrt den Kopf und drehte sich in einem gewaltigen Satz. Senkte dann wieder sein Geweih und trabte los.

Ein Woche brauchten sie, um den Rand der großen Stadt zu erreichen. Eine Woche, in der sie nur das Allernötigste miteinander sprachen. Immer wieder wollte Dorian eine Entschuldigung stammeln, irgendein freundliches Wort, das die Spannung zerschnitten hätte wie ein Schwert den Bindfaden. Aber dann war er doch zu stolz. Sollte doch Osmon anfangen!

Natürlich machte ihr Schweigen alles noch schlimmer. Dorian sehnte sich jetzt so sehr nach Menschen, wie er im Blauen Schlund nach Luft gegiert hatte. Er dachte an Fabiola, Elron und seinen Vater, aber sogar an seinen Onkel und Harm Katzengold. Jeder wäre ihm jetzt recht gewesen.

Er wollte nicht länger alleine sein. Und verkroch sich nur noch mehr ins Gefängnis des Schweigens.

»Los«, sagte Dorian.

Sein erstes Wort seit zwei Tagen. Vor ihnen lag in einem weiten Tal die Stadt Schuchmech ausgebreitet. Der Junge machte eine chaotische Ansammlung von Hütten aus, dazu unzählige Steinhäuser und einige Türme. Große Lagerhallen gab es, Brunnen und einen gewaltigen Marktplatz, auf dem sich Menschen drängten wie Ameisen um ihren Bau.

Da es Abend war, wurden die ersten Feuer entzündet. Und Dorian schien es, als spiegle die riesige Stadt unter ihm die Sternenlichter des Himmels.

»Also, los jetzt!«, wiederholte er.

Doch Osmon brummte und brachte sein Geweih zum Klirren.

»Nein!« Der Hundert-Ender kniete sich hin, damit Dorian absteigen konnte. »Ich gehe nicht mit!«

»Aber warum nicht?«

»Ich kenne die Menschen in einer großen Stadt, Junge!

Wenn sie mich sehen, überkommt sie, nun, ein bestimmtes Gefühl.«
»Was denn für eins?«
Dorian verstand nicht, worauf das Tier hinauswollte.
»Sie wollen mich haben«, schnaufte der Hirsch. »Und am liebsten tot. Ausgestopft in ihrem Wohnzimmer. Verstehst du?«
Osmon lässt mich im Stich, dachte Dorian. Sagte aber nichts, sondern stieg nur trotzig ab.
»Tue, was du tun musst«, meinte Osmon leise. »Ich warte hier auf dich. Diese Nacht und den ganzen morgigen Tag.«
Jetzt schluckte Dorian doch.
»Und dann?« Seine Stimme klang rau.
»Dann mache ich mich alleine auf, um die restlichen Farben zu suchen.«
Dorian wusste nichts zu erwidern.
Viel Spaß dabei, dachte er nur. Wir Menschen sind nicht alle so schlimm, wie du denkst. Gerade du solltest das wissen.
Aber er sagte nichts. Entschlossen drehte er sich um und stieg hinab zur Stadt Schuchmech.
Muntra blickte hinter ihm her, blinzelte dann fragend zu Osmon auf und maunzte. Sie war immer noch erkältet und zitterte leicht. Der Hundert-Ender wärmte sie eine Weile, ließ seinen warmen Atem aus den Nüstern über ihr Fell streichen.
»Folge ihm, Katze!«, meinte er dann. »Aber sei vorsichtig!«
Muntra nieste hell auf und sprang hinter Dorian her.

Die große Stadt

Es gab keine Stadtmauer, kein Tor, keine Wächter. Offenbar fürchteten die Bewohner von Schuchmech keine Eindringlinge. Die Stadt begann einfach mit ein paar ärmlichen Holzbauten, die sich langsam in stabilere Hütten und schließlich in Steinhäuser verwandelten. Sogar richtige Paläste waren dabei.

Und ich fand Büttig schon groß!, staunte Dorian.

Obwohl die Sonne schon lange untergegangen war, herrschte viel Betrieb auf den Straßen, die breit und stattlich an den Häusern entlangführten.

Heute war auch das Wetter besser; endlich zeigten sich wieder die Sterne. Ein warmer Wind blies, wie die Erinnerung an den Sommer durch die Gassen und Erker.

Alles drängte sich zum Zentrum der Stadt. Alles rief, lachte und schob sich vorwärts. So viele Menschen!

Zuerst hielt sich Dorian, so gut es ging, im Schatten der Häuser. Aber als er merkte, dass niemand von ihm Notiz nahm, wurde er mutiger und ließ sich vom Strom der Menschen mitreißen. Einen vorbeirennenden Jungen hielt er an.

»He«, begann er. »Was ist denn heute hier los?«

Der Bursche glotzte ihn an und lachte. »Du kommst wohl aus dem letzten Steindorf, was?«

Stimmt sogar, dachte Dorian.

»Heute ist großes Fest, weißt du das nicht?« Der Junge grinste über das ganze Gesicht. »Die Feier der großen Sonnendrehung! Alles trifft sich am Markplatz!«

Und damit hüpfte er davon, warf sich in die Menge hinein, die ihn auch gleich verschluckte.

Dorian folgte langsam und ließ sich mitziehen – er genoss, was er sah: aufgeregte Leute mit glänzenden Augen, Mütter, die ihre Kinder schön herausgeputzt hatten und mit zum Marktfest nahmen. Männer, die zusammenstanden und dabei versuchten wichtig auszusehen. Andere, die mit ernstem Blick von ihren Sorgen erzählten und sich dabei an großen Bierhumpen festhielten. Spaßmacher, die eine Zote nach der anderen rissen, ein altes Ehepaar, das Pfeife rauchend aus dem Fenster blickte und auch seinen Spaß hatte.
Und Dorian spürte: Sosehr er Osmon auch liebte, er gehörte nicht in die Welt des Hundert-Enders, nicht in den Wald oder die Sorglose Steppe, nicht in die Verkrüppelten Berge oder die Ödnis des Fallenden Vulkans.
Er gehörte hierher, zu den Menschen.
An Fabiola denkend und vor sich hin summend, trieb er im Strom der Menschen zum Marktplatz.

Dort war es womöglich noch voller als auf den restlichen Straßen. Überall brannten helle Fackeln, Menschen sangen oder grölten zumindest, sie lachten zusammen und erzählten sich den neuesten Klatsch. In der Mitte des großen Platzes hatte man ein riesiges Kuppelzelt aufgebaut – fast so groß wie das gesamte Grubendorf. Dutzende von Kaminlöchern waren im Stoffdach verteilt, denn auch drinnen brannten Feuer.
Er ging hinein und betrachtete das Treiben. Da gab es Jongleure, die Messer durch die Luft wirbelten, und Feuerschlucker, denen er lieber nicht zu nahe kam: Von Feuer hatte er erst mal genug. Hier ließen Pflanzenmagier ihre Gewächse tanzen, dort stand ein Geschichtenerzähler mit zwei Mündern, die abwechselnd redeten. Und natürlich gab es auch unzählige Schanktische, die

um große Fässer Schaumbier aufgestellt waren. In einer anderen Ecke schmorten Dutzende von Ferkeln über dem Feuer, woanders wurden Zuckerstäbe verkauft, mannsgroße Brotlaibe und Goldwachteleier. An den verschiedensten Plätzen hatten sich Musiker postiert – und es gab sogar eine komplette Theateraufführung ganz hinten im Zelt.
Eine ganze Weile ging Dorian einfach umher, schaute hungrig um sich und wünschte einmal mehr, doch bloß die Farben all dieser Dinge sehen zu können. Schließlich beendete sein knurrender Magen die Gafferei – er ging zu dem Fleisch hinüber, das über knisterndem Feuer gedreht wurde.
Orange ist die Glut, dachte er unwillkürlich, verbannte aber sofort alle Gedanken an Vulkane und Farben.
Morgen wieder!
Denn diesen einen Abend wollte er für sich haben, wollte lachen und essen und vielleicht ein bisschen tanzen. Wieder unter Menschen sein.
Er ließ sich ein großes saftiges Stück abschneiden und bezahlte mit einem Goldkorn. Und Schuchmech war wirklich etwas anderes als das kleine Handelsdorf Büttig! Der Standbesitzer zögerte zwar kurz, reichte aber doch kommentarlos eine Hand voll Münzen zurück. Dorian zählte nicht nach. Selbst wenn der Mann ihn übers Ohr hauen sollte – was machte das schon!
Das Fleisch schmeckte köstlich und ließ Dorian die Eintönigkeit der letzten Wochen vergessen, wo er mit dem Bogen kaum etwas erlegt hatte und nur Wurzeln, Herbstbeeren und Pilze auf seinem Speiseplan gestanden hatten.
Satt und glücklich schlenderte er später durch das riesige Zelt, mischte sich unter das Publikum und ließ sich

irgendwann müde auf eine der Schankbänke fallen. Neben ihm hatten die Bewohner der Stadt die Tische weggeräumt, ein paar Musikanten geholt und zu tanzen begonnen. Dorian ließ sich Schaumbier bringen und schaute zu. Da war ein Mädchen, das ihn an Fabiola erinnerte, umringt von ein paar Jungen. Fröhlich zwinkerte Dorian ihr zu, aber sie beachtete ihn nicht. Seltsam eigentlich. Auch viele andere schauten ihn manchmal komisch an, als wüssten sie genau, dass er nicht hierher gehörte. Und als er mehr zufällig als gewollt an sich hinunterschaute, musste Dorian kichern. Mit diesen Lumpen, in denen er steckte, konnte er freilich keinen Staat machen. Schmutzig vom Leben in der Wildnis, zerrissen und nur notdürftig geflickt waren seine Kleider, und die neuen Stiefel, von Amante geschenkt, hatten auch schon wieder genug Löcher.

Abermals schaute er zu dem Mädchen, das gerade laut und hell lachte – nur leider nicht in seine Richtung.

Dorian grinste. In dem Aufzug würde ich auch nicht mit mir tanzen gehen.

Aber er hatte ja seinen Beutel mit den kleinen gelben Kieseln, wie der Krämer in Büttig gesagt hatte. Und was hatte Onkel Krolo manchmal gesungen, wenn er im »Kupferschaum« zechte? *Jeder drängt zum Gold und mancher hängt dafür.* Wieder lächelte Dorian.

Wie es denen wohl geht im Grubendorf?

Er ließ einen Krug Apfelmost zu dem Mädchen hinüberschicken und lächelte ihr zu. Sie musterte ihn, sagte etwas zu ihren Begeleitern und kam, ein bisschen Argwohn und ein wenig Neugier im Blick, zu Dorian herüber.

»Vielen Dank, Fremder! Du scheinst mehr zu sein, als es aussieht!«

Dorian lachte. »Jeder ist mehr, als er zu sein scheint. Du nicht?«
Jetzt lächelte auch das Mädchen. »Kann schon sein. Zum Wohl!«
Sie tranken zusammen den leicht vergorenen Wein. Kamen ins Plaudern. Sie heiße Sigra, erzählte sie, und ihr Vater war Kaufmann in Schuchmech. Als Dorian weitere Getränke bestellte, wollte er ihr ein wenig imponieren und zahlte nicht mit den vielen Münzen, die sich mittlerweile in seinen Taschen angesammelt hatten, sondern mit einem neuen Goldstück.
Verwundert fragte Sigra:
»Und wer bist du? Woher kommst du?«
»Donatus heiße ich«, sagte er und ihm wurde plötzlich heiß. So hatte er sich bei Fabiola genannt. »Ich bin ein Erzgräber von den, hm, den Verkrüppelten Bergen.«
Sigra trank einen Schluck und lächelte seltsam.
»Bist du dafür nicht noch ein bisschen jung?«, fragte sie und blickte ihm zum ersten Mal direkt ins Gesicht. Sie hatte ihre Brauen und Wimpern nachgemalt, sodass die Augen riesig schienen.
Er lachte laut: »Ich bin eben wirklich mehr, als ich aussehe! Möchtest du tanzen?«
Und sie tanzten. Sigra stellte ihm ihre Freunde vor, die auch nichts dagegen hatten, von Dorian bewirtet zu werden. Alle tanzten, lachten und unterhielten sich bis tief in die Nacht und der düstere Druck, der seit Wochen auf Dorian gelastet hatte, hob sich ein wenig. Leichter floss sein Atem, je schwerer die Zunge wurde.
Irgendwann zogen die Musikanten weiter, weil sie noch an anderen Plätzen spielen wollten.
»Schade«, meinte Sigra. »Wollen wir hinterher? Ich will noch tanzen!«

Wieder lachte Dorian laut. Er hatte zu viel Schaumbier getrunken, das wusste er. Aber heute wollte er sich amüsieren und nicht die Welt retten. Er nahm noch einen großen Schluck und schaffte es mit einiger Mühe, die nächsten Worte richtig zu setzen:
»Ich weiß etwas Besseres, Sigra.«
Leicht schwankend packte er seinen Rucksack hervor und kramte nach der Flöte.
»Oh! Kannst du spielen?« Sigra klatschte in die Hände.
»Jawohl, Gnädigste.« Dorian lallte jetzt schon ein bisschen – aber niemand schien es zu bemerken. Fröhlich setzte er die Flöte an.
Er spielte einen lustigen Tanz und bald drehten sich nicht nur Sigra mit einem Jungen, sondern auch andere Paare im Kreis, und lachten und jubelten.
Als Dorian endete, klatschten sie wild.
»Das war großartig, Bursche!«, riefen sie ihm zu. Und: »Bravo! Bravo!«
Sigra bat um ein neues Stück, ihre Augen schienen jetzt noch größer geworden zu sein.
Dorian führte die Flöte erneut zu den Lippen.
Danach sollte er ein drittes Lied spielen und wieder gehorchte er gerne. Er fühlte sich so gut wie schon sehr lange nicht mehr. Wie in der Zeit, bevor sein Vater ...
Nicht denken, dachte er. *Spielen!*
Wieder brüllten die Leute begeistert, als Dorian den flotten Schieber beendet hatte.
»Noch eins, bitte!«
Sigra rief es. Und Dorian kam es so vor, als fielen alle Leute im Zelt ein: »Ja, Donatus. Spiel noch ein Lied für uns.«
Er fühlte Wärme und Dankbarkeit in sich aufsteigen. Wie schön es hier war. Wie sehr sie ihn alle mochten.

Und er würde ihnen gerne noch ein Lied spielen, oder? War da nicht irgendetwas, an das er nicht dachte?

Unwillig schüttelte er den Kopf, der Rausch trieb ihm Tränen in die Augen. Morgen würde er wieder denken und Farben suchen und Bösewichter jagen. Aber heute ...

Und Dorian begann ein neues Lied.

Es war, als würde nicht er spielen, sondern seine Finger ganz alleine. Es war, als würde jemand ihn lenken, und nur halb wach merkte Dorian, dass bei diesem Lied niemand tanzte. Sie starrten ihn nur an, bewundernd oder glücklich, fast alle mit einem Lächeln im Gesicht und manche sogar mit Tränen. Erst nach einer Weile ging ihm auf, was er da spielte: Fabiolas Lied. Das Lied, das ihn an Farben erinnert hatte. Das Lied der Hüterin des Schilfs.

Fabiola.

Die Flöte zerbrach.

Und trotz des großartigen Festlärms um ihn herum schien es einen Augenblick, als sei alles still.

Als wenn das ganze Zelt den Atem anhält, dachte Dorian verwirrt. Das Zelt atmet ein und aus – ha!

Er kicherte, musterte dann mit stierem Blick das gesplitterte Schilfrohr.

»Sie ist ... kaputt«, lallte er, als Lachen und Rufen wieder über ihm hereinbrachen.

Die Menschenmenge zerstreute sich rasch. Zu viel gab es noch zu sehen in dieser Nacht, in diesem Zelt. Und keiner hatte mehr applaudiert. Nur Sigra kümmerte sich noch um ihn.

»Schade«, sagte sie. »Du hast hübsch gespielt. Komm, trink noch einen Krug.«

Sie winkte einen ihrer Freunde herbei, der Dorian stützte.

»Jawohl«, brummte Dorian. »Noch ... trinken ...«
Als das frische Schaumbier vor ihm stand, nestelte er an seinem Säckchen mit Goldkörnern, das schon viel leichter geworden war. Aber seine Hände zitterten so, dass er die Schnur nicht aufbekam.
»Beim ... beim Diamanten«, grunzte er.
»Soll ich dir helfen, mein Freund?«, fragte Sigra leise.
»Freund!«, rief Dorian aus. »Natürlich ... helfen.« Er verstand nicht so genau, warum er keinen richtigen Satz mehr zu stande bekam. Hatte er wirklich schon so viel getrunken?
Nicht wichtig, dachter er und grinste Sigra an, grinste in ihre tiefen Augen hinein.
»Das Gold«, meinte sie zögernd und Dorian reichte es ihr mit tollpatschigen Bewegungen.
Aber kaum hatte das Mädchen den Beutel sicher in der Hand, lachte sie auf und rief spöttisch: »Vielen Dank!« Machte einen höflichen Knicks, warf das Gold einem ihrer Freunde zu und verschwand augenblicklich im Gewühl.
Auch der Junge rannte weg, aber in die entgegengesetzte Richtung.
Dorian starrte in seine leeren Hände und verstand überhaupt nicht, was passiert war.
»Freunde ... helfen ...«, flüsterte er.
Dann schaute er um sich, blinzelte und fühlte eine unbarmherzige Wut in sich aufkochen. Jetzt verstand er schon.
Diese Mistkerle! Torkelnd kam er auf die Beine.
»Diebe!«, brüllte er los und machte einen unsicheren Schritt vorwärts. »Diebe! Mörder!«
»He, Junge!« Der Wirt stand plötzlich vor Dorian, der krampfhaft versuchte gerade zu stehen. »He, Junge.

Lass gut sein für heut und geh nach Hause, ja?«, meinte er freundlich.
»Nach Hause, ja!«, schrie Dorian außer sich. »Bist wohl auch einer von denen? Diebe, ja?« Mit zitternden Fingern riss er den Grubenhammer von seinem Gürtel und schwang ihn drohend in der Luft. Dem Wirt verging sein gutmütiges Lächeln, und obwohl er größer war als Dorian, wich er erschrocken zurück.
»Was ist denn los, Junge?«
»Nenn mich nicht Junge!«, brüllte Dorian und ließ den Hammer fallen.
Er traf die Bank, die knackend entzweibrach.
Noch einmal hob er den Grubenhammer, aber diesmal zerrte ihn die Waffe nach unten. Sie schien ihren eigenen Willen zu haben. Er packte fester zu, konnte den Hammer aber nicht halten.
Was ist eigentlich los mit mir?
Verblüfft merkte Dorian, dass er am Boden kniete. Dann brüllte er noch einmal: »Freunde!«, und kippte vornüber, mit dem Kopf direkt in eine Lache aus Schaumbier hinein.

Osmon lief ruhelos am Waldrand entlang, starrte in die Lichter der Stadt hinunter und trabte wieder ein Stück zurück. Er hatte kein gutes Gefühl. Seit Dorians Kampf mit Burké war der Junge verändert. Vielleicht war er doch noch nicht stark genug für diese Schlacht. Stark in den Armen und auch stark im Kopf – das wohl. Aber auch stark im Herzen? Im Glauben?
Osmon schüttelte den Kopf und schnaubte, legte sich doch endlich nieder.
»Wir werden sehen«, flüsterte er den Schnappeulen zu. »Und jetzt Schluss! Hundert-Ender grübeln nicht!«

Gefangen

Was für eine großartige Nacht!
Der Namenlose stand auf dem Turm der Flammenden Festung und rieb sich die Hände. Wirklich eine sehr brauchbare, großartige dunkle Nacht. Alles fügte sich weit besser, als er gehofft hatte. Noch gestern war der Mächtige besorgt gewesen: Viel früher, als er durfte, hatte der Bauernfratz das westliche Land verlassen und die richtige Richtung eingeschlagen. Aber dann war er freiwillig nach Schuchmech gegangen, dieser Trottel, und machte sich wunderbar zum Narren. Der Mächtige entblößte seine Zähne.
Ich habe mich wohl doch geirrt, dachte er. *Ich habe den Balg viel zu sehr überschätzt!*
Und in Schuchmech wird die Reise endgültig vorbei sein für Dorian Karfunkel. Denn dort hielt der Namenlose ein paar Marionetten für ihn bereit ...

Beim Diamanten, wie das stank! Dorian rappelte sich hoch, schnüffelte verwundert und begriff dann, dass er selbst die Quelle des Geruchs war.
Angewidert schaute er sich um, schloss aber schnell wieder die Augen: Ihm wurde schwindlig. Sein Kopf hämmerte.
Was war bloß passiert? War er krank? Warum hatte er nur so einen üblen Geschmack im Mund und schweflige Säure in seinem Magen?
Das Fest der großen Sonnendrehung!, erinnerte er sich mühsam. Das Zelt!
Ja, irgendetwas war da gewesen. Ein Mädchen, das Fabiola ähnlich sah.

Die Flöte!
Dorian sprang auf, knickte aber sofort wieder ein und krümmte sich auf dem Boden. Ihm war schlecht.
Und er erinnerte sich.
Die Flöte war zerbrochen. Seine Barschaft gestohlen. Aber war da nicht noch etwas?
Beim Diamanten! Die Farben! Dorian schlug sich so fest an die Stirn, dass es klatschte. Prompt blitzte es vor seinen Augen und die Kopfschmerzen verschlimmerten sich drastisch.
Was habe ich getan?
Seinem Gold trauerte er ja nicht hinterher – aber was war mit der Träne des Blauen Schlundes? Dem glühenden Stein von der Halde?
Steh auf und sieh dich um!, befahl er sich selbst.
Was war das eigentlich hier? Ein ... ein Gefängnis?
Beim dritten Mal schaffte er es endlich, auf die Beine zu kommen. Tatsächlich. Ein kleines hölzernes Zimmer mit verschlossener Tür. Ein winziges vergittertes Fenster. Über einer Wand an der Decke ein kleines Loch, durch das noch ein wenig mehr Luft hereinkam. Eine Matte in der Ecke. Eine kleine Grube im Boden, die sogar stärker stank als Dorian.
Und kein Rucksack. Keine Farben. Kein Hammer.
Entsetzt presste er die Augen zusammen, wartete kurz und blinzelte vorsichtig: Holzwände, ein vergittertes Fenster. Er war immer noch hier. Kein Traum.
Dorian schlurfte zur Tür und klopfte dagegen.
»Hallo!«, rief er – offenbar zu laut, denn schon wieder schlugen in seinem Kopf Blitze ein.
»He! Hallo!«
Nichts. Er brüllte noch ein drittes Mal und lauschte angestrengt. Und wirklich – er hörte ein Klimpern, gefolgt

von einem leisen Rumpeln, als von außen ein Schlüssel ins Schloss geschoben wurde.
Die Tür öffnete sich und ein kleiner stiernackiger Mann mit metallenem Helm und ziemlich eingedelltem Brustpanzer blickte Dorian an. Der Wärter lächelte und ließ seine winzigen Augen funkeln.
»Ha!«, brüllte er so laut, dass ein neues Gewitter in Dorians Kopf losbrach.
»Ha! Unser kleiner Randalierer ist wieder wach. Ganz schön einen über den Durst getrunken, was?«
»Bitte leiser reden«, flüsterte Dorian mit trockenem Mund.
»Wie?«, brüllte der Mensch vor ihm.
»Leiser bitte!«, wiederholte der Junge müde.
»Ha! Hast wohl einen dicken Schädel, was?« Der Wächter rieb sich die Knubbelnase und wischte die Hand am grauen Bart ab.
»Na ja, schon recht!«, brummte er dann fast freundlich und auf jeden Fall leiser. »Am Fest der großen Sonnendrehung ist das ganz in Ordnung. Kannst sogar froh sein, dass du ein Zimmer für dich allein hast! Wird hier normalerweise voller an diesem einen Tag.«
Wieder ein lautes Lachen, das Dorian zurückzucken ließ.
Mein Kopf!
»Wo bin ich?«, fragte er heiser.
Der Dicke lachte schon wieder. »Du bist mir vielleicht ein Witzbold!« Mit seinem fleischigen Finger deutete er auf Dorian und sich selbst und grunzte dazu: »Du – Gefängnis; ich – Bombast, dein Wärter! Kapiert?«
Dorians Kopf pochte, als würde er mit seinem eigenen Grubenhammer gegen die Schläfen schlagen. *Der Hammer! Die Farben!*

»Meine Sachen?«, fragte er. »Wo sind die? Mein Rucksack und ...«
Bombasts Augen blitzten schelmisch.
»Keine Angst, Bursche. Das liegt alles vorne im Büro. In meinem Büro, ha! Und jetzt trink was! Aber vielleicht nicht unbedingt Schaumbier!«
Wieder prustete Bombast los, lachte schallend und hielt Dorian einen Krug mit Wasser hin.
Und den trank der Junge gierig leer. Es kam ihm vor, als hätte er nie etwas Köstlicheres getrunken.
»Nicht so schnell, Kerlchen – ganz langsam, ha!«, rief der Wächter.
Aber Dorian setzte den Krug erst ab, als der letzte Tropfen getrunken war. Langsam kehrten seine Lebensgeister wieder zurück.
»Danke für das Wasser, Bombast. Ähm, was passiert jetzt mit mir?«
»Ach, mach dir keine Sorgen. Du bist fremd hier, was?«
Dorian fing an zu nicken, stoppte aber seine Bewegung mit verzerrtem Gesicht. *Bloß den Kopf grade halten!*
»Ja«, sagte er nur.
»Nun, nun, Bürschel!« Bombast nahm ihm den Krug ab.
»Nach dem Sonnenfest sind alle freundlich gestimmt. Du legst dich jetzt noch ein paar Stündchen hin, dann setzen wir ein Protokoll auf und du kannst verschwinden. Ha!«
»Und meine Sachen?«
»Ha! Der alte Rucksack, was? Ich werde froh sein, wenn du ihn mitnimmst, Junge! Und jetzt schlafe!«
Mit diesen Worten trat Bombast zurück und schlug die Tür so fest hinter sich zu, dass Dorians Kopf fast auseinander platzte.
Der Schlüssel knarrte.

Dann legte der Junge sich auf die verdreckte Matte und streckte den schmerzenden Körper.
Na ja, dachte er. Hätte schlimmer kommen können!
Aber das dachte er eben nur. Genau genommen hätte es kaum schlimmer werden können.
Er schlief ein.
»Dorian! Dorian Karfunkel!«
Er schreckte hoch. Wer, beim Diamanten, rief ihn da? Ein Traum?
Nein, kein Traum. Wenn doch, dann sicherlich ein Albtraum!
Dorian zwang die verklebten Augen auf und fand sich immer noch in den schmutzigen Gefängniswänden. Über ihm stand ein Mann in heller Rüstung und schüttelte ihn noch einmal an der Schulter.
»Dorian?«, wiederholte der Mann. Und obwohl der Junge ihn nicht kannte, kroch die Angstfliege über seinen Rücken: Dieses laute, fast schreiende Flüstern kannte er. Es war das Raunen Burkés, das Zischen des fratzenhaften Namenlosen, der im Funkelbrunnen nach seinem Namen gefragt hatte.
»Dorian!«
Der Mann lachte leise und nahm den weiß strahlenden Helm ab. Ein edel geschnittenes Gesicht steckte darunter, eine elegante Nase, eine hohe Stirn – und schwarze leere Augen.
Dorian erstarrte.
»Ah, du bist es wirklich, denn du erkennst, wen du vor dir hast. Was du vor dir hast.« Lachend zog er den silbernen Helm wieder über das Gesicht. »Willkommen in der Hölle, kleiner Mann.«
Dorian schluckte, rappelte sich auf und wich zurück an die Wand. Wer war das? Ein neuer Knecht des Namenlo-

sen? Ein weißes Gegenstück zum schwarzen Schlächter?
Was kann ich tun?
Dorian hatte keine Waffe. Er war müde und erschöpft. Krank. Und der Mann kam drohend auf ihn zu. Knurrte leise und hob die Hände wie ein gereizter Eisbär seine Pranken ...
»Ha! Was machen sie hier! Los, antworten sie!«
Bombast erschien in der Tür wie ein rettender Engel mit einer Fleischkeule in der Hand. »Ha, sowas! Da holt man sich nur mal einen kleinen Bissen, weil man die Nacht Dienst hatte und nix bekam, und dann kommt man zurück und ...«
Der Mann vor Dorian klappte rasch das Visier herab und drehte sich zu Bombast herum.
»... und, ähm, ha!«, stotterte der. »Ja, der Herr Hauptmann! Ich wusst ja nicht. Ha, zu Befehl!«
»Rühren, Bombast.« Der Hauptmann winkte gnädig mit der Hand. »Ich wollte dir nur gratulieren. Du hast da wirklich einen ganz großen Fang gemacht!«
»Was? Der da?« In Bombasts Gesicht kämpften die Freude über das Lob und ungläubiges Staunen miteinander. »Dieses Bürschel, Herr Hauptmann?«
»Jawohl.« Die Stimme wurde noch leiser. »Ein berüchtigter Dieb, wahrscheinlich sogar ein Mörder ...«
Dorian protestierte: »Ich war es, Bombast, der gestern bestohlen wurde. Dieser Kerl hier ...«
»Halt den Mund!« Der Hauptmann schlug ihm ins Gesicht, ohne sich dabei auch nur umzudrehen. Dorian prallte zurück an die Wand und rutschte stöhnend zu Boden.
»Siehst du!«, sagte der Hauptmann. »Lass dich nicht von seinen schönen Reden einlullen, Bombast. Er ist gefährlich!«

»Jawohl!« Die Antwort des Wärters kam zackig, aber nicht besonders überzeugend.
Erst jetzt wandte der Knecht des Namenlosen sich wieder Dorian zu. Interessiert betrachtete er die feine Blutlinie, die dem Jungen aus dem Mundwinkel floss.
»Ich will es kurz machen mit dir«, zischte er leise. »Da man dich des Mordes nicht überführen kann, bleibt dir das Hängen erspart.« Eine hämische Pause. »Morgen bei Sonnenaufgang wird man dir deshalb nur, als Abschreckung für alle Diebe, beide Hände abhacken.«
Der Hauptmann stürmte aus der Zelle.
Verdutzt und entsetzt starrten sich Dorian und Bombast an.
»Ich glaube dir ja.«
Bombast war zurück in die Zelle gekommen und hatte einen Krug mit frischem Wasser dabei. »Ich habe wahrlich genug Halunken hier in der Zelle gehabt, ha! Und du bist sicher kein Dieb, kein Mörder.«
Dorian hatte ihm seine Geschichte erzählt, zumindest den Teil, der sich gestern in der Stadt Schuchmech abgespielt hatte. Jetzt schöpfte der Junge neue Hoffnung.
»Außerdem ...«, Bombast senkte die Stimme und blickte vorsichtig um sich. » ... kommt mir der Hauptmann in letzter Zeit, ha, seltsam vor. Immer dieser Helm und immer so'n Flüstern, dass es einen gruselt.«
»Bitte lass mich laufen, Bombast!«
Unbehaglich kratzte sich der Wächter am Bauch und überlegte. Wischte sich schließlich über den Mund, an dem noch Fett von der Lammkeule klebte.
»Tut mir Leid, Junge«, sagte er nach einer Weile. »Weißt du, ich habe vier Kinder zu Haus – die wollen alle was beißen, ha!«
»Aber, aber, ich bin unschuldig«, bettelte Dorian.

»Ich glaubs, ich glaubs.« Bombast leckte sich nachdenklich die Finger. »Na, vielleicht kann ich ja mit dem obersten Richter reden.«
»Tust du das?«
»Obwohl, wenn ichs mir recht überlege, flüstert der auch seit ein paar Monaten so komisch. Ha! Wirklich seltsam das.«
Dorian drückte Bombasts Hand und zog den dicken Mann nahe zu sich heran. Blickte ihm fest in die Augen.
»Ich bin unschuldig.«
»Mag sein, ich glaubs.« Der Wächter senkte den Kopf. »Aber denk mal nach, Bursche: Du verlierst nur die Hände. Aber wenn ich dich gehen lasse, dann, dann verlier ich meinen Kopf.«
Die Tür fiel ins Schloss und sofort sank Dorian auf den Boden, kroch an die kalte Holzwand und lehnte sich dagegen.
Beim Diamanten! dachter er. Warum habe ich bloß nicht auf Osmon gehört. Er wusste, wozu die Menschen fähig sein können.
Voll Angst schaute er sich in seinem Gefängnis um. Fand nichts Tröstliches. Nein, nicht die Menschen, grübelte er weiter und schlug probeweise mit der Faust auf die Wand. Nur die Knechte des Namenlosen.
Er musste fliehen!
Die Wände bestanden aus alten dicken Holzstämmen und schienen nicht einmal besonders stabil zu sein. Trotzdem würde er es ohne Werkzeug nie hier rausschaffen. Hätte er doch bloß seinen Hammer! Dann musterte Dorian das kleine Loch an der niedrigen Decke. Wohl der Rauchabzug eines Kamines, der früher einmal hier gestanden haben mochte. Aber er war viel

zu eng. Nicht einmal seinen Kopf hätte er durchstecke können. Und das Fenster?
Dorian sprang zu ihm hinauf und packte das Gitter. Rüttelte. Rüttelte stärker, ignorierte den wieder aufschwappenden Schmerz im Kopf. Doch die Metallstäbe rührten sich keinen Millimeter.
Nach einer Weile presste Dorian nur sein Gesicht an das Gitter und sog die kühle Abendluft ein. Das Gefängnis musste am Stadtrand liegen, denn er sah keine weiteren Häuser mehr, nur noch eine kleine Ackerparzelle und Wiesen. Und weiter hinten Bäume, den beginnenden Wald. Niemand, den er hätte rufen können. Die Sonne ging gerade unter. Dorian schluckte und überlegte. Was hatte der Hauptmann gesagt?
Morgen, bei Sonnenaufgang, wird man dir, zur Abschreckung aller Diebe ...
Der Junge ließ sich wieder an der Wand hinuntergleiten und versteckte sein Gesicht in den Händen.
Seine Hände!

Wie spät es wohl war?
Dorian hockte stumpf in seiner Zelle und starrte in die Dunkelheit. In dem winzigen Viereck des Fensters erkannte er drei Sterne, die ganz langsam weiterwanderten, sich drehten am Himmel, bis ein vierter Stern sichtbar wurde. Von irgendwo hörte er Bombasts Schnarchen – wahrscheinlich träumte der in dem Büro, wo auch Dorians Sachen lagen. Aber der Junge selbst konnte um nichts in der Welt einschlafen.
Morgen bei Sonnenaufgang ...
Konnte er denn gar nichts tun?
Da hörte er ein neues Geräusch, ein leises Kratzen, das sich kaum vom lauten Schnaufen des Wächters abhob.

Wo kam es her? Ja, über ihm!
Das Dach!
Leise fauchend fiel Muntra durch die enge Öffnung in der Decke.
»Du! Wieder einmal du!« Dorian packte die Katze und drückte sie so fest, dass sie anfing zu strampeln. »Du hast mich gefunden, Muntra! Und dann, dann ist vielleicht auch er hier?«
Voll neuer Hoffnung sprang er auf, drückte sich ans Fenstergitter und spähte hinaus. Aber niemand stand draußen und scharrte mit den Hufen. Niemand sagte: »Hundert-Ender schlafen nicht!«
Osmon war nicht da.
»Du bist mir allein gefolgt, was?«, flüsterte Dorian. »Ach, Kätzchen.«
Dann überlegte er. Vielleicht hatte er ja doch noch eine Chance.
»Was meinst du?« Er streichelte das Tier, hob ihr kleines Kinn hoch und forschte in ihren Augen. »Schaffst du das? Findest du zu Osmon zurück und bringst ihn her?«
Muntra schnurrte.
»Verstehst du, was ich meine?«
Aber Muntra antwortete nicht, sondern leckte ihm nur zufrieden über seine Hand.
Kurz entschlossen hob Dorian sie hoch und kümmerte sich nicht um ihr klägliches Maunzen. Vorsichtig schob er sie weiter nach oben, in die alte Kaminöffnung hinein. Es ging grade so, wenn er sich auf die Zehenspitzen stellte.
»Los, Muntra, bitte! Hole Osmon!«
Die Katze rührte sich nicht und balancierte auf seiner drückenden Hand.
»Du bist meine letzte Hoffnung, Muntra«, flehte Dorian verzweifelt.

Die Katze miaute und begann dann doch langsam und zögernd nach oben zu klettern. Er hörte ihr Kratzen, noch ein letztes Maunzen und leises Trippeln auf dem Dach. Dann war Muntra verschwunden.
Ob sie ihn verstanden hatte? Mit Schaudern erinnerte sich Dorian an die vielen Male, wo Muntra, launisch wie alle Katzen, stets das Gegenteil von dem getan hatte, was er eigentlich wollte.
Und – ob Osmon überhaupt noch da war? Nur diesen einen Tag wollte er ja warten. Dann ziehe ich weiter, hatte er gesagt, um die restlichen Farben zu finden. Und Dorian wusste: Der Hirsch lief gerne nachts.
O Osmon!, dachte er. Verzeihst du mir?
Aber von draußen kam nur der Ruf einer Schnappeule als Antwort.

Bombast stöhnte im Schlaf.
Und die Sterne vor dem Fenster bewegten sich langsam ein neues Stück weiter, verschwanden im Rahmen und machten Platz für neue.
Das Warten begann.
»Dorian!«
Wieder flüsterte jemand seinen Namen – war der Hauptmann zurückgekehrt um ihn zu quälen?
Er schreckte hoch – *beim Diamanten! Ich bin doch noch eingeschlafen!*
Und wieder das Flüstern. »Dorian! Junge!«
Vor Freude hätte er fast laut aufgejauchzt, aber er beherrschte sich im letzten Moment. Leise zog er sich am Fenster hoch und tatsächlich – da stand Osmon und schnaubte!
»Du hast dir aber ein schönes Gasthaus für die Nacht ausgesucht, Junge!«

»Osmon! Es tut mir Leid, ich ...«
»Schon gut! Geh von der Wand weg!«
Er gehorchte. Vor lauter Aufregung nahm er alles viel stärker wahr als sonst. Hörte sein Blut im Kopf rauschen, hörte wie draußen das Gras raschelte – und wie Osmon, der Hundert-Ender, Anlauf nahm und sein Geweih zu klirren begann ...
Mit donnerndem Getöse zersplitterte die Rückwand der Zelle. Osmon schaufelte die Holztrümmer weg, drängte sich durch die neue Öffnung und kniete sich hin um Dorian hinaufzulassen. »Rasch, Junge!«
»Nein! Warte noch!«
Blitzschnell rannte Dorian an ihm vorbei nach draußen und um das Gebäude herum. Sofort fand er den Vorbau des Gefängnisses und das Büro. Nicht verschlossen! Er stürmte hinein und da – hinten in der Ecke lagen sein Hammer und der Rucksack. Die Farben! Hastig raffte er seine Sachen zusammen, da klirrte es neben ihm.
Aber es war nicht Osmons Geweih.
»Du hast wohl Freunde, ha!«
Bombast stand hinter ihm, breit wie ein Baum, und hielt eine spitze Hellebarde in seinen dicken, aber ruhigen Fingern. Bereit zum Zustoßen.
Nur wenige Zentimeter von Dorians Brust entfernt blitzte der Stahl im Nachtlicht auf.
Nein! dachte Dorian, sagte aber kein Wort. Sondern wartete nur.
Der Junge aus dem Grubendorf und der bullige Wärter der Stadt Schuchmech standen sich lange gegenüber und blickten sich in die Augen.
Dann senkte Bombast langsam die Lanze.
»Na, verschwinde endlich.« Die winzigen Augen funkelten listig. »Gegen diese, ja, Übermacht kann ich natür-

lich nichts ausrichten. Ha! Das wird sogar der Hauptmann verstehen! Und viel Glück!«
Dorian umarmte ihn hastig voll Dankbarkeit, warf sich den Rucksack um und sprang nach draußen. Dort scharrte Osmon mit den Hufen, Muntra im Geweih, die fast gelangweilt mit den Sprossen spielte. Mit einem wilden Satz packte Dorian die Mähne des Hirsches und sprang auf.
»Ha! Das ist ein Tier!«, rief Bombast, der in der Tür stand.
»Los, mein Freund!«, sagte Dorian. »Bitte!
Und Osmon nickte.

Der Baum der Tränen und des Lachens

Sie waren wieder unterwegs. Dorian und Muntra ritten auf Osmon durch die Nacht, spürten die kalte Herbstluft an sich vorbeirauschen und – redeten miteinander. Lang und breit berichtete Dorian von seinen Abenteuern in Schuchmech, verschwieg sogar seinen peinlichen Auftritt im Festzelt nicht und schloss mit der Beschreibung des Hauptmanns.
»Dieselben leeren Augen, Osmon!«
»Schlimm«, dröhnte der Hirsch in vollem Lauf. »Der Namenlose hat seine Knechte schon überall verstreut. Sogar in Schuchmech.«
»Was macht er eigentlich mit ihnen? Wie kann er die Menschen so verändern?«
Osmon schüttelte unwillig den Kopf. »Es gibt zwei Riten, Junge, die einen Menschen zum Sklaven des Namenlosen machen. In der ersten Zeremonie schenkt er ihnen einen Grundzauber und stärkt ihre Ausdauer und Kraft. Die Eingeweihten tragen danach als Zeichen eine Maske mit dem Bildnis ihres Meisters.«
»Und dann?«
»Diese erste Wandlung ist noch umkehrbar! Der Geist des Menschen ist noch nicht zerstört. Das geschieht erst im zweiten Ritus.« Wieder schüttelte sich Osmon und sprang gequält in die Luft. »Damit wird erst das eigentliche Ich zerstört, die Seele zerstückelt, der Atem ausgesogen, bis der Namenlose ihn wieder dunkel und schwarz einbläst. Diese Menschen sind tot, Dorian. Sie leben nur noch für ihren Herrn. Und das siehst du an ihren Augen.«

Dorian schwieg und dachte nach. Dann meinte er umständlich: »Osmon, ich, ich wollte dir noch etwas sagen. Wegen der letzten Tage und so. Ich hätte, du hast, nun ...«
Osmon half ihm nicht und wartete stumm.
»Nun, ich will mich entschuldigen!« Endlich war es heraus. »Danke, dass du auf mich gewartet hast. Und ich hätte auf dich hören sollen.«
Osmon zog die Lefzen hoch. »Beim nächsten Mal«, sagte er nur.
»Nein, wenn du nicht gewesen wärst und Muntra ...« Schaudernd dachte er an die Drohung des Hauptmannes.
»Na ja, mich überraschte es gar nicht«, meinte Osmon etwas selbstgefällig, »als deine Katze auf mich zugesprungen kam.«
Und der Held dieser Unterhaltung streckte den Kopf aus dem Rucksack, schnupperte nach den aufregenden Gerüchen der Nacht und schnurrte zufrieden.

Der Namenlose stützte sich auf die Zinne des Turms. Seine Hände packten die kalte Mauer und hielten sie so fest, dass seine Knöchel durch die Haut zu platzen drohten.
Entwischt!
Ohne sichtliche Anstrengung brach er einen der Steine heraus und schleuderte ihn in die Tiefe. Mit einem glucksenden Zischen verschwand der Brocken in den Geschmolzenen Dünen.
Er ist entkommen!
Einen zweiten Stein riss er heraus, wog ihn ab und brach ihn mit einem Ruck entzwei.
Du hast wirklich eine gute Wahl getroffen, Elron, alter Feind!

Heißer Wind zerrte an seinem Mantel und der Namenlose atmete tief. Betrachtete die beiden Hälften des Mauersteins, betrachtete seinen Geist. Er war zornig. Aah! Was für ein wunderbares Spiel. So interessant, dass er Zorn spüren konnte! Das hatte nicht mal Elron geschafft.

Bald.

Bald würde sein neuer Vasall hier eintreffen, würde sich vor ihm niederknien und die Versuchung der dunklen Stärke in sich aufsaugen. Der Mächtige würde den kindischen Zorn in eine Kette schmieden, an der Harm Katzengold tanzen musste. Ihn später losschicken zu diesem Dorian Karfunkel. Und erst dann würde sich herausstellen, welche Kraft wirklich in Elrons Bauern steckte.

Und wie immer der Junge dann auch handeln mag, dachte der Namenlose, *er wird daran zerbrechen.*

Als der Morgen dämmerte, rasteten sie kurz.

»Ich glaube, wir sind erst mal weit genug weg von Schuchmech«, meinte Osmon.

»Glaubst du, der Hauptmann wird uns verfolgen?«

»Er kann nicht wissen, wo wir hinwollen, Junge.«

»Wirklich nicht? Er, er kannte meinen Namen.«

Osmon zupfte nervös am Gras herum. »Davon hast du vorhin nichts erzählt. Das ist schlimm.« Er kaute mahlend. »Ziemlich schlimm.«

Sie schwiegen.

Schließlich fragte Dorian: »Wohin gehen wir jetzt?«

»Du bist der Anführer.«

»Verschone mich damit, bitte! Außerdem, bist du nicht die ganze Zeit in eine bestimmte Richtung gelaufen?«

»Stimmt.«

»Und«, meinte der Junge lächelnd, »was liegt in dieser Richtung?«
»Der Garten der ...«
«... Palmen.« Dorian nickte.
»Grün ist die Pflanze ohne Bosheit und Wut«, sagte er. »Ich hätte wirklich gleich auf dich hören sollen. Wie weit ist es noch?«
»Zwei, vielleicht drei Tagesritte. Komm, steig auf!«
Aber der Junge strich nur nachdenklich über Osmons mächtige Flanke. Er dachte an das Flüstern seines Vaters im Traum. Daran, wie sie in der westlichen Ödnis erfolglos gesucht hatten.
»Was ist, Dorian?«, fragte der Hundert-Ender.
»Als wir vom Fallenden Vulkan fortritten, habe ich die falsche Richtung eingeschlagen« antwortete er. »Und ich habe dir nicht getraut, Osmon. Aber jetzt weiß ich nicht einmal, ob ich mir selbst vertrauen kann.«
Grübelnd stieg Dorian auf.

Endlich hatte er den Rand der Schwimmenden Wüste erreicht, so wie sie ihm der Mächtige gezeigt hatte. Flirrendes Licht brannte sich in seine Augen ein, Millionen von geschmolzenen Sandkristallen reflektierten die Sonne. Harm Katzengold blinzelte in dieses dampfende Meer aus gelbweißer Farbe und hustete, weil die Luft so heiß war. Die Dünen wanderten und rollten sich übereinander, warfen manchmal riesige Staubfontänen in die Luft.
Wie, bei Kohle und Steinbruch, sollte er da durchkommen?
Vorsichtig taste sich Harm vorwärts, setzte einen Schritt vor den anderen. Aber der Boden war nicht nur glühend warm, sondern auch weich. Bald sank er bis zu

den Knien ein. Noch ein wenig weiter und er würde untergehen.
Dieses hässliche Narbengesicht, dachte Harm, hätte mir den Weg ruhig ein bisschen besser erklären können.
Ratlos stolperte er am Rand der Schwimmenden Wüste entlang. *Hast du sie erreicht,* hatte der Mächtige im Funkelbrunnen geraunt, *bist du so gut wie bei mir. Mein Bote wird dich zu mir bringen.*
Harm zog wieder seinen Grubenhammer und hieb ein paar Übungsschwünge in die flirrende Luft.
Mann, das ist schon ein Kerl!, dachte er. Und diese Augen. Ganz schön gruselig. Aber er hat mir gesagt, was ich ja schon wusste: Dass dieser Dreckskerl Karfunkel das Grubendorf angezündet hat.
Und er hatte eine fast unendliche Macht – das spürte der Junge.
Da begann direkt vor ihm der Boden zu zittern. Geschmolzener Sand spritzte in die Höhe und Staub wirbelte wie ein Sturm durch die Luft – da unten war etwas. Etwas Großes.
Und mehr fasziniert als ängstlich beobachtete Harm, wie es hervorkam. Eine riesige Zange hatte die Sandschicht durchbrochen, tastete in die Luft und schnappte laut. Wieder ein Donnern: Eine zweite scherenförmige Klaue grub sich nach oben und tanzte in der Luft. Harm wich nicht zurück, gebannt von dem Schauspiel. Noch einmal bebte der Boden, als der restliche Körper des Kolosses herausschoss – eine unförmige, aber riesige Masse, gepanzert mit mannsdickem Horn. Der Junge machte einen länglichen Leib aus, der sich nach oben krümmte und in einer Art dornigem Schwanz auslief. Zehn dünne behaarte Beine zählte Harm und vier Augen, die am Kopf des gigantischen Wesens auf seltsa-

men Stängeln saßen. Und ihn jetzt musterten. Das Tier schien stumm zu sein, denn nur die beiden Scheren klapperten sausend durch die Luft und tasteten nach ihm.
Harm bewegte sich nicht.
Das Ding starrte ihn vieräugig an und schien zu warten.
Bei Kohle und Steinbruch, dachte Harm Katzengold. Das ist doch mal ein wirklich toller Bote.
Und der Wüsten-Skorpion brachte ihn rasch zur Flammenden Festung. Zum Namenlosen. Und zu der ersten Einweihungszeremonie.

Wieder einmal ritten sie ohne Pause. Dorian fürchtete, dass der Hauptmann von Schuchmech mit einem ganzen Heer hinter ihnen herschoss, genau wusste, wo sie hinwollten und ihnen auflauern würde. Der Junge konnte nicht ahnen, dass Bombast seinen Hauptmann in die Irre führte:
»Ich habe gekämpft wie zehn Mann, glauben Sie mir. Aber dieser riesige Hirschbrocken! Größer als der Palast der Großkönigin! Ein zu mächtiger Gegner. Ha! Trotzdem traf ich ihn schwer. Hier mit dieser meiner Hellebarde erwischte ich ihn, ha! Und sie entkamen nur knapp!«
Der Hauptmann kratzte ein Staubkorn von seiner hellen Rüstung, seine Augen funkelten unter dem Helm. Was sollte er tun? Dem Mächtigen berichten? Sein Versagen eingestehen und um Weisung bitten? Nein. Nur wenn alles andere nichts mehr brachte.
»Wo sind sie hin?«, fragte er barsch und seine Stimme klang noch stumpfer als sonst unter dem Visier.
Bombast machte das betrübteste Gesicht, das er zustande brachte.

»Ich weiß es nicht genau, Herr Hauptmann«, sagte er. »Aber ich glaube, sie wollten ins Verkrüppelte Gebirge hinein. Doch, ich bin mir sogar ziemlich sicher. Ha!«

»Jetzt im Herbst?«

»Nun ja, wie sie sagten: Diebe, Mörder, Verrückte!«

»Dann bete, dass du Recht hast. Wenn nicht ...« Wie eine Gewitterwolke ließ der Hauptmann die Drohung über Bombast schweben. Der schluckte schwer und schaute nach oben, ob da nicht schon ein Blitz auf ihn herunterkrachte.

Aber als der Hauptmann wenig später in die falsche Richtung aufbrach, begleitet von einem Dutzend schwer bewaffneter Krieger, schaute Bombast ihnen mit spöttischen Augen nach.

»Ha!«, sagte er nur.

In der nächsten Nacht teilten sie Wachen ein. Zwar war Osmon so rasch gelaufen, wie er konnte, aber die Erfahrung mit Burké hatte sie vorsichtiger gemacht. Wer wusste schon, wie schnell diese Teufel sein konnten. Doch obwohl Dorian dagegen ankämpfte, schlief er während seiner Wache kurz ein – und so sah keiner von ihnen den majestätischen Mulubronn, der über ihnen seine Kreise zog. Ein Vogel, so groß wie ein Drache, mit langem gebogenem Hals und spitz auslaufenden Flügeln.

Er glitt einsam durch die Luft und suchte.

Er suchte schon so lange.

Zwei weitere Tage durchstreiften sie das Land, bis Osmon endlich den Garten der Palmen entdeckte. Es war ein üppiger, freundlicher Ort, an dem große Farne und Palmen wuchsen, gemusterte Schmetterlinge auf den

Blüten saßen und fremdartige Vögel zwischen den Blättern sangen.
Aber es war kein *grüner* Ort.
Keine Farbe leuchtete.
Entmutigt drangen sie weiter vor. Bald wuchsen die Pflanzen dichter, immer kleiner wurden die Lücken, durch die sie schlüpfen konnten – und endlich versperrte ihnen eine Wand aus Büschen, Baumstämmen und Ranken den Weg.
Osmon schnaubte. »Es ist, als wolle uns jemand nicht in das Zentrum, in das Herz des Gartens hineinlassen.«
Dorian nickte und stieg ab.
»Ich gehe besser alleine weiter«, meinte er und starrte in diesen Urwald hinein. »Ich bin klein genug um mich überall hindurchzuquetschen. »Aber –« Dorian zögerte beschämt. » – Aber du wartest doch auf mich?«
Der Hirsch hob seine Lefzen – er lächelte. »Auch länger als einen Tag und eine Nacht!«
Dorian zog seinen Hammer fest, schulterte den Bogen und drang vorsichtig in die Pflanzenwildnis ein.
Eine Stunde verging. Er hatte sich an unzähligen Dornen geschnitten und mancher Ast hatte sein Gesicht gepeitscht. Blut tropfte aus kleinen, aber unzähligen Wunden. Und er schlug sich wieder völlig richtungslos durchs Unterholz, ähnlich wie damals in der Ebene der Kleinen Hügel. Denn das Blätterdach war so dicht, dass kaum Sonnelicht hindurchdrang.
Nur noch ein kleines Stück, dachte er entmutigt, dann drehe ich um. Wenn ich den Weg zurück überhaupt finde.
Als wäre das der richtige Zauberspruch, wurde die Vegetation mit einem Mal dünner. Die Pflanzen schienen förmlich zurückzuweichen und Licht strömte in sein Gesicht.

Dorian erreichte das Herz des Gartens.
Ein einziger Baum stand im Zentrum. Größer als jede Pflanze, die Dorian je zuvor gesehehen hatte, mit starken, weit ausladenden Ästen und übervoll mit Blättern.
Ja ...
Mit *grünen* Blättern.
Dorian jauchzte auf.
Die dritte Farbe!, dachte er. *Ich habe die dritte Farbe gefunden!*
Atemlos lief er auf den Baum zu, schwelgte mit den Augen in dem lang vermissten Grün über ihm und sprang hoch, um eines der Blätter zu erreichen.
Unmöglich.
Viel zu hoch.
Er hüpfte noch ein paar Mal, ging tief in die Hocke um sich abzustoßen, wippte sogar auf den Fersen und sprang – alles vergeblich. Die Blätter blieben außer Reichweite.
Dann eben anders, dachte er und versuchte am Stamm hinaufzuklettern.
Zu glatt.
Die Rinde war weich und fast elastisch, sodass Dorian überhaupt keinen Halt fand. Das durfte doch nicht wahr sein!
Mit wachsender Verzweiflung ging er einmal um den Baum herum, starrte in das herrliche Grün, bis sein Nacken schmerzte.
Aber er fand keinen Weg nach oben. Das Einzige, was er entdeckte, waren weiße Tupfer in all dem Grün. Ja, das waren Blüten. Zwischen den Tausenden, vielleicht Millionen von Blättern hingen kleine weiße Blüten – sehr wenige, aber vollendet geformt. Wie Kristalle. Strahlend.

Schön und gut, doch das hilft mir auch nicht weiter!
Er kam einfach nicht an die Baumkrone heran.
Osmon holen? Aber so groß der Hundert-Ender auch war – selbst er würde die Blätter nicht erreichen können. Vielleicht ging es mit dem Bogen? Vielleicht konnte er ein Blatt abschießen?
Er nahm die Waffe vom Rücken, legte einen Pfeil auf die Sehne, spannte und ließ los. Sirrend verschwand das Geschoss in der Krone des Baumes. Und blieb verschwunden. Dorian probierte es wieder. Diesmal zielte er auf das letzte Blatt am Rand des Baumes, aber der Pfeil, obwohl sicher gezielt, ging irgendwie im Blätterdach unter. Seinen ganzen Köcher verschoss der Junge, doch die Pfeile verschwanden alle. Als würde der Baum sie verschlucken.
Da stimmt doch irgendwas nicht, dachte Dorian.
Schließlich hockte er sich enttäuscht unter den Baum und lehnte sich an den Stamm. Wie kam er bloß an ein Blatt?
»Was soll ich tun?«, fragte er endlich hilflos und laut.
Da raschelte es über ihm, als wenn der Wind durch die Blätter huschte. Und in diesem Rascheln schienen Worte zu leben, kaum hörbar, geflüstert, aber nicht in einer Sprache, die Menschen benutzen. Dorian verstand sie trotzdem.
»Lachen oder weinen!«, hörte er.
Erschrocken fuhr der Junge hoch und blickte über die Lichtung.
Niemand.
Er musterte jedes Fleckchen genau, durchbohrte jeden Busch mit seinen Blicken. Machte sich da jemand einen Scherz mit ihm? Drangen die Einflüsterungen des Namenlosen jetzt schon tagsüber in seinen Kopf?

»Wer ist da?«, rief er vorsichtig.
»Ich.« Wieder klang ein Raunen und Wispern, aus der die Antwort entstand. Und ganz eindeutig, fand Dorian jetzt, kam sie von oben. Hockte da jemand im Baum? Den Kopf im Nacken starrte er hinauf. Doch er sah nur die Blätter und die wenigen Blüten. Unzählige und ungezählte wunderbar grüne Blätter und dazwischen vereinzelte Blüten, schön wie feinste Quarzkristalle.
»Wer bist du?«, fragte er und dachte dabei: Jetzt drehst du langsam durch, Junge. Du redest schon mit Pflanzen!
Aber, verrückt oder nicht, er bekam eine Antwort: »Ich bin der Baum der Tränen und des Lachens, Dorian.«
Er hätte sich fast verschluckt, so überrascht war er. Das wurde ja immer besser.
»Du kennst mich?«, fragte er unsicher.
Ihm schien, als würden die Blätter jetzt anders rascheln, denn diese Stimme musste aus den Blättern kommen – als würde sie spöttisch, aber wohlwollend *kichern.*
»Freilich kenne ich dich, Farbensucher. Denn ich war schon oft ein Teil von dir und du von mir.«
Dorian stöhnte. Schon wieder diese mystischen Reden!
»Ich verstehe nicht!«
»Ich verstehe nicht, ich verstehe nicht«, echote der Baum mit seinen Blättern.
»Was soll das?« Unruhig wartete er auf die Antwort des Baumes. Sie ließ auch nicht lange auf sich warten.
»Du musst begreifen, Farbensucher«, wisperte es über ihm. »Ich kann nur antworten, wo es eine Frage gibt.«
»Blödsinn!«, brummte Dorian verwirrt.
»Blödsinn, Blödsinn!«, bekam er zu hören.
Einen Augenblick dachte er nach, dann verstand er endlich und probierte es erneut: »Du meinst, ich muss in Fragen zu dir sprechen?«

»So ist es, Farbensucher.«
Na gut!, dachte Dorian, froh, wenigstens einen Teil dieser Sache enträtselt zu haben. Wenn es weiter nichts war – Fragen hatte er genug.
»Wer bist du?«, begann er.
»Ich bin der Baum der Tränen und des Lachens.«
Dorian seufzte. So weit waren sie doch schon gekommen.
»Erkläre mir das bitte.«
»Erkläre mir das bitte, erkläre mir das bitte ...«
»Schon gut!« Ganz so einfach war es wohl doch nicht.
»Kannst du das bitte erklären?«
»Ja!«
Beim Diamanten! Da war ja ein Gespräch mit Harm Katzengold noch einfach dagegen.
»Und, tust du es jetzt?«
»Ja.«
Dorian musste doch grinsen – wirklich ein akribischer Baum. Also ging es nicht nur darum, zu fragen – er musste auch die richtige Frage stellen. Er probierte es neu.
»Wer ist der Baum der Tränen und des Lachens?«
»Ich.«
Jetzt stöhnte der Junge laut. Nein, so kam er nicht weiter.
»Was tust du?«, fragte er gereizt.
»Gute Frage, Farbensucher.« Der ganze Baum schien sich zu neigen, die Blätter wisperten eifrig. »Frage nie, was man ist. Sondern frage, was man tut.«
Dorian meinte wieder, im Blätterrauschen leises Kichern zu hören. Er fürchtete schon, eine neue Frage stellen zu müssen, aber der Baum sprach von alleine weiter.

»Und mein Tun ist: Ich knospe und blühe. Jedes Mal, wenn in dieser Welt ein Mensch weint, knospt eines meiner Blätter auf. Und jedes Mal, Farbensucher, wenn einer von euch lacht, öffnet sich eine meiner Blüten.«
Dorian schluckte und dachte über das Gehörte nach. Mit einem ganz neuen Blick betrachtete er jetzt die unzähligen Blätter – und die wenigen Blüten dazwischen.
»Offenbar haben wir im Moment nicht viel zu lachen«, flüsterte er schließlich.
»Offenbar haben wir im Moment nicht viel zu lachen, zu lachen«, wisperte der Baum als Echo.
»Warst du schon immer so?«
»Die Frage nach der Vergangenheit, Farbensucher. Auch eine gute Frage.« Der Baum schien nachzudenken, denn er schwieg eine Weile.
»Nein, nicht immer«, wisperte er dann. »Es gab eine Zeit, wo ich weiß war, wie ein Kirschbaum in voller Blüte. Ein Lachen wuchs neben dem anderen.«
Dorian schauderte. Auf seinem Rücken suchte sich die Fliege der Angst ihren angestammten Platz.
Aber er wusste immer noch nicht, was er jetzt unternehmen sollte. Er begriff nur: Er brauchte das Grün – die dritte Farbe.
Aber zum Glück konnte er ja fragen:
»Was soll ich tun?«
»Lachen oder weinen, Dorian.«
»Wie meinst du das?«
»Jeder, der mich besucht, darf ein Blatt von mir nehmen oder eine Blüte. Aber er muss für mich lachen oder weinen, damit neue Knospen treiben und das Gleichgewicht nicht gestört ist. Du brauchst ein Blatt, Farbensucher. Also weine für mich.«
Dorian starrte hoch zu dem gewaltigen Baum, dessen

Krone den Himmel zu streifen schien. Wie seltsam das alles war. Da hatte er so lange darum gekämpft, nicht mehr zu weinen, hatte er sich geschworen und den Schwur gehalten, egal wie hart es ihn ankam. Hatte trockene Augen gehabt, als Elron starb. Oder als er verzweifelt war über seinen Mord an Burké. Als er in Schuchmech darauf wartete, seine Hände zu verlieren. Und jetzt?

Dorian schluckte. Konnte man Tränen herbeizwingen? Er bemühte sich an seinen Vater zu denken und an Elron, an das Gefühl des Alleinseins und Verlassenwerdens – aber ihm wurde nur übel dabei. Er fühlte sich unehrlich und schlecht.

»Ich kann nicht!«, sagte er verzweifelt.

»Ich kann nicht, ich kann nicht«, antwortete der Baum.

Traurig stellte Dorian eine Frage: »Was passiert, wenn ich nicht weinen kann?«

»Das ist schlimm«, zischelte der Baum. »Ohne ein Lachen kann ich dir keine Blüte geben, ohne ein Weinen kein Blatt.«

Enttäuscht schaute Dorian auf seine Stiefelspitzen hinunter. Da war er in den Blauen Schlund getaucht, hatte den Fallenden Vulkan besiegt und Burké, den Schlächter – und jetzt stand er hilflos vor diesem freundlichen Baum.

»Vielleicht kann ich für ihn weinen«, sagte da jemand.

Dorian fuhr herum. Er hatte sie nicht kommen hören in ihrem dunklen Kleid, mit dem zarten Gesicht, mit ihren blattförmigen Augen und dem Turban auf ihrem Kopf.

Fabiola.

»Du! Wieso, ich meine, wie ...«

Mit einer scharfen Handbewegung winkte sie ab.

»Später –« Sie machte eine Pause und setzte betont hinzu. » – Donatus.«
Dann wandte sie sich wieder an den Baum und fragte: »Kann ich für ihn weinen?«
Die Blätter raschelten hell und laut, gleichzeitig dunkel und leise, so als könnten sie sich nicht einigen. Dann aber antwortete der Baum des Weinens und des Lachens: »Wenn du sein Freund bist und eure Herzen sich berühren – ja.«
Wortlos kniete sich Fabiola nieder, schloss die Augen und atmete tief.
Dorian konnte nicht hinschauen, irgendetwas schnürte seine Kehle zu und klopfte an die unterste Tür in seinem Bauch. Er wollte Fabiola trösten, mit ihr reden ...
Aber er ging ein paar Schritte zur Seite und wandte sich ab.
Die Hüterin des Schilfs weinte.
Sie kniete vor der gewaltigen Pflanze, umschlang sich mit den Armen und Dorian hörte sie schluchzen.
Sie weinte lange. Wind strich durch den Wipfel des geheimnisvollen Baumes.
Und ein Blatt, klar und leuchtend in strahlendem Grün, löste sich endlich von einem Zweig, schaukelte hin- und her pendelnd durch die Luft, sank langsam wie eine Feder nach unten und landete sanft vor dem Mädchen.

Der neue Knecht des Namenlosen

»Darf ich dich etwas fragen, Fabiola?«
Sie blieben im Garten der Palmen, waren aber an seinen Rand zurückgekehrt, wo Osmon ungeduldig auf Dorian wartete – und nicht wenig überrascht war, als der Junge nicht nur die dritte Farbe, sondern auch das Mädchen mitbrachte. Jetzt war eine kalte Nacht hereingebrochen und sie drängten sich um das nur schwach knisternde Feuer. Osmon wiederkäute zufrieden das fette, nahrhafte Gras, das hier wuchs, Muntra hatte sich bei Fabiola eingekringelt und Dorian hockte nahe neben ihr – und rückte gerade noch ein kleines Stück näher heran.
»Frag nur«, meinte sie zögernd, so als ahnte sie schon, was kommen würde.
»Warum, ich meine, um wen hast du vorhin geweint?«
Die Hüterin des Schilfs starrte in die flammentragenden Äste und stocherte in der Glut.
»Um meine Großmutter«, sagte sie leise. Dorian presste Hände und Lippen zusammen, wagte aber kein Wort zu sagen.
»Einen Tag, nachdem du weg warst«, fuhr Fabiola fort, »kam ein schwarz gekleideter Krieger in unser Dorf. Mitsamt seiner Streitaxt.«
»Burké!«, hauchte Dorian.
Das Mädchen nickte kaum merklich. »Er fragte nach euch, nach Osmon und dir, aber wir verrieten nichts. Wir ... hielten ihn hin, bis er ... zornig wurde. Und ehe wir es überhaupt bemerkten ...« Fabiola schluckte schwer und begann sich zu wiegen, so als wollte sie sich selber trösten. »Er, er griff nach seiner schreckliche

Waffe, silbern glänzend und mit doppelter Klinge und ... griff an. Drei. Drei aus unserer Gruppe ... getötet.«
Sie wandte ihr Gesicht Dorian zu. In ihren Augen schimmerten Tränen. »Meine Großmutter gehörte zu ihnen.« Fabiolas Stimme wurde noch leiser. »Der Rest von uns Hütern konnte ins Schilf hineinflüchten. Ins Schilf. Dort findet uns niemand.«
Dorian nickte stumm. Spürte, wie Fabiolas Hand nach seiner tastete – und er, er streichelte sie sanft.
»Der Rest von uns. Bis auf einen. Gelbhaar blieb zurück und wurde vom Schwarzen ergriffen. Wir sahen ihn nicht, aber wir ... wir hörten seine Schreie.« Ihre Hand presste jetzt so stark die seine, dass Dorians Finger schmerzten.
»Dann, dann tobte der dunkle Krieger wie ein Dämon aus der Hölle. Ganze Wälder von Schilf mähte er nieder mit seiner Axt, zerfetzte Teichrohrsänger dabei und Dommeln. Aber uns fand er nicht. Wir ... versteckten uns. Flüchteten. Entkamen.«
Sie schwieg.
»Warum habt ihr nicht gekämpft?«, fragte Dorian nach einer langen Pause. »Burké war nur allein, ein Mann, und ich selbst habe ...«
Hastig zog das Mädchen seine Hand von ihm zurück, als hätte sie sich an der Berührung verbrannt.
»Wir sind die Hüter des Schilfs!«, fuhr sie empört auf. »Wir fischen und jagen – aber wir töten nicht. Wir sind Bewahrer. Keine Zerstörer.«
»Aber ...« Dorian fand keine Worte.
Und still schauten sie in das verlöschende Feuer.

»Willkommen in der Flammenden Festung, Harm Katzengold.«

Mann, was für eine Stimme!, dachte der Junge. Der Ritt auf dem gewaltigen Leib des Wüsten-Skorpions war in einem Augenschlag zu Ende gewesen – so kam es ihm jedenfalls vor. Und nun kniete er, schwitzend vor Angst und Hitze, vor der dunklen Gestalt.
»Du wirst mich Meister nennen, Herr oder auch Mächtiger. Hast du verstanden?«
»Ja»
»Wie?« Die Stimme des Namenlosen wand sich wie ein Schlangenkörper um Harm Katzengolds Hals.
»Ja, Meister!«
»Gut. Die Zeit drängt, du weißt es. Der Mörder und Brandstifter Dorian treibt immer noch sein Unwesen. Du wirst ihn finden und vernichten. Für dich und für mich.«
»Ja, Herr!«
Der Mächtige blickte auf die kleine Gestalt hinab, die vor ihm kauerte. Schade eigentlich, dass dieser Bursche noch nicht reif war für den zweiten Ritus. Es war zu viel Eigenwille im Geist des Dummkopfs; er konnte Trotz spüren und kindischen Egoismus. Aber die zweite Weihe kostete zu viel Zeit.
Gebieterisch hob er den großen Runenstab.
»Steh auf, Harm Katzengold!«
Schmeichelnd sprach er und doch voller Drohung und Befehlsgewalt.
Der Junge erhob sich wie eine Puppe, aber er dachte dabei: Mann, was für ein Schauspiel!
Die lidlosen Augen des Mächtigen starrten ihn an. Die Lippen schienen sich kaum zu bewegen, als er weitersprach.
»Wenig Zeit, Harm Katzengold. Du musst bald wieder aufbrechen. Aber, wie es sich für einen Knecht ge-

ziemt, wirst du nun dein Zeichen in Empfang nehmen.«
»Zeichen?«, fragte der Junge.
»Schweig!«
Harm wich vor der Gewalt des flüsternden Orkans zurück. Nervös beobachtete er, wie in der Hand des Mächtigen etwas aufzuleuchten begann. Es war der silberne Stab, bedeckt mit seltsamen Zeichen.
»Du redest nur, wenn dein Herr es dir erlaubt. Und jetzt: Komm her!«
Zögernd näherte sich der Junge. Der Runenstab erstrahlte jetzt in beunruhigendem Rot – so wie ein Stück Eisen im Feuer des Schmiedes.
Sieht heiß aus, dachte Harm.
»Komm«, raunte der Namenlose und hob auch die andere Hand. Dort erkannte der Junge jetzt etwas Rundes, eine gebogene Scheibe, ein Gesicht?
Es war eine Maske.
»Komm noch näher«, zischte der Mächtige.
Und obwohl Harm auf einmal gar keine Lust mehr hatte, zogen seine Beine ihn vorwärts.
Die dunkle Gestalt mit dem lidlosen Gesicht reckte ihm die Arme entgegen – in der einen Hand den glühenden Runenstab, in der anderen die silberne Maske.
»Noch näher, Junge. Erfahre die Macht des brennenden Stabes und die Wohltat der gehorsamen Maske.«
Wieder zögerte Harm.
Erneut schoben sich seine Füße weiter durch den Staub der uralten Halle in der Flammenden Festung.
»Jaaaaaaa!«
Dies Wort war das letzte, das Harm Katzengold hörte, lang gezogen, wie ein verzerrter Schrei in der Erinnerung. Denn in diesem Moment berührte seine Hand den Runenstab. Der Junge schrie auf. Etwas Kühles und

Dunkles wurde über sein Gesicht geschoben.
Die Maske.
Schmerz raste durch ihn hindurch, von der Haut direkt in das Blut und sein Herz. Schmerz.
Und noch etwa anderes: unbändige, großartige und zerfressende Macht.

»Wie kamst du hierher«, wollte Dorian noch wissen. »Woher wusstest du, dass wir im Garten der Palmen sind?«
Immer noch saßen sie zusammen in der Nacht, das Feuer war zusammengefallen und zischte vor sich hin.
»Ich, ich wollte dich warnen«, antwortete Fabiola. »Vor dem Schwarzen.«
In Dorian erwachte der alte Argwohn. *Du darfst niemandem vertrauen,* flüsterte sein Vater tief in ihm drin.
»Der Schlächter ist tot«, brummte er verwirrt, als könne er Fabiola damit trösten.
Aber Fabiola nickte nur – unbeeindruckt.
Sie verschwieg irgendetwas. Dorians Misstrauen wuchs.
»Aber woher wusstest du, dass ich hierher komme?« Dorian bohrte weiter. »Ich wusste es ja selber nicht.«
Jetzt lächelte das Mädchen. »Ich kannte den Platz, wo du die erste Farbe finden solltest. Den Blauen Schlund. Ich wusste auch um dein drittes Ziel, den Baum der Tränen und des Lachens. Und ich weiß ...« Jetzt blickte sie Dorian wieder direkt ins Gesicht. »... wo du die letzte Farbe finden wirst.«
Einen Augenblick war Dorian sprachlos.
Dann stammelte er los: »Und wo wird das sein? Woher weißt du das überhaupt? Was verheimlichst du mir, beim Diamanten!«
»Und du!«, fuhr sie ihn an und presste dann die Lippen

aufeinander. »Was verheimlichst du mir, *Donatus?*«
Er strich sich aufseufzend durch die Haare.
Ich verstehe das alles nicht!
Sie schwiegen.
Ein letzter Ast knackte in die Stille hinein, als er zerbrach. Osmon hatte mit geschlossenen Augen, aber sehr aufmerksam zugehört.
Jetzt wollte er beschwichtigend eingreifen, doch Fabiola kam ihm zuvor.
»Es tut mir Leid, aber ich darf dir nicht mehr sagen«, meinte sie versöhnlich und lächelte scheu.
Dorian gab sich damit nicht zufrieden.
»Ach, und warum nicht?«, fuhr er auf. »Warum redet alles und jeder nur in dummen Rätseln zu mir?«
Die Hüterin des Schilfs zögerte. »Die Suche nach den Farben ist auch eine Suche nach dir selbst«, erklärte sie traurig. »Und nur du alleine kannst dich finden.«
»Kluge Sprüche«, höhnte Dorian. Er war immer noch wütend und irgendwie verletzt.
»Das heißt also, ich bin alleine!«, stellte er fest.
»Nein, du ...«
»Doch, das heißt es«, unterbrach sie der Junge. »Wie ich dich kenne, wirst du morgen schon wieder verschwinden, mit einem letzten, aber sehr freundlichen Spruch voll Weisheit und ...«
Fabiola biss sich erneut auf die Lippen. Dorian bemerkte es sofort – und fühlte schmerzhaften Triumph. Er hatte also Recht gehabt!
Niemandem. Niemandem vertrauen.
»Wir sollten jetzt schlafen«, ließ sich da Osmons tiefe Stimme hören. »Es führt zu nichts, sich gegenseitig zu beschuldigen. Schlaf klärt den Kopf und macht hungrig, heißt es.«

Schon wieder so ein blöder Satz, dachte Dorian, entgegnete aber nichts.
Wortlos wickelten sie sich in ihre Decken und versuchten zu schlafen – erst spät schafften sie es.
Osmon lag am längsten wach und starrte in den dunklen Himmel voller Regenwolken. Kein Stern drang hindurch. Der Hundert-Ender dachte an seinen Freund Elron. An den Hauptmann in Schuchmech. Ob er ihnen folgte? Schuchmech war eine große Stadt, groß genug für eine ganze Armee von Wachen und Soldaten. Es wurde immer schwieriger – und erst drei von sechs Farben waren gefunden.
Der Hirsch schnaubte leise und das Geweih klirrte. Er dachte an sein erstes Treffen mit Dorian, und wie sich der Junge verändert hatte. Er war älter geworden, aber auch ernster. Sein Herz war verwundet.
Und noch an etwas anderes dachte Osmon, ohne es sich selbst einzugestehen. An das Orakel vom Fallenden Vulkan. Und die Weissagung. *Es gibt Dinge,* hatte ihm Amante prophezeit, *für die lohnt es sich – zu sterben.*
Am nächsten Morgen erwachte Dorian als Erster und betrachtete die ruhenden Körper neben sich. Seinen schlafenden Freund Osmon, die zusammengerollte Muntra und Fabiola.
Selbst in der Nacht, dachte er, bedeckt sie ihr Haar mit diesem seltsamen Tuch. Warum wohl? Dieses Mädchen steckt so voller Geheimnisse ...
Dann ächzte sie leise im Schlaf und drehte sich unruhig hin und her.
Ob sie auch Albträume hat?
Im grauweißen Licht der aufgehenden Sonne spürte Dorian plötzlich eine seltsame Sehnsucht in sich, die er

nicht erklären konnte. Er wollte Fabiola trösten, wusste aber nicht wie. Wollte sie berühren, traute sich aber nicht. Und dann dachte er: Ich möchte ihre Träume kennen lernen. Und nicht nur die.
Lautlos stieg die Sonne einen Fingerbreit höher. Dorian dachte an seine Mutter, die er nie richtig gekannt hatte, an seinen Vater und an Elron. An den Schlächter Burké, der durch seine Hände gestorben war. So viel ausgelöschtes Leben. Und jetzt Fabiolas Großmutter. Die liebe Alte, lachend und plappernd.
Der Junge drückte die Augen zusammen, rollte sich auf die Seite und versuchte noch ein wenig zu schlafen. Aber es ging nicht. In seinem Kopf war nur ein einziger Satz: *Vertraue niemandem, denn der Schmerz ist zu groß.*

Ihr Abschied war kurz.
»Kein geheimnisvoller Spruch«, lächelte Fabiola. »Versprochen. Eigentlich nur noch eins, Donatus: Wir werden uns wieder sehen. Und ich freue mich darauf.«
Sie umarmte ihn rasch und stürmte davon.
Dorian stand wie erstarrt. Er fühlte die Wärme ihres Körpers noch an seiner Brust, den Geruch ihrer Wange, ihre Augen und Lippen so nah an seinen.
Verwirrt schüttelte er sich und blickte ihr nach – aber sie war schon im Dickicht verschwunden.
»Die ist schon über alle Berge«, schnaubte Osmon. »Sie ist fast so schnell wie der Wind. Und fast so schnell wie ich.«
Aber Dorian war nicht zum Lachen zumute.
Er fühlte nur wieder dieses seltsame Stechen im Bauch, das er jetzt schon gut kannte. Würde er sie wirklich wieder sehen? Und warum, beim Diamanten, hatte er

ihr nicht erzählt, dass die Flöte aus Schilf zerbrochen war?
Vielleicht habe ich Angst, dachte er und grübelte eine Weile darüber nach. Bis er sich fragte: Angst? Vor ihr oder vor mir?

Wieder einmal durchstreiften sie das Land, auf der Suche nach der vierten Farbe. Das Wetter war noch schlechter geworden, der Herbst brannte aus und gab die Landschaft frei für den Winter. Dorian kam es so vor, als wären sie schon ewig unterwegs. So als bestände sein Leben schon immer daraus, auf Osmons Rücken zu sitzen und nach Schätzen zu jagen.
»Was sagt das Lied über die vierte Farbe?«, fragte Osmon, als sie eines Tages gerade auf ein kleines Waldstück zuritten. Sie hatten schon oft über Elrons Reime geredet und sprachen immer wieder die Möglichkeiten durch.
»Das weißt du doch«, seufzte Dorian jetzt müde. *»Violett ist die Luft* – und das ist nicht besoders viel.«
Osmon schnaubte. Er hatte den Wald erreicht und freute sich vor dem einsetzenden Graupelregen geschützt zu sein. Denn das Laubdach stand dicht genug um das Wasser abzuhalten. Osmon beeilte sich, tiefer zwischen die Bäume zu kommen.
»Nun, die Luft ist das fehlende Element, das macht Sinn«, überlegte der Hundert-Ender.
»Was meinst du damit?«
»Wasser – der Blaue Schlund, Dorian. Feuer – der Fallende Vulkan. Grün – die Pflanzen der Erde. Fehlt nur noch die Luft«.
»Beim Diamanten, daran hatte ich noch gar nicht gedacht.«

Osmon lächelte, mit den Lefzen nach oben, als wollte er sagen: Alles siehst du eben auch nicht, Junge. Aber Dorian achtete nicht darauf.
»Stellt sich nur die Frage«, meinte er, »wie wir, bei Silberader und Kupfermond, hinauf in die Luft kommen sollen? Du kannst schließlich nicht fliegen – und ich auch nicht.«
»Fliegen«, brummte Osmon nachdenklich. »Vielleicht ist das der Hinweis, Dorian. Was kann fliegen?«
Doch sie hatten keine Zeit, sich weiter darüber den Kopf zu zerbrechen.
Der Angriff kam völlig überraschend.
Seit Wochen hatten sie sich nicht mehr verfolgt gefühlt und wähnten sich sicher. Offenbar hatte der Hauptmann von Schuchmech ihre Spur verloren – oder sie nie gefunden. Nur deshalb übersah Osmon das dünne, zwischen zwei Baumstämmen straff gespannte Seil. Nur deshalb war er unachtsam geworden.
Der Hundert-Ender brüllte erschrocken und stürzte, Muntra fiel aus dem Rucksack und landete auf allen vieren. Auch Dorian konnte sich gerade noch abrollen und dachte dabei wütend: Der älteste Trick der Welt! Wir sind schöne Helden.
Schnell rappelte er sich hoch. Osmon hatte weniger Glück und knickte bei dem Versuch zusammen.
Beim Diamanten!, flehte Dorian im Stillen. Bitte nicht er, bitte nicht Osmon!
Hinter ihm lachte es.
Dorian fuhr so schnell herum, dass er fast auf dem glitschigen Waldboden ausgerutscht wäre, und fing sich erst im letzte Moment.
Das Lachen trug eine schwere lederne Rüstung in funkelndem Schwarz. Handschuhe. Und eine Maske auf

dem Gesicht, mit zwei wohl bekannten Narben auf der Wange.
Beim Diamanten! Ist Burké von den Toten auferstanden? Dorian schluckte nervös.
Aber es war nicht der Schlächter. Als die dunkle Gestalt sich langsam näherte, bemerkte Dorian, wie klein sie war, nur wenig größer als er selbst. Und viel breiter als Burké. Irgendetwas etwas stimmte hier nicht. Denn die Gestalt kam Dorian, ja, bekannt vor.
Dann wieder das Lachen – das hatte er schon mehr als einmal gehört!
Wer?
Stampfend kam der neue Knecht des Namenlosen näher, während Dorians Blick zwischen der Furcht einflößenden Maske und der Waffe in der Hand seines Gegners hin und her schoss. Das war keine Streitaxt und kein Schwert, sondern – bei allen Kohleflözen – ein Grubenhammer!
Konnte es sein ...
Die Gestalt blieb stehen. Flüsterte, wie sie es gelernt hatte in der Flammenden Festung, zu Füßen des Mächtigen.
»Dorinchen!«, flüsterte sie.
Dorian erstarrte. Er fühlte sich verlassen und wie an einem völlig falschen Ort. Ein Traum, ja. Das konnte nicht echt sein. Er lag noch am Feuer mit Fabiola und träumte. Er würde einfach aufwachen und ...
Ein gequältes Röhren von Osmon riss ihn in die Wirklichkeit zurück. Und Dorian fand die Sprache wieder.
»Harm ... Katzengold!«
Die schwarze Gestalt lachte, sagte aber nichts.
»Was, was tust du hier?«, fragte Dorian zögernd.
»Ich habe«, zischte es ihm entgegen, »auf dich gewartet, Verräter!«

»Verräter? Was meinst du damit?«
»Schweig!«, knurrte Harm. »Rede nicht, sondern zieh deinen Hammer.« Der Junge lachte böse. »Wie ich sehe, kannst du ihn ja jetzt tragen.«
Noch immer völlig durcheinander tastete Dorian an seinem Gürtel herum, ohne den alten Feind aus den Augen zu lassen. Ja, der Grubenhammer steckte noch dort, war nicht herausgerutscht, als Osmon stürzte.
Das kann doch alles nicht wahr sein!
»Harm, lass uns miteinander reden!«
»Nein, Doppelzunge. Du kannst noch genug mit den Würmern reden, die durch dein Grab kriechen. Nimm deinen Hammer – ich werde langsam ungeduldig.«
»Und ich warne dich, Harm. Ich bin nicht mehr der Junge, mit dem du deine Spielchen treiben kannst.«
»O ja!« Katzengold kicherte leise. Seine Stimme war der von Burké sehr ähnlich, schien das Flüstern des Namenlosen zu imitieren. »Du bist ja durch die Schule des mächtigsten, großartigsten Magiers aller Zeiten gegangen. Wie hieß der noch? Ja, der große Elron, nicht wahr? Der dir ein paar Tricks gezeigt hat, zum Beispiel wie du Feuer legen kannst an unschuldigen Hütten. Ja, der machtvollste Zauberer aller Zeiten. Wo steckt er denn gerade, dein Lehrer. Geht es ihm gut?«
Dorian schluckte und seine Kehle verwandelte sich in eine trockene, leere Steinkluft. *Höre auf deinen Atem,* befahl er sich und brachte einigermaßen beherrscht die nächsten Worte heraus: »Und ich bin nicht mehr so leicht zu provozieren wie früher.«
Harm lachte wieder, leise und gefährlich. Aber die Maske auf seinem Gesicht blieb starr, die Narben schienen aufzuleuchten und die Augen.
»Alle Achtung, Dorinchen!«

Und Harm Katzengold griff an.

Der erste Hieb kam so schnell, dass Dorian ihn kaum kommen sah. Erst im letzten Augenblick warf er sich zur Seite. Was war mit Harm passiert? So schnell und kräftig ...
»Gut gesprungen!«, zischte der schwarze Junge und hob sofort wieder den Hammer. Ein neuer Schlag – diesmal erwischte er Dorian an der linken Schulter. Schmerz explodierte.
Er ist immer noch viel stärker als ich, dachte Dorian. Gerade noch rechtzeitig wich er einem neuen Hieb aus und überlegte fieberhaft. Er musste seine Chancen ausgleichen. Harm war stark, aber langsam. Und dumm.
Blitzschnell tänzelte Dorian um ihn herum und stieß seinen Hammer auf den Rücken des Gegners.
Harm schüttelte nur den Kopf. »Eine Mücke!«, zischte er und holte erneut aus. Aber diesmal parierte Dorian und Funken blitzten zwischen den beiden Erzwaffen auf. In einer gleitenden Bewegung tauchte Dorian unter Harms muskelschwerem Arm hindurch und rammte seinen Ellenbogen in die Seite des Gegners.
»Und die Mücke sticht!«
Harm keuchte.
Rasch sprang Dorian zurück – er musste aus seiner Reichweite bleiben. Bloß nicht zu nahe an ihn herankommen. Dann hatte er keine Chance. Und was war mit Osmon? Dorian riskierte einen schnellen Blick: Der Hirsch lag immer noch am Boden und leckte an einem Knöchel.
»Stirb jetzt, Mörder und Verräter!« Harm schrie es, vergaß in seiner Wut das angelernte Flüstern und Raunen der schwarzen Knechte.

Und wieder zischte der Hammer auf Dorians Kopf los. Er konnte sich ducken, verlor aber auf dem schlammigen Boden das Gleichgewicht und fiel. Lag mit dem Gesicht auf dem Boden. Keuchte. Wollte sich gleich wieder hochrappeln, erstarrte aber. Er musste einen Trick versuchen.

Jetzt den richtigen Zeitpunkt abwarten!, beschwor sich Dorian selbst.

Seine Nase in den moosigen Schlamm des Waldes gedrückt zählte er seine Atemzüge. Stellte sich vor, wie Harm den einen Schritt zu ihm machte. Hörte das Glucksen im Morast. Sah in seinem inneren Auge, obwohl er im Dreck lag, wie Harm direkt über ihm die Arme zum tödlichen Schlag hob.

Und Dorian dachte: Wenn das jetzt nicht klappt, bin ich tot.

Ruhe überkam ihn. *Die Übung des Nichtstuns.*

Mit einem schrillen Schrei ließ Harm seine Waffe auf Dorians Schädel niedersausen. Nur Millimeter, bevor die Hammerspitze ihn berührte, rollte Dorian herum, sprang im nächsten Moment auf und hieb mit einem einzigen, genau berechneten Schlag auf Harms Ellenbogen ein.

Der Knochen brach.

Mit einem schmatzenden Geräusch fiel die Waffe des Gegners zu Boden.

Harms Schmerz und Überraschung ausnutzend setzte Dorian nach und hieb ihm mit voller Wucht in den Bauch.

Sein alter Feind knickte ein und stürzte in den Schlamm. Es platschte laut. Harm küsste die Erde. Und voller Zorn wuchtete Dorian den zusammengekrümmten Körper mit der Stiefelspitze herum. Drückte ihm

den Hammer an die Kehle, dass Harm kaum noch Luft bekam.
Eine Weile hörte man nur ihr keuchendes Atmen.
»Na los«, zischte es dann unter der metallenen Maske hervor, die ihren Ausdruck nicht verändert hatte: Noch immer grinste ihn die narbige Fratze höhnisch, aber fast gelassen an.
»Na los, töte mich!«, krächzte die Maske. »Dorinchen hat Glück gehabt. Dorinchen wird auch Pech haben.«
Dorian hob den Hammer. Schmerz und Wut verzerrten sein Gesicht. »Ich heiße Dorian«, brüllte er. »Warum bist du nicht endlich still!«
»Dorinchen, Kleiner, fang bloß nicht an zu heulen!«
Seine Muskeln spannten sich, er war nicht mehr Herr seiner selbst. Noch ein Schwung und Dorians Finger wären bereit den letzten Schlag zu führen.
»Nicht Dorian! Denk an Burké!«
Osmon war herangekrochen und schüttelte schmerzverzerrt den mächtigen Schädel. Sein Geweih klirrte.
Und Dorian kam zu sich.
»Nimm die Maske ab«, befahl er dem am Boden liegenden Jungen.
»Feigling!«, schrie Harm Katzengold, zerrte dann aber doch mit der unverletzten Hand an den Schnüren. Die höhnische Maske rutschte ab. Fiel in den Dreck. Und Dorian starrte in Harms vertraute Gesichtszüge.
»Was hast du denn erwartet, Dorinchen?«, keuchte der. »Ein Monster unter der Maske? Einen glutäugigen Dämon?«
»Warum?«, brachte Dorian hervor, und als er keine Antwort bekam, verstärkte er für kurze Zeit den Druck auf die Kehle.
Harms Augen quollen hervor.

»Warum, Dorinchen?« Der zischende Atem kam gequält und stoßweise. »Das Grubendorf ... unser Zuhause ... du hast es zerstört ... verbrannt ... im Feuer ... du Mörder ...«
Diese Worte fuhren in Dorians Bauch, tödlicher als Hammer und Axtschläge.
»Das, das ist nicht wahr, Harm!«, stieß er hervor.
Harm kicherte gequält. »Ist ... nicht wahr? Ich habe ... die ... Toten ... gezählt.«
Ein lautes Schnaufen.
»Und jetzt ... Dorinchen ... beende dein Werk!«
Beim Diamanten!
Dorian nahm den Hammer von Harms Kehle und steckte ihn weg. Taumelte einen Schritt zurück. Sah auf den Jungen hinab und schüttelte fast hilflos den Kopf. Einen Burké konnte er töten, einen Jungen seines Dorfes nicht.
»Geh!«, befahl Dorian leise, »und glaube mir: Ich habe nichts davon gewusst.«
»Das sagen sie alle!«, hustete Harm, als er sich mühsam aufrappelte und nach seinem Grubenhammer tastete. Doch Dorian trat ihn mit dem Stiefel weit in den Wald hinein.
Harm grunzte. »Ich komme wieder, Brandstifter und Mörder. Und dann hast du nicht mehr so viel Glück!«
Aber Dorian beachtete ihn nicht, schaute nicht zu, wie Harm kichernd aus dem Wald humpelte.
Der Junge stand bereits neben Osmon und umarmte den gewaltigen Hals des Tieres. Wieder einmal sehnte er sich danach, weinen zu können. Das Grubendorf? Seine Freunde, seine Tante und sein Onkel?
Er drängte sich an Osmons heftig atmenden Körper.
Und flüsterte leise: »Was ist mit dir, Hundert-Ender?«

Der Vogel Mulubronn

Der Knöchel war zum Glück nicht gebrochen. Aber doch schwer gezerrt und gestaucht, sodass Osmon nur langsam laufen konnte. Und Dorian zu tragen, davon konnte überhaupt keine Rede sein. Sogar Muntra wäre ihm jetzt wohl zu schwer gewesen!

»Aber ein wenig bewegen sollten wir uns doch«, brummte Osmon, als sich die beiden Freunde mühsam aufgerappelt hatten. »Der kleine Wechselbalg wird Wort halten und zurückkehren.«

Sie kamen nur sehr schleppend voran. Osmon musste oft Pausen einlegen und Dorians Schulter schwoll heftig an. Es schien ihm, als pumpe sie jemand mit Schmerz auf.

Langsam legten sie Meter um Meter zurück, gingen immer noch durch den Wald.

»Ein Gutes hat die Sache aber doch«, schnaubte Osmon während einer ihrer vielen Pausen. »Als ich vorhin über diese dumme Schnur stürzte, dachte ich immer noch über die Farben nach. Über das Violett. Über das Fliegen. Und als ich selber flog ...« Osmon brummte dröhnend. »... erinnerte ich mich an einen Vogel. Elron hat manchmal von ihm gesprochen. Der Vogel Mulubronn.«

»Ein Mulubronn? Ich glaube, ich habe schon einmal einen gesehen!«

»Wohl kaum, mein Freund!«

»Na, vielleicht irre ich mich. Und du weißt, wo der Vogel lebt?«

Osmon nickte. »In den Sümpfen des Schweigens.«

»Ist es weit dorthin?« Dorian spürte die Aufregung wachsen, die ihn jedes Mal überkam, wenn er fühlte: Sie wa-

ren auf der richtigen Fährte. Die nächste Farbe war irgendwo in der Nähe!
»Weit?« Der Hundert-Ender mahlte mit den gewaltigen Zähnen. »Heute Morgen wäre es ein halber Tagesritt gewesen.« Er beugte sich missmutig hinunter und strich mit der Zunge über sein verletztes Bein. »Aber in unserer jetzigen Verfassung ... dauert es wohl eine halbe Woche.«
Und wie so oft sollte Osmon Recht behalten.
In den nächsten beiden Nächten wachten sie abwechselnd und unterließen es trotz der Kälte, ein Feuer anzuzünden – sie wollten niemanden auf sich aufmerksam machen. Denn wenn Harm Katzengold sie gefunden hatte, wer wusste dann sonst noch von ihrem Weg? Aber niemand ließ sich blicken.
Mit jedem Tag wurde es kälter. »Wir sind zu langsam«, knurrte Osmon dann. »Oder der Winter ist zu schnell.«
Immer wieder schickte der Hirsch Dorian los um Kräuter zu suchen, die der Junge dann nach Anweisung mischte und auf den verletzten Knöchel auftrug. Sie sprachen nur das Nötigste – jeder hing seinen Gedanken nach. Und davon hatte Dorian genug. Was, beim Diamanten, hatte Harm Katzgold bloß gemeint? War das Grubendorf wirklich abgebrannt? Seine Heimat zerstört? Und vor allem: Wieso diente der Junge jetzt dem Namenlosen? Harm war immer ein übler Raufbold gewesen. Aber so – böse? Und Fabiola, die Hüterin des Schilfs? Wo war sie jetzt?

Harm Katzengold kämpfte sich gegen Regen und Schmerzen nach Schuchmech durch. Er knurrte und schimpfte den ganzen Weg, rieb sich seine Zähne ab, weil er so heftig mit ihnen knirschte. Er verstand nicht,

wie Dorian ihn hatte besiegen können. Vielleicht war sein neuer Herr doch nicht so mächtig, wie er sich nennen ließ? Irgendwann erreichte er die Stadt, suchte und fand nach kurzer Zeit den Hauptmann. Sie blickten sich in die Augen und – erkannten sich.
Der Hauptmann strich über seinen silbernen Panzer. Erst vor kurzem hatte er in den Verkrüppelten Bergen die Suche nach Dorian abgebrochen.
Erfolglos.
»Wo ist der Junge?«, fragte er.
Harms Antwort war ein Zischen:
»Frag doch *Ihn*!«

Müde zogen sie nach Westen. Nur langsam heilte Osmons Knöchel und genauso behutsam stieg auch ihre Zuversicht wieder.
»Mulubronn wird uns helfen das Violett zu finden, Dorian. Da bin ich ganz sicher. Und dann fehlen nur noch zwei Farben.«
Dorian nickte stumm, tastete nach Blau, Orange und Grün in seinem Rucksack.
Am Ende des dritten Tag erreichten sie, so wie Osmon gesagt hatte, die Sümpfe des Schweigens.
»Wir sind da!«, erklärte der Hundert-Ender, als sich vor ihren Augen eine weite Ebene ausbreitete, durchsetzt mit Schlamm, dunklem Moorwasser und heimtückischem Treibsand. Grau und neblig. In großen Abständen wuchsen düstere Sumpfplatanen empor, fast so groß wie der Baum der Tränen und des Lachens. Aber diese Pflanzen hier wirkten alle verlassen und abgestorben. Wie riesige Wegweiser, von denen die Richtungsschilder, die Äste, schon lange abgebrochen waren.

»Trostlos«, konstatierte Dorian.
»Hm«, brummte Osmon. »Schau, dort hinten!«
Der Junge starrte durch feuchten Nebel und totes Holz hindurch. Und richtig: In der Mitte im Zentrum des Moores erhob sich eine gewaltige Sumpfplatane, an deren Ästen Dorian noch Blätter zu erkennen meinte. Und ein Nest, so groß wie der gesamte Dunkelsee bei ihm zu Hause.
»Das ist sein Horst«, erklärte Osmon. »Das Nest des Mulubronn.«
»Aber es ist leer.«
Sie durchsuchten mit den Augen die Sümpfe des Schweigens, aber nichts regte sich. Trotzdem hob der Hundert-Ender seine Lefzen.
»Habe Vertrauen«, meinte er. »Der Mulubronn wird kommen.«
Die Pfade waren schmal, der Weg gefährlich. Ein Fehltritt und sie würden im glucksenden Treibsand verschwinden. Kalter Regen drosch ohne Unterlass auf sie ein. Die Nacht verbrachten sie zusammengekauert und frierend – denn sie fanden kein Holz, das brannte. Alles war nass und feucht und tot.
Am Mittag des nächsten Tages erreichten sie schließlich das Nest. Und es war immer noch leer.
»Er wird kommen«, wiederholte Osmon und Muntra nieste – sie hatte sich schon wieder erkältet.
Und diesmal hatten sie tatsächlich Glück. Zwar suchten sie den restlichen Tag erfolglos den grauen Himmel nach einem Vogel ab, und auch die Nacht war kalt und voller Regennässe. Dafür wurden sie aber in der Morgendämmerung von rhythmischem Klatschen geweckt. Ein helles Schlagen dröhnte in Dorians Albträume und er schreckte hoch.

Flügel!
Ein riesiger Körper, groß wie ein Drache, schoss auf sie herunter, flog eine enge Kurve und zog wieder nach oben. Umkreiste sie. Klapperte mit dem nach unten gebogenen Schnabel, der so groß wie ein Hausdach war. Dann landete der Mulubronn auf seinem Horst, wild mit den Schwingen um sich schlagend, sodass Dorian fast umgeweht wurde. Die mächtige Sumpfplatane bog sich bedrohlich unter der Last, das Nest knackte und knirschte. Und immer noch heulte ihnen der Wind von Mulubronns Flügeln um die Ohren.
Dann war es wieder still im Schweigenden Sumpf. Und ein langer schlangenähnlicher Hals, dick wie ein Fluss aus Federn, streckte sich zu ihnen herunter.
Osmon schnaubte nervös, Dorian kratzte sich an seiner Angstfliege auf dem Rücken und Muntra fauchte.
Was für ein gewaltiges Tier. Der Kopf des Mulubronns war größer als Osmons ganzer Körper – und Dorian kleiner als das kalte silbrig glänzende Auge, das ihn jetzt musterte.
Und da sah es der Junge.
Auf der Stirn, in der Mitte zwischen den Augen des Vogels. Die kleinste aller seiner Federn, nur ein flaumige Büschel mit weichem Hornkiel, das zwischen den restlichen Federn völlig unterging. Aber es leuchtete. Strahlte. In dunklem, intensivem Violett.
Die vierte Farbe. Aber bevor Dorian den Hundert-Ender noch darauf aufmerksam machen konnte, begann der Vogel zu sprechen.
»Nahrung!«
Der Mulubronn krächzte es heiser. Seine Stimme war laut und rau – wie ein Baumstamm, der vom Blitz getroffen knirschend fällt. Die riesigen Augen musterten

Muntra, Dorian und sogar Osmon, als wären sie lecker Früchstückswürmer.

»Nein, nichts zu essen!« Der gewaltige Kropf im Hals des Vogels rutschte von oben nach unten. »Besuch! Ja, Besuch!«

Die Freunde drängten sich am Fuß der Sumpfplatane zusammen und schwiegen erst einmal.

»Besuch!«, wiederholte der Mulubronn. »Und ich kenne einen von euch! Kenne ich euch?«

Osmon übernahm endlich die Vorstellung.

»Ja, du kennst mich. Ich bin Osmon, der Hundert-Ender, ein Freund von Elron.«

Der Vogel plusterte seine Federn auf, er schien zu wachsen. Der mächtige Baum zitterte unter ihm.

»Elron, der alte, traurige Mann«, krächzte der Vogel. »Großer Magier! Der Einzige, der je mit mir durch die Wolken flog. Was ist mit dem traurigen Elron?«

»Er ist ...« Osmon senkte den Kopf, bis das Geweih klirrte. »... er ist bei seiner Frau Mona. Er ist tot.«

Eine dünne Haut schob sich, seltsamerweise von links nach rechts, über die Augen des Vogels – er blinzelte. Dann stieß der Mulubronn einen hellen, kreischenden Pfiff aus und klapperte mit dem Schnabel. Ein dumpfes Trommeln schallte durch den Sumpf des Schweigens.

»Was wollt ihr von mir?«, fragte der Vogel dann.

»Wir sind auf der Suche nach Farben«, erklärte Osmon. »Und wir hoffen, dass du uns helfen kannst.«

»Ja?«

»Ja. Wir suchen das Violett, die Farbe der Luft. Vielleicht weißt du ...«

Mit einer Berührung an der Flanke des Hundert-Enders brachte Dorian seinen Freund zum Schweigen.

Osmon hat nicht durch das Glas geschaut, dachte der Junge. Für ihn sind überall Farben. Er weiß noch nicht, dass das Violett direkt vor uns am Kopf dieses Mulubronns hängt.
»Könnten wir ...« Dorian stellte sich direkt vor eines der riesigen, kalten Augen. »Ich meine, diese eine Feder auf Eurer Stirn, großer Mulubronn, ich frage Euch, ob hm ...« Der Junge kam ins Stottern und Osmon schnaubte verblüfft.
»Ihr wollt eine Feder von mir?«, krächzte der Vogel.
»Ja!«
»Warum sollte ich sie euch geben?«
»Es ist wichtig für ... für die Welt. Für das Leben.«
»Das Leben«, krächzte der Mulubronn, dann klapperte er mit dem Schnabel, dass es donnerte und in Dorians Ohren knackte.
»Das Leben. Ich bin auch auf der Suche, wisst Ihr? Ich suche schon so lange. Suche einen, einen einzigen anderen meiner Art. Seit Monaten und Jahren durchfliege ich die Welt, bin über Vulkanen, Bergen und Seen gekreist. Schaut euch um!«
Osmon und Dorian betrachteten die Ödnis des Schweigenden Sumpfes.
»Hier lebten die Mulubronns. Auf jedem Stamm nistete einmal ein Paar. Das Klappern der Jungen dröhnte wie Meeresbrandung durch die Ebene und ihre Körper erfüllten tanzend die Luft. Und jetzt? Jetzt ist nichts mehr.« Wieder blinzelte der Vogel.
»Jetzt tragen die Sümpfe ihren Namen zurecht. Es gibt keinen anderen Mulubronn mehr. Ich bin der letzte.«
Dorian schwieg. Was sollte er auch sagen? Die tiefe Einsamkeit, die von dem mächtigen Vogel ausging, machte ihn stumm.

»Aber ihr wollt etwas. Alle wollen etwas. Eine Feder.« Der Mulubronn klapperte. »Aber, vielleicht, ja. Wir könnten tauschen. Ihr könnt mir etwas dafür geben. Vielleicht. Lindert mein Alleinsein, ja? Gebt mir ... gebt mir Musik.«

Dorian erstarrte.

»Wir sind sehr empfänglich für Musik«, machte der Vogel weiter, als redete er in die Vergangenheit hinein. »Wenn ich die Augen schließe, höre ich manchmal das Pfeifen der Balz, wenn wir die Weibchen umschwebten. Die Melodien der Jungen, wenn sie ihr Futter wollten. Könnt ihr Musik für mich machen? Ein Lied auf der Flöte für mich spielen?«

Dorian schluckte schwer.

»Nein, Mulubronn«, meinte er.

Der Vogel blinzelte. »Habt ihr denn kein Instrument gefunden auf euren Reisen?«

»Doch.« Dorian flüsterte nur noch. »Aber es ist zerbrochen.«

»Ah!« Der Vogel klapperte donnernd.

Wenn bloß Fabiola hier wäre, dachte Dorian.

»Alles zerbricht«, krächzte der Vogel weiter. »Die Flöte zerbricht und die mächtige Rasse der Mulubronns. Und sogar der alte, traurige Elron ist zerbrochen. Vielleicht tanzen? Könnt ihr für mich tanzen?«

Hilfos schaute der Junge Osmon an, doch der zuckte nur mit den Schultern. Dorian wusste genau, was sein Freund jetzt dachte: *Hundert-Ender tanzen nicht.*

»Ich kann«, begann Dorian zaghaft, »ich kann dir ein Lied von Elron singen.«

»Singen? Nicht spielen? Keine Flöte?«

Unglücklich schüttelte Dorian den Kopf.

»Ist es traurig?«, fragte der Vogel.

»Ja.«

»Dann sing bitte. Vielleicht, ja, vielleicht ist es eine Feder wert.«

Und Dorian sang:

»Elron schlägt die Zauberhände vor sein Gesicht,
aus seinen Tränen fließt ein überirdisch Licht.
Der Stab liegt auf der Erde, der die Schlacht entschied.
Keiner mehr um Elron, der am Leben blieb.
Elron weint und er träumt von Farben,
die um ihn herum erloschen und starben.
Der Preis war hoch für Rot, Gelb und Blau -
am Boden liegt seine sterbende Frau.
Und Elrons starke Zauberhände bedecken sein Gesicht,
aus seinen Tränen fließt ein überirdisch' Licht.«

Dorian sang und ließ den alten Magier auferstehen in seiner Stimme. Er legte alles hinein, was er von Elron gelernt hatte, und spürte, wie sein Atem die Stimmbänder umschmeichelte. *Nichts bringt uns die Vergangenheit so zurück wie die Musik,* dachte er. Und solange der Junge sang, kam es dem Mulubronn vor, als steige er hinein in ein himmliches Bad, als tauche seine kranke Seele selbst ein und heile ein wenig im Strom der Töne.

Dorian sang und die Schweigenden Sümpfe waren erfüllt mit Elrons Lied – und mit einem Echo vieler Stimmen. Ein Chor aus der Vergangenheit schien mitzutönen, leises Schwirren von Hunderten junger Mulubronns, das Lachen von Dorians Vater, Osmons Jubeln, als ihm, dem jungen Hirsch, die hundertste Sprosse aus dem Geweih wuchs.

Als der Junge geendet hatte, senkte der Mulubronn, der Letzte seiner Art, seinen Kopf tief vor Dorian nieder. Schweigend.

Kein Wort sagte der Vogel und seine Augen strahlten kalt. Aber er näherte seinen Kopf immer weiter Dorians Hand: Der Junge holte tief Luft und nahm vorsichtig die Feder von der Stirn.

Sie war unendlich weich und warm.

Und violett.

Osmons letzter Kampf

Der Mächtige merkte, dass seine Hand zitterte. Wie sonst strich sie über die beiden Narben, über diese Erinnerung an seinen Kampf mit Elron. Aber die Finger zuckten, sie vibrierten und krampften.

Bei allen dunklen Sternen, dachte der Namenlose. *Was für ein Spiel!*

Dieser Junge war ein sehr interessantes Menschenkind. Aber auch ein gefährliches. Schon vier Farben waren gefunden. Und wenn der Tölpel es tatsächlich schaffte ... Nein. Unmöglich.

Der Mächtige fuhr sich über die lidlosen Augen. Trotzdem – es war wohl an der Zeit, seine Kräfte zusammenzuziehen. Der Hauptmann von Schuchmech hatte versagt, Harm Katzengold war geschlagen worden.

Aber nicht besiegt.

Vielleicht konnten sie zusammen bewirken, was einer alleine nicht vermochte.

Langsam hob der Namenlose den Kopf und starrte zu den dunklen Sternen hinauf. Er ließ seinen Atem tief und weich strömen und lauschte. Tastete die Welt ab, die sich unter dem Turm ausbreitete. Die Schwimmenden Dünen und ihre Hitze. Weiter! Ein Wüsten-Skorpion und die Stegra. Noch weiter. Atmen und Dehnen ... Dort!

Der Mächtige konnte den Jungen früher nur sehen, zu ihm nur sprechen, wenn Wasser ihn spiegelte. Er hatte zugesehen, wie sich das kindische Gesicht in den morastigen Lachen der Sümpfe reflektierte. Ohne seinen Namen hatte er ihn nur durch die Kraft der Traumkammer in die Irre locken können. Aber jetzt, da er wusste, wie Elrons Kämpfer hieß, konnte er ihn hören, wenn er seine Kraft fokussierte.

Der Mächtige konzentrierte sich. *Wo bist du, Dorian Karfunkel?* War er immer noch in den Schweigenden Sümpfen? Mehr Konzentration. Schwache Geräusche. Der Atem des Namenlosen tauchte in die Welt und lauschte. Osmons Hufschlag, das leise Gespräch mit seinem Reiter.

Wohin bewegten sie sich? Nördlich? Nein. Nein, nach Westen.

Er atmete noch tiefer und hob die Arme in die Höhe.

Er hatte eine Ahnung, wo seine Armee Dorian Karfunkel finden würde. Ihn und dieses törichte Tier. Den Freund des greisen Elrons. Den Hundert-Ender.

Schon bald nachdem Dorian die violette Feder in der Hand hielt, brachen sie auf. Vorsichtig durchquerten sie auf unsicheren Pfaden die Schweigenden Sümpfe und ließen das verödete Gebiet hinter sich.

Der Mulubronn schaute ihnen nach.

»Besuch geht!«, krächzte der Vogel. »Und ich muss weiter suchen. Suchen. Oder Schlafen?« Der Mulubronn dachte an Elrons Lied, an die helle Stimme des Jungen.

»Trauriger Elron«, sagte er. »Trauriger Junge.«

Und er schlief ein.

Dorian wusste nicht wohin. *Violett ist die Luft und Gelb das Fieber,* hatte Elron gesungen. Aber wo, beim Diamanten, mochten sie Fieber finden? Was meinte dieser Vers?

Dorian hatte keine Ahnung.

Also lief der Hundert-Ender einfach weiter, kraftvoll

und froh, dass seine vier Füße ihn endlich wieder sicher trugen. Aus reiner Freude an der Bewegung schoss der Hundert-Ender über die Felder. Und er flog in westlicher Richtung. Dorian hatte das unbestimmte Gefühl, dass es so ganz richtig sei: Eine große Kreisbewegung schien langsam ihrem Ende entgegenzugehen. Zuerst war er vom Grubendorf aus nach Süden gewandert bis zum Verlassenen Tal. Dann war er mit Osmon zusammen Richtung Osten gereist und weiter nach Norden über die Verkrüppelten Berge zum Orakel des Vulkans. Und jetzt Westen.

Der Kreis schloss sich.

Elron hätte das gefallen, dachte der Junge. *Polarität und so.*

Die Tage vergingen ereignislos und Dorian war nicht böse darüber. Zwar hieß das auch, dass zwei Farben irgendwo auf ihn warteten, aber immerhin blieben ihnen weitere Kämpfe mit den Knechten des Namenlosen erspart.

Dorian war müde.

Und der Wind wurde immer kälter, begann in ihre Haut zu schneiden, am Hals, im Gesicht und an den Händen. Bald würde es schneien.

Fast eine Woche waren sie unterwegs, als Osmon auf einem flachen Hügel hielt und Dorian absteigen ließ. Vor ihnen lag ein sanft eingeschnittenes Tal und auf dem Grund ein breiter Fluss, ein gewaltiger Strom.

»Das ist die Stegra«, erklärte Osmon. »Das größte fließende Gewässer in unserer Welt. Von hier strömt sie zur Stadt der Ziegelbauer und weiter, bis sie später im großem Schaumgeysir verzischt, wenn sie auf die Schwimmende Wüste trifft. Das ist die Stegra.«

Osmon neigte den Kopf, als wollte er sich vor dem Fluss verbeugen. Wahrscheinlich tat er genau das.
»Aber die Brücke ist fort!«, schloss der Hundert-Ender.
»Brücke?«
»Der Fluss Stega ist berüchtigt für seine Tücke, Dorian. Niemand kann ihn durchschwimmen. Schon das Überqueren mit dem Boot ist schwierig, denn die Strömung ist reißend. Es gibt in mondenweiter Entfernung nur eine einzige Brücke hinüber.« Osmons Geweih klirrte seinen hundertfachen Glockenton. »Oder vielleicht sollte ich sagen: Es *gab* nur eine einzige Brücke.«
»Lass uns nachsehen, Osmon!«
Als sie den Fluss erreichten, der schäumend mit seiner Gischt nach ihnen spritzte, fanden sie nur ein paar zersplitterte Trümmer und einen der Pfeiler, der noch in den Fluten steckte.
»Ein Hochwasser«, entschied Osmon. »Die Stegra muss den Übergang mitgerissen haben. Sie ist tückisch.«
»Und jetzt?«, fragte Dorian.
»Nun, wir haben die Wahl, nach rechts oder links, Junge!«
»Vielleicht ... was ist das dort?«
Dorian hatte ein helles Rechteck ausgemacht. Weiß und im seichten Uferwasser schaukelnd.
»Sieht aus wie ein Boot«, fand Osmon. »Wir sollten näher herangehen.«
»Wozu?«, meinte Dorian. »Es ist auf jeden Fall zu klein für dich.« Der Junge schaute missmutig in die Fluten.
Plötzlich hatte der Hirsch seinen Kopf weit oben und witternd in der Luft. Nervös scharrte er mit den Hufen. Dorian bemerkte es nicht und starrte weiter in das tobende Wasser vor ihm.
»Wie kommen wir da bloß rüber?«, murmelte er.

»Die Frage ist eher, ob wir überhaupt noch einmal irgendwohin kommen.« Osmons mächtiger Bass zitterte laut. »Sieh dich um, Dorian!«
Eine Gänsehaut überlief den Jungen.
Halb erstarrt drehte er den Kopf und blickte zu dem Hügel zurück, auf dem sie vorhin gestanden hatten. Erkannte Dutzende von schwarzen Gestalten, die auf sie herabstarrten. Ganz vorne in der Reihe der Häscher stand eine Gestalt in silbrig metallener Rüstung und neben ihr eine kleinere – muskulös und stiernackig.
»Der Hauptmann von Schuchmech!«, rief Dorian.
»Und dein Freund. Der streitwütige Harm Katzengold. Schnell. Steig auf!«
Dorian sprang auf den Rücken des Tieres, stopfte Muntra tiefer in den Rucksack – und schon preschte Osmon los, lief am Ufer der Stegra entlang.
Und stoppte bald wieder.
Eine zweite Gruppe kam ihnen entgegen und stürmte heulend auf sie zu. Der Hauptmann musste eine ganze Armee rekrutiert haben! Rasch drehte sich Osmon und galoppierte in die andere Richtung. So schnell war er noch nie gelaufen – jetzt würde ihn nicht einmal der Wind einholen.
Aber vergebens.
Wieder kam ihnen eine johlende, schwarz gekleidete und schwer bewaffnete Meute entgegen.
»Wir sind umzingelt«, schnaubte Osmon.
Dorian ließ sich hinabgleiten, seine Augen huschten suchend hin und her. Sie mussten einen Ausweg finden, irgendeine Deckung, einen Weg!
Nichts. Nur der kleine Kahn aus geflochtenem Schilf dümpelte im seichten Wasser.
Die Horden des Namenlosen wurden langsamer. Als

würden sie es genießen, kamen sie nur Schritt für Schritt näher. Aber unaufhaltsam. Und von allen Seiten.
»Was tun wir jetzt?«, rief Dorian und riss seinen Hammer vom Gürtel.
»Das Boot«, schnaufte Osmon. »Los, beeil dich! Sie kommen!«
Und wirklich hatten sich die Linien der Feinde schon vereinigt. Ein weiter Halbkreis bildete sich um die Freunde, die bis ans Ufer der Stegra zurückwichen. Hoffentlich haben sie Bombast nicht gezwungen mitzukommen, schoss es Dorian durch den Kopf. Und erst da wurde ihm bewusst, was der Hirsch gesagt hatte.
»Wieso ich? Wir müssen uns beeilen. Wir beide!«
Osmon senkte den Kopf, bis seine Augen auf Dorians Höhe waren. Der Lärm um sie herum nahm zu, Getrampel und Rufe drangen an ihr Ohr.
»Du hast keine Zeit zu verlieren, Dorian!«, raunte Osmon eindringlich. »Steig ein und fahr los!«
»Niemals. Ich lasse dich nicht hier zurück.« Dorian keuchte es nur, seinen starren Blick auf die heranrückende Menge gerichtet.
»Edel gesprochen, Freund. Aber nutzlos. Das Boot ist zu klein für mich. Rette du dich. Und Muntra.«
Tiefe Traurigkeit stand jetzt in den Augen des Hundert-Enders. Einen Moment schien es, als verstumme das Kreischen und Schreien um sie herum. Kein Windgeheul, keine wütenden Schlachtrufe, kein Schwert, mit dem auf einen Schild getrommelt wurde. Nur noch die Stimme des Freundes, der hastig auf Dorian einredete.
»Du musst die beiden letzten Farben finden, Junge. Du musst das Licht verteidigen gegen die Dunkelheit.«
»Aber …«
»Schnell jetzt!«

Mit weit aufgerissenen Augen blickte der Junge den Hundert-Ender an. Und plötzlich setzte der Lärm wieder ein und von weitem konnte er Harm Katzengold hören, der »Dorinchen« brüllte.

Gehen? Osmon hier zurücklassen, inmitten dieser zerfleischenden Wut, dieser Schlächter und Mordmaschinen?

»Los, beeil dich!«, drängte der Hirsch, als ein erster Pfeil so nah vor ihnen einschlug, dass Schlamm sie bespritzte.

»Schnell doch, Dorian. Denke an Amante, das Orakel am Vulkan. Sie hatte Recht mit dem, was sie sagte. Was ich dir selbst schon einmal erklärte: *Es gibt Dinge, für die lohnt es sich zu leben. Und es gibt andere, für die lohnt es sich zu sterben.*«

Aber der Junge zögerte immer noch. Kurzentschlossen stieß der Hundert-Ender ihn nach hinten – mit einem Ruck kippte Dorian um und landete knarrend im Boot aus Schilf. Und bevor er sich aufrappeln konnte, machte Osmon eine scharfe Bewegung mit dem Kopf. So als wolle er Dorian zunicken.

Aber sein Geweih schnitt nur das Seil durch, mit dem das Boot festgebunden war. Sofort riss die Strömung Dorian mit.

»Osmon!«, schrie er und wurde im nächsten Moment schon um eine Flussbiegung geschleudert.

Die schwarzen Schächer jaulten auf in gemeinsamem Zorn voller Wahnsinn und stürmten auf Osmon zu.

Der Hundert-Ender warf einen letzten Blick auf den Fluss, dort wo der Junge verschwunden war. Dann atmete er tief ein, seine Flanke dehnte sich kraftvoll und er blähte die Nüstern. Roch den Saft der Gräser um ihn herum und das klare Wasser der Stegra. Bald würde ein anderer Geruch über dem Ufer liegen, das wusste er. Süßlich und voll Salz. Der Geruch nach Blut und Tränen.

»Haltet ihn!«, schrie eine Stimme aus der vordersten Reihe, »Er versucht zu flüchten!« Ein Pfeil traf Osmon in die Seite, ein dünner Blutstrahl schoss hervor. Das Tier senkte den Kopf, lauschte noch einmal dem sanften Klingen seines Geweihs und bäumte sich auf den Hinterbeinen weit auf, sodass der mächtige Oberkörper in der Luft tanzte. Elron, alter Freund, dachte er, jetzt sind wir bald wieder zusammen.

Laut aber rief er: »Ihr braucht mich nicht zu halten, Pack! Hundert-Ender fliehen nicht!«

Dann machte er den silbernen Panzer des Hauptmanns aus und trabte brüllend auf ihn zu.

Er wütete furchtbar unter den Feinden.

Auf der Stegra

Dorian konnte nicht weinen – das war das Schlimmste. Er starrte unbewegt zurück, dorthin, wo Osmon verschwunden war. Und schon nach kurzer Zeit verklang das Schreien der Kämpfenden im Brausen der Strömung. Der Junge ließ sein Boot willenlos vom Wasser hin und her reißen.

Osmon. Der stolze Hundert-Ender.

Osmon, wie er Dorian zum ersten Mal trug, ihr fliegender Ritt durch das Verlorene Tal. Dorian war gestürzt damals und Osmon hatte das niemals verraten. Der Junge rieb seine brennenden, aber trockenen Augen. Osmon, wie er ihm im Blauen Schlund das Geweih entgegenreckte um ihn zu retten. Osmon, der ihn aus dem Gefängnis der Stadt Schuchmech befreite. Osmon ...

Vertraue niemandem – der Schmerz ist zu groß.

Das Boot stieß knackend an einen Felsen, drehte sich im Kreis und riss sich wieder los. Dorian fiel in das Heck und schrammte sich die Hände auf.

Ein ängstliches Maunzen ertönte.

Muntra – wenigstens sie ist noch da.

Er holte die Katze heraus und fuhr ihr über das warme Fell. Aber die Stegra schoss um eine Kurve und schleuderte den Kahn ans steinige Ufer. Wasser spritzte kalt über sie herein und Dorian verstaute Muntra lieber wieder sicher im Rucksack.

Er fand weder Paddel noch Ruder im Boot aus Schilf – und so ließ er sich weitertreiben, klammerte sich an das viel zu kleine Gefährt. Mehr als einmal schien es, als wollte die Strömung das Boot zerfetzen – aber Dorian war es fast egal. Er kauerte auf dem Boden, bald völlig

durchnässt und frierend, und hielt seine Schätze im Arm – Muntra, seinen Hammer, die vier Farben.
Sollten die Felsen ihn doch zerschmettern. Sollte doch ein Wasserfall kommen und ihn in die Tiefe reißen. Stromschnellen ihn zum Kentern bringen, damit er ertrank.
Es war nicht wichtig. Denn er dachte an Osmon. An Elron. An seinen Vater. An seine Mutter.
Dorian konnte nicht weinen.
Den ganzen Tag und die ganze Nacht trieb er auf den grausamen Fluten der Stegra. Sein Bauch knurrte vor Hunger – er merkte es nicht.
Er zitterte vor Kälte, sein Haar hing ihm nass ins Gesicht – ihm war es egal. Seine klappernden Zähne hatten die Lippen blutig gebissen – es war unwichtig. Und nur noch zwei Farben fehlten für die Summe des Regenbogens – aber Dorian spürte nur Gleichgültigkeit.
Er dachte an Osmon.
Doch kein Felsen brachte das Boot zum Kentern. Keine Stromschnelle riss Dorian in die Tiefe. Kein Wasserfall zerschmetterte ihn am donnernden Grund. Im Gegenteil: Die Stegra beruhigte sich am anderen Morgen, floss breiter und langsamer, jetzt wo sie sich ausgetobt hatte. Der Kahn aus Schilfrohr trieb schließlich in ein großes Hafenbecken und verfing sich an einem steinernen Steg, der an Land führte. Die Sonne warf glitzernde Scherben auf das Flusswasser und wärmte noch einmal, ein letztes Mal vielleicht vor dem endgültigen Winter, die Luft auf der Erde. Zitternd und wankend zog sich Dorian hoch und taumelte im Boot. Fast wäre er doch noch ins Wasser gestürzt.
Er kicherte irr und blickte sich um. Ein großer Hafen war das. Und große Häuser.

Dorian war in die Stadt der Ziegelbauer gelangt.
Hier herrschte kein Hauptmann, kein Namenloser, kein schwarzer Krieger mit dem Namen Burké.
Hier herrschte der Tod.

Und hier fand der Junge die fünfte Farbe.

Die Stadt der Ziegelbauer

Der Boden hallte unter seinen Füßen, dumpf und leise, mit einem kurzen klackenden Echo.

Das war das einzige Geräusch, das er hörte.

»Die Stadt sieht aus wie ein Grab«, flüsterte Dorian seiner Katze zu, die sich nicht aus dem Rucksack hervorgetraute. Sie maunzte nur leise.

Es war – eigentlich – eine schöne Stadt. Die Hafenanlagen, die Gerätehallen, in denen sich auch Handelsgüter stapelten, die eleganten mehrstöckigen Wohnhäuser – alles war aus gebrannten Ziegeln gebaut, wohl geformt und klar. Und so wie diese Steine war die gesamte Architektur um ihn herum: rechteckig und mit exakten Kanten, symmetrisch und voller Harmonie. Die Straßen waren in einem genau bemessenen Netz angelegt, führten zu Denkmälern und auf Plätze, wo Ruhebänke und Brunnen standen.

Und sie waren sauber, sie trotzten dem Herbstregen – denn auch die Straßen waren mit Ziegelsteinen gepflastert.

Eigentlich wirklich eine schöne und reiche Sadt.

Aber niemand lebte in ihr.

Mit vorsichtigen Schritten ging Dorian weiter. Sonst kein Laut, nur das dumpfe Hallen seiner Stiefel. Nichts Lebendiges wagte sich hierher, sogar der Wind schien einen Bogen zu machen um diesen Ort. Das musste die Stadt der Ziegelbauer sein, von der Osmon geredet hatte.

Osmon!

Der Junge ging weiter – trotz der Sonne fror er immer noch jämmerlich.

»Hallo!«
Dorian rief es und wusste im selben Moment, dass er keine Antwort bekommen würde. Er blieb stehen. Fürchtete sich davor, an eines der Häuser zu klopfen oder irgendwie einzudringen, denn er spürte den Tod. Er fürchtete sich, in den Wohnzimmern, Küchen und Betten auf die leblosen Bewohner der Stadt zu treffen.
Osmon ist tot und du spielst hier das ängstliche Kleinkind? Dorian schüttelte den Kopf. Und ging weiter an großen prunkvollen Herrenhäusern vorbei.
Was, beim Diamanten, war hier passiert?
Stille.
Keine Antwort, kein Ruf. Kein Hund rannte kläffend hinter ihm her und nicht einmal, wie Dorian jetzt bemerkte, ein einziger Vogel zwitscherte.
Nichts regte sich, nur der Knoten aus Angst, der in Dorians Bauch zuckte, die Fliege, die über seinen Rücken kroch.
An einem Obststand, wo einstmals frisch geerntete Früchte nun vor sich hin faulten, fand er die erste Leiche.
Mit furchtsamen und nur allzu widerstrebenden Schritten näherte sich Dorian dem Mann, der über einer Kiste mit verschrumpeltem Kallebaumobst zusammengebrochen war. Muntra fauchte wie verrückt auf seinem Rücken und alles in ihm schrie: *Hau ab! Verschwinde! Solange du noch kannst!*
Aber Dorian betrachtete den verkrampft daliegenden Körper – und fuhr dann doch voll Panik zurück. Das Gesicht des Opfers war aufgedunsen wie ein Ballon, und geplatzte Beulen wuchsen auf der Haut. Verzerrt grinste der geschundene und tote Körper, getrockneter Schaum hing am Mundwinkel.

Eine Seuche!
Dorian zitterte und taumelte weiter.
Ein verfluchter Ort. Eine Epidemie.
Er musste hier wirklich sofort weg, bevor es zu spät war.
Mit angehaltenem Atem und zitternden Beinen hastete er an Ziegelhäusern vorbei, an Palästen und Kaufhäusern, an Schenken und Schulen. Er fand noch mehr tote Bewohner – und machte einen großen Bogen um sie. Dorian keuchte entsetzt und rannte bald mit aufgerissenen Augen durch die unheimlich stille und leblose Stadt.
Warum traf er bloß überall, wo er auch hinkam, nur auf Tod und Verderben? Hing an seinen Händen wirklich Mord? Mussten seine Füße über Grauen stolpern? Seine Mutter, sein Vater und Elron. Fabiolas Großmutter und Burké, der Schlächter, den er selbst ... Vielleicht alle Bewohner des Grubendorfs und zuletzt Osmon, sein Freund. Vielleicht den einzigen, den er je ...
Und wie eine tanzende Reihe tauchten nun diese Menschen und Freunde vor ihm auf, sich an den Händen haltend und in schier endloser Kette. Unbarmherzig einer nach dem anderen. Und heute stand er hier wie am Ende seines Weges. Seiner Reise. In der Stadt der Ziegelbauer stand er. Mitten auf einem riesigen oberirdischen Friedhof.
Dorian schluckte, sein Mund war trocken und heiß.
Aber vielleicht hat es Osmon ja geschafft?
Der Gedanke tauchte so plötzlich auf wie eine Sternschnuppe am Nachthimmel.
Und Dorian klammerte sich an ihn wie ein Ertrinkender. Vielleicht hat er eine Lücke in den feindlichen Reihen gefunden und konnte fliehen.

Aber da lachte Dorian. Osmon und fliehen? Er machte sich doch selbst etwas vor. Der Hundert-Ender hatte sich in die Schlacht gestürzt um Zeit zu gewinnen. Seine Zeit. Dorians Zeit.
Sein Lachen klang dumpf und kalt, prallte wie ein zerstörerisches Geschoss von den Mauern der Häuser und kam zu ihm zurück.
Da hörte er das Weinen.
Dorian stand an einer neuen Straßenkreuzung zwischen hochgeschossigen, aber leblosen Häusern und lauschte. Schob sogar eine Hand hinters Ohr.
Da! Da war es wieder!
Wäre noch ein weiterer Laut in der Luft gewesen, ein Husten nur, ein Zirpen von Grillen, ein Rascheln im Baum – er hätte das leise Schluchzen nie gehört.
Aber es war still.
So still wie im Wasser des Blauen Schlundes.
So still wie im untersten Stollen einer Kohlegrube.
Dorian versuchte seine Angst wegzuschütteln und spähte dann umher. Das gedämpfte Schluchzen kam von dort drüben. Er machte ein paar Schritte, lauschte wieder und ging weiter.
Hier!
Ja, das musste es sein. Das Weinen kam aus dem Haus rechts von ihm, einem großen Bau mit prächtig geschmückter Fassade und streng gemeißelten Säulen, auf denen stoische Steingesichter ruhten.
Dorian wollte dort nicht hineingehen. Er wollte – ja, was wollte er? Eigentlich nur die Augen schließen und schlafen können. Oder mit Muntra spielen und auf Osmons breitem Rücken über seine Wiese fliegen.
Aber das leise Weinen trieb ihn weiter.
Ein paar zaghafte Schritte, ein Drücken an der Tür, die

geschmeidig und lautlos vor ihm aufschwang. Eine breite dunkle Halle, von der ein sauber geziegeltes Treppenhaus nach oben führte.
Langsam stieg er hinauf. Ein Stockwerk, dann ein zweites. Er zwang sich geradeaus zu blicken, wollte nicht in die Zimmer und Säle hineinschauen, an denen er vorbeikam, die ihn riefen und willkommen hießen mit modrig dumpfen Krankheitsgeruch.
Geh einfach weiter! befahl er sich selbst.
Das Weinen kam von oben, wurde aber leiser und verebbte schließlich ganz. Dorian lauschte und hörte nichts mehr.
Kehr um! Es ist völlig still hier. Niemand da. Du hast dich geirrt.
Die Gedanken bohrten sich von seinem Kopf in den Bauch und nagten weiter, bis sie in sein Herz bissen.
Ich kann nicht umkehren! Jetzt nicht mehr!
Schwer atmend stieg er den letzten Treppenabsatz hinauf und gelangte in ein hohes Dachzimmer, geschmückt mit teuren Möbeln und wertvollen Stoffen.
Auf dem breiten schmiedeeisernen Bett lag eine Frau, in ein spitzenumflossenes, kostbares Kleid gehüllt.
Sie mochte noch nicht sehr alt sein, aber gezeichnet von der Seuche: Ihre Glieder waren aufgedunsen und ihre Haut schälte sich in verkrustetem Schorf von den Armen. Eitrige Pusteln bedeckten ihren Körper.
Dorian erstarrte auf der Türschwelle.
Gelb!
Die todkranke Frau zitterte krampfhaft und stöhnte, sie schwitzte – und leuchtete in der fünften Farbe.
Violett ist die Luft und Gelb das Fieber.
Elrons Lied schrillte höhnisch in seinen Ohren.
»O Gott, ein Junge!«

Die Frau reckte kraftlos ihren Kopf und blickte in Dorians Gesicht. Die Worte kamen ihr nur mühsam über die aufgesprungenen Lippen.
»Geh weg, schnell, geh weg!«, keuchte sie.
Die vorletzte Farbe! Hier! Seine Gedanken rasten.
»Nein«, sagte Dorian.
»Ich, ich habe darum gebetet«, stammelte die Kranke vor ihm, »nicht alleine zu sterben. Aber du bist jung ... und gesund. Schnell, schnell! Fliehe, bevor es zu spät ist.«
Fliehen, ja! Sein Körper drehte sich schon zur Tür und zur Treppe. Nur weg! Fort aus der ganzen verfluchten Stadt.
»Nein«, wiederholte er nur.
Und ohne ein weiteres Wort schob er sich näher an ihr Lager, zog einen Stuhl herbei und ließ sich hineinfallen. Er war so müde. Und fliehen? Wohin sollte er denn? Ohne Elron? Ohne Osmon? Und vor allem – ohne die fünfte Farbe?
Aber die Angst fraß wie tollwütiger Hunger in seinem Bauch.
»Du ...« Die Frau stieß einen Seufzer aus und ließ sich erschöpft zurücksinken. Ein Schauer ging durch ihren Körper, ihre Glieder zuckten auf und beruhigten sich nur langsam.
Dorian betrachtete ihr Gesicht mit einer ihm selbst völlig unverständlichen Ruhe. Dieses Gesicht, diese Frau – sie erinnerte ihn an irgendetwas. An irgendwen. Es musste einmal sehr schön gewesen sein, dieses Gesicht – bevor die Krankheit es zeichnete und zerschnitt. Denn jetzt war die Haut dünn und schlossen sich so eng um die Knochen, dass Dorian schon fast einen Totenschädel vor sich sah. Die Angst packte ihn noch ein wenig fester und drückte ihm die Luft ab.

»Es ist das Gelbfieber!«, keuchte die Frau.
Dorian lachte hohl auf.
Gelb ist das Fieber.
Und immer noch starrte er in ihr Gesicht, bis ein Erinnerungsfetzen in ihm auftauchte, ein Paar sanfte, freundliche Augen, denen der todgeweihten Frau ähnlich. Ein längst vergessenes Lächeln beugte sich über ihn, eine nie gekannte Hand strich über seine Wange.
»Wer bist du?«, flüsterte der Junge vor sich hin und er wusste nicht: Meinte er die liegende Frau vor ihm oder das wieder entdeckte Bild in seinem Kopf.
Die Kranke hustete schrecklich, aber sie antwortete. »Ich heiße, ich bin Tirita.«
»Was ist hier passiert?«
»Das Gelbfieber, Junge.«
Und dann, stockend und immer wieder unterbrochen von einem bösartigen Schüttelfrost, erzählte Tirita. Von ihrem Leben in der Stadt der Ziegelbauer, von dem Handel, den sie mit ihrem Mann betrieb, und schließlich von der Seuche, die so plötzlich die Stadt traf wie ein Hochwasser der Stegra. Viele waren in die Berge geflüchtet, noch mehr hatten sich in ihre Häuser verkrochen und waren gestorben. Ihr Mann war eines der ersten Opfer des Fiebers gewesen. Und sie eines der letzten.
Während Tirita erzählte, schaute Dorian unentwegt in ihr Gesicht, blickte nur selten und verzagt auf die gelbe, schweißnasse Haut.
Da habe ich also meine fünfte Farbe, dachte er bitter. Und nun?
»Man steckt sich an durch Berührung, Junge.« Mühsam robbte Tirita noch ein kleines Stück weiter von Dorian weg, bis auf die Bettkante.

»Durch einen Kuss«, stöhnte sie, »oder eine Umarmung. Durch ein willkommen heißendes Schütteln der Hände. Und das Fieber breitet sich aus wie Feuer und Wind.« Tiritas Augenlider flatterten.
»Es geht mit mir zu Ende«, flüsterte sie und blickte mit tapferem Lächeln zu ihm auf.
Wieder sah Dorian das Gesicht einer anderen Frau vor sich, fremd und gleichzeitig so vertraut, eine uralte, längst ertrunkene Erinnerung im Meer seines Lebens.
Mit einem Mal riss Tirita die Augen auf und starrte Dorian verwirrt und verständnislos an.
»Was ist mit dir?«, fragte der Junge leise.
»Wer bist du? Zurückgekommen, endlich? Ach. Nein!« Ihr Blick klärte sich wieder. Unendlich langsam und traurig schüttelte Tirita den Kopf.
»Du erinnerst mich an meinen Sohn«, erklärte sie hustend. »Für einen Augenblick dachte ich ... Er, er brach vor vielen Jahren auf um sein Glück zu machen. Und wanderte die Stegra hinauf. Wir haben nie wieder von ihm gehört, mein Mann und ich. Er ...« Wieder musste sie husten und presste ihre Hand auf die Brust. Dorian sah, wie ein grauer Blutstropfen über ihre grauen Lippen quoll. »Er heißt Barlamon.« Die Frau flüsterte nur noch. »Du kennst ihn nicht vielleicht? Zufällig?« Dorian zögerte. Vor ihrem flehenden, sehnsüchtigen Blick senkte er schließlich die Augen und rutschte hilflos auf dem Stuhl hin und her.
»Ein großer und besonders schöner junger Mann?«, fragte er endlich und beugte sich etwas vor.
»Ja!«, rief Tirita so laut, dass sie ein neuer Hustenanfall überkam. Schaumtropfen hingen an ihrem Mund.
»Doch, doch«, meinte Dorian tapfer. »Barlamon, ja! Jetzt erinnere ich mich wieder gut. Den traf ich weit, weit

oben im Norden in der, in der großen Stadt Büttig. Er ist dort Lehrling beim wichtigsten Kaufmann der Gilde, und ... und schon jetzt rühmt man ihn sehr, weil er so schlau ist und mutig! Er will schon im nächsten Sommer ein eigenes Geschäft eröffnen. Ja.«
Tirita lächelte und schloss die Augen.
»Du schwindelst«, behauptete sie mit leiser werdender Stimme. Und Dorian traute sich nicht mehr irgendetwas zu sagen.
Er hörte nur noch zu.
»Ich habe mich so gefürchtet«, hauchte die Kranke, »alleine zu sterben. Ich habe gebetet, weißt du. Das Sterben selbst ist nicht so schlimm. Aber alleine und einsam ... Also habe ich gebetet. Um ein letztes freundliches Wort. Um eine letzte ... eine letzte Umarmung.«
Ihre Stimme verflackerte.
»Um einen letzten Kuss.«
Noch ein weiteres Mal zuckte Tiritas Körper, bäumte sich in einer schrecklichen Schönheit gegen die Krankheit auf.
Und Dorian wusste jetzt, an wen sie ihn erinnerte.
Er stand vom Stuhl auf, der ein weiches und seidenes Polster hatte, er tat den einen unsicheren Schritt, der ihn noch vom Bett trennte. Er berührte den spitzenumwebten Stoff, die leuchtende Kleiderpracht.
Neigte sich zu Tirita hinunter.
Und als ihr Atem heiß sein Gesicht traf, beugte sich Dorian weiter hinab, umarmte sie und küsste sie auf die Stirn.
Hielt sie fest bis zum Ende.
Für seine Mutter, die er nie richtig gekannt hatte.

Schnee

Dorian taumelte und fiel.
Schnee und Kälte.
Er fror und schwitzte gleichzeitig.
Gar nicht gut, dachte er. Überhaupt nicht so gut!
Muntra kroch aus dem Rucksack, maunzte und rieb sich an seinem Arm.
»Fass mich nicht an!«, zischte er ihr zu. Und kicherte dann. Konnten Katzen sich überhaupt anstecken? Oder waren Tiere vielleicht immun gegen das gelbe Fieber? Er hatte zwar kein einziges Tier in der Stadt gesehen – aber immerhin auch kein totes.
Das Kichern, das aus Dorians Mund kam, steigerte sich, bis er nicht mehr nur lachte, sondern quiekte und gackerte, prustete und brüllte.
Und hustete.
Das Ende des großen Farbensuchers, dachte er. Nicht in schwarzer Nacht, nicht in der Dunkelheit des Namenlosen, sondern vom Fieber geschüttelt, erfroren in weißem Eis. Klingt irgendwie auch nach Polarität. O ja, bei Elron habe ich wirklich eine ganze Menge gelernt ...
Wieder wollte er lachen und hustete doch nur.
Noch mehr Schnee begann zu fallen – winzige und symmetrische Kristalle, glitzernd im Tageslicht. Klein, schön und tödlich.
Denn es war kalt.
Und Dorian schlief ein.

Er hatte Tirita nicht begraben können. Ihren Körper trug er ohne Mühe die vielen Treppenstufen nach unten, so abgezehrt und leicht war sie. Trug sie hinaus aus

dem stickigen Haus und ins Freie. Erst da fiel ihm auf, dass es keine Erde gab, in die er sie legen konnte. Überall nur Ziegel. Pflaster. Steine. Perfekte Muster aus harten Kanten auf dem Boden, aber keine Erde. Kein Gras. Er hatte sie weiter bis zu einem Brunnen geschleppt und sie schließlich liegen gelassen. Sein Hals war wie zugeschnürt, als er ihr die Augenlider schloss.
Aber weinen konnte er nicht.
Dann war er hinausgelaufen aus der toten, verseuchten Stadt, war gerannt, so schnell und so weit wie er konnte. Ohne Ziel. Ohne Richtung.
Wenig später hatte es zu schneien begonnen. Der Winter war mit aller Wucht über die Welt hereingebrochen. Er hatte den Herbst mit einem einzigen würgenden Griff erstickt: In weißen Massen stürzte der Schnee vom Himmel, bedeckte sekundenschnell Bäume und Wiesen, Häuser und Flüsse.
Und Dorian, der immer noch erschöpft und müde weiterlief.
Verdrossen und traurig stapfte er durch das Weiß, er wollte noch weiter fort von der Stadt. Der Schnee knirschte und Dorian fühlte bald, wie das Fieber in ihm aufblühte.
So schnell?, dachte er.
Am Anfang wärmte es, so wie ein starker Tee erhitzt. Aber bald kochte es in ihm und schien ihn zu verbrennen. Es kam Dorian vor, als hätter er von der Glühenden Halde am Fallenden Vulkan ein paar Steine genommen und verschluckt. Ihm war so heiß. Gleichzeitig fror und zitterte er, bis seine Zähne unkontrolliert aufeinander schlugen.
Was für ein Irrsinn das war!
Bleibt nur die Frage, dachte Dorian, was mich zuerst

umwirft: das Fieber oder die Kälte. Was wohl leichter war? Am Gelbfieber zu sterben oder zu erfrieren?
Mit schon tauben Fingern tastete er die Farben in seinem Rucksack durch und kratzte ungläubig an seiner Hand. Eine dunkle Beule wuchs unterhalb des Daumens. Voll Eiter und voller Farbe: Gelb.
Und Dorian irrte weiter. Taumelte so lange durch den immer kälter werdenden Schnee, bis er stürzte, bis er seiner Katze verbot ihn zu berühren und bis er in ein hohles Gelächter ausbrach.
Er blieb liegen und es begann wieder zu schneien. Noch schlief er nicht ein, aber er wachte auch nicht mehr.
Die Visionen kamen.

Der Mächtige strich sich fast nachdenklich über seine Wange. Das Spiel war zu Ende. Er hatte gewonnen. An der Stegra hatte der Mächtige die Schlacht beobachtet und Osmons wilden Kampf – so lange, bis sich alles in Blut auflöste.
Und der Junge war zwar entkommen, aber nicht weit. Hatte sich dem Fluss anvertraut, der ihn mit nasser Hand in die Stadt der Ziegelbauer geführt hatte.
Fast schade, dachte der Namenlose.
Und was für eine Ironie dieses Spieles!
Den letzten Blick auf Elrons Balg hatte er an einem Brunnen in der Ziegelstadt erhascht. Da trug er eine Frau und zeigte schon die ersten Zeichen der Krankheit. Und wenn der Mächtige jetzt nach ihm rief – *Dorian! Dorian Karfunkel* – sah er zwar nichts, aber spürte wohl, wie das Fieber in dem Jungen wuchs und sein Leben schrumpfte.
Eine großartige Ironie!, dachte er, den Runenstab in beiden Händen.

Der Bauernfratz hatte seinen ältesten Knecht Burké besiegt, war dem Hauptmann von Schuchmech entkommen und hatte alle Gefahren der Farbensuche bestanden. Er starb nicht durch den schwarzen König des Spiels, sondern durch eine weiße Dame.
Wirklich schade, dachte der Mächtige und lachte stumm.
Die Flammende Festung war dunkel und leer.

Träumte er? Fantasierte im Fieberwahn? Oder zeichnete der Namenlose diese grellen Bilder in seinen Kopf hinein?
Dorian sah sich in einem Gerichtssaal stehen – einem riesigen Trichter, in dessen Mitte er sich befand. An den aufsteigenden Rändern drängten sich, in endlosen Reihen über- und nebeneinander hockend oder sitzend, auf Bänken oder an die niedrigen Geländer gelehnt, Hohn lachende Gesichter. Abwechselnd beugten sich manche vor und schnitten ihm abscheuliche Fratzen oder brüllten etwas zu ihm herunter. Anfangs konnte Dorian, der nackt im Zentrum stand wie in einer Zirkus-Arena, sie nicht verstehen – erst nach und nach entwirrte er die höhnischen Rufe. Es war, als müsste er die geschrienen Worte erst buchstabieren.
»Du kannst überhaupt nicht singen«, krächzte der Mulubronn zu ihm herunter und klapperte donnernd mit dem Schnabel.
»Genau!«, pflichtete dem Vogel ein zirpender Insektenkopf bei, der Gilgil gehörte. Bösartig schnappte er mit den Zangen und schrillte misstönend mit seinen Flügeln.
»Schade um deinen Dickkopf«, brüllte ein faltiger alter Mann, in dem Dorian Elron erkannte. Seine Stirn war tief gespalten vom gewaltigen Hieb einer Doppelaxt.

»Ha! Das war's!« Auch Bombast rief und brüllte laut, stampfte dabei seine Hellebarde auf den Boden und schüttelte begeistert dem silbern schimmernden Hauptmann die Hand.

»Hundert-Ender sterben nicht!«, röhrte Osmon und voll Grauen sah Dorian, dass ein gewaltiger Hirsch-Schädel die Worte rief, auf dem nur noch ein zerfetzter, zerbrochener Geweihrumpf wackelte.

Der Junge stand weiter in der Manege tief unter ihnen, in diesem Gerichtssaal des Teufels, und ertrug das Schreien nicht länger. Presste die Hände auf die Ohren und wollte ihnen antworten, etwas entgegnen, nur irgendetwas, und sich verteidigen – aber die johlende, kichernde Menge ließ ihn nicht zu Wort kommen: Immer wieder erhob sich einer und schrie zu dem ganz unten kauernden Jungen herab. Und Dorian hörte jedes Wort, sosehr er sich auch die Ohren zudrückte.

Alle, alle waren sie da und keiften und brüllten. Harm Katzengold warf ohne Pause wie eine seltsame, seelenlose Maschine die Worte *»Brandstifter! Verräter! Mörder!«*, zu Dorian herab, der Schlächter Burké rief laut: *»Ein lausiger Gegner!«*, und sein Onkel Krolo Bleiglanz schrie: *Den Hammer. Du musst ihn dir erst verdienen.«*

Der Namenlose selbst, ein gigantisches narbengezeichnetes Gesicht, donnerte in den wogenden Gerichtssaal: *»Ich kenne deinen Namen!«*

Alle waren hier.

Tirita blickte mit fiebernden Augen und kreischte, Dorian sei der Todesbote. Sein Vater zürnte ihm: *»Du solltest doch niemandem vertrauen, Junge!«* Seine Tante keifte, sie hätte es schon immer gewusst, der Krämer aus Büttig nannte ihn einen Nichtsnutz, Hanna Marienglas schalt ihn einen armseligen Versager.

Alle. Alle hielten Gericht: Amante vom Fallenden Vulkan, das Mädchen Sigra und ihre diebischen Freunde. Alle.

Und sie schrien ihn an, beschimpften ihn, spuckten auf ihn herab.

Dann, nach einer endlosen, brüllenden Orgie aus Hass wurde es für einen Augenblick still.

Dorian nahm die Hände von den Ohren, holte tief Luft und wollte sich wieder entschuldigen oder alles erklären oder um Gnade betteln. Da schrien alle, wie auf ein stummes Kommando, gleichzeitig das alles, vernichtende Wort:

»SCHULDIG!«

Sie schrien so laut, dass der Trichter erbebte. Alle brüllten. Alle waren hier.

Entsetzt und gequält drehte sich Dorian im Kreis der wieder aufjohlenden Gesichter, wirbelte immer schneller herum – und entkam ihnen doch nicht.

Alle waren hier.

Alle!

Nur eine fehlte.

»Trink das!«, sagte eine freundliche, aber befehlende Stimme.

Dorian versuchte verwirrt die Augen zu öffnen, doch es ging nicht. Seine Wimpern waren zugefroren.

»Wo bin ich?«, keuchte er.

»Trink das, Donatus!«, wiederholte die Stimme – und natürlich, ja, er erkannte sie.

Nein! Nicht, Fabiola. Ich habe die Seuche!

»Geh weg!«, zischte er mit hohler Stimme, die aus der Hölle selbst zu kommen schien. Aber das Mädchen durfte ihn auf keinen Fall berühren!

»Weg!« Dorian kreischte es jetzt. Obwohl das Fieber in ihm brannte, versuchte er aufzustehen, sich hochzurappeln und fortzurennen. Bloß weg von ihr!

»Vertrau mir!«, hörte er sie sagen, denn immer noch waren seine Augen wie mit einem eisigen Schloss versperrt.

»Weg! Schnell!«, brüllte Dorian voll Angst.

»Vertraue mir!«

Nein, du darfst niemandem vertrauen.

Warum? Warum nur war immer dieser Satz in seinem Kopf, fressend und genauso böse wie das Fieber?

Vor Kälte spürte er Hände und Füße nicht mehr. Trotzdem begann er von dem Mädchen fortzukriechen.

»Ich darf niemandem ...« Er stammelte es. Dachte an Elron und Osmon und an seinen Vater.

Der Schmerz ... zu groß!

Er schob sich irgendwie weiter. Es fühlte sich an, als würde er auf Arm- und Beinstümpfen herumkrabbeln.

Zur Abschreckung für alle anderen Diebe, werden dir bei Sonnenaufgang beide Hände abgehackt.

»Vertraue mir!«

Ja, Fabiola, ja!

»Nein! Weg!«

Er spürte nicht, wie die Hüterin des Schilfs ihm die Lippen auseinander drückte, schmeckte nur etwas Scharfes und Bitteres im Hals, schluckte und hustete.

Und trank.

Wieder schlief er ein.

Traumlos diesmal.

Er erwachte in einer dunklen Hütte, konnte seine Augen wieder öffnen.

Ich lebe noch!

Eine einzelne Kerze brannte im Raum und es war still.

Die Stube sah fast so aus wie Elrons Hütte im Verlorenen Tal und Dorian meinte schon zu hören, wie der alte Zauberer draußen in seinem quietschenden Schaukelstuhl saß.
Dann merkte er, dass nur ein Ast vom Wind gegen das Fenster gedrückt wurde, und er hörte das gedämpfte Brüllen.
Ein Schneesturm tobte ums Haus.
Wo bin ich? fragte er sich und blickte verwirrt umher, auf das Bett, auf die Kerze, ans Fenster – bis er wieder eintauchte in die Nacht des Schlafes.
»Donatus? Kannst du mich hören?«
Er öffnete die Augen – ein Gesicht blickte auf ihn herab. Lächelnd. Seine Mutter? Blattförmige Augen. Tirita? Ein seltsamer Turban auf dem Kopf.
»Verstehst du mich, Donatus?«
»Ja. Du ... brauchst nicht so zu schreien.« Die Kehle des Jungen war völlig ausgedorrt und schmerzte bei jedem Wort. Nur mit äußerster Anstrengung brachte er ein weiteres Brummen heraus.
Fabiola lächelte stärker.
»Bitte, sag jetzt nichts mehr«, meinte sie sanft. »Das Fieber hat dein Innerstes angegriffen und auch deinen Hals verbrannt.«
»Wo?«, würgte Dorian hervor. »Wo bin ich?«
Sie lachte jetzt laut, befreit und klar.
»Elron hatte Recht«, fand sie. »Du bist wirklich ein richtiger Dickkopf. Schlaf jetzt!«
Und fast sofort fielen seine Augen wieder zu. Alles tat ihm weh und der Schlaf umarmte ihn wie ein Freund.
Elron, sie hat Elron gesagt. Der Gedanke kam nur undeutlich.
Woher, beim Diamanten, kannte sie Elron?

Die letzte Farbe

Der Schneesturm hatte sich gelegt, die Kälte war geblieben. Ein weißer Kragen lag nun um die Hütte, glitzernd wie ein frisch gewaschenes Hemd. Die Schneedecke reflektierte eine klare Sonne.

Fabiola saß neben dem Bett und schnitzte eine neue Flöte. Konzentriert führte sie das Messer. Wie immer trug sie ein kostbares Tuch um den Kopf.

Dorian beobachtete sie schon eine ganze Weile, wollte sie aber nicht stören. Ohne den Kopf zu bewegen schaute er manchmal aus dem kleinen Fenster, dann wieder zu Fabiola und erneut nach draußen. Eisblumen am Glas verdeckten die Sicht, aber der Junge erkannte einen hellen wolkenlosen Himmel.

Er müsste blau sein, dachte er.

Dorian lebte wirklich noch – fast ein komisches Gefühl. Alle um mich herum sterben früher oder später, nur ich schaffe es jedes Mal. Warum?

Wieder schielte er zu Fabiola hinüber und schaute sich dann in der Hütte um.

Im Kamin prasselte ein kleines Feuer und schickte Wärme herüber. Ein grober Tisch, ein paar schimmernde Töpfe und Pfannen hingen über einem kleinen Herd.

Ich lebe noch, dachte er abermals, als müsste er sich vergewissern. Und sie auch!

Fabiola schnitzte an der Flöte und summte leise vor sich hin, spürte aber schließlich doch seine Blicke und drehte sich zu ihm.

»Dir geht es besser«, stellte sie fest.

Dorian probierte zaghaft seine Kehle aus. »Ja«, flüsterte er mühsam. Der Hals brannte immer noch wie Feuer.

Fabiola strahlte ihn an. »Ich bin froh!«
»Ich, ich auch. Aber ... wo? Wo bin ich?«, krächzte der Junge.
»In einer Bauernsiedlung«, lächelte sie. »Und bei mir.«
Dorian grinste schief. »Wie hast du ... mich ... gefunden?« Jedes Wort kostete ihn eine große Anstrengung, aber er war viel zu neugierig um zu schweigen.
Jetzt lachte Fabiola laut auf, ihre Augen strahlten.
»Da bedanke dich bei Muntra!«
Wie aufs Stichwort sprang die Katze unter Fabiolas Stuhl hervor und schnellte zu Dorian hoch, schleckte ihm aufgeregt das Gesicht.
»Muntra!«, sagte Dorian. Immer wieder Muntra! Was würde er bloß ohne sie machen! Plötzlich fiel ihm etwas Furchtbares ein.
»Das ... Gelbfieber!«, stieß er hervor.
Fabiola wurde ernst. »Es war schon fast zu spät, Donatus. Noch ein wenig länger im Schnee und ich hätte nichts mehr tun können. Der Tod wartete schon.«
»Warum ... bin ... ich ...«, stotterte Dorian.
»Wieso du gesund bist?« Sie lachte wieder. »Vergiss nicht: Ich bin eine Hüterin des Schilfs. Ich kann Flöte spielen, Fische jagen und Heilkräuter finden.«
»Aber ...« Verzweifelt dachte Dorian an Tirita. »In der Stadt, sie ... alle ... starben!«
Fabiola nickte bedrückt und zog ihr Kopftuch enger, als würde sie frieren.
»Die Menschen in der Stadt der Ziegel«, sagte sie leise. »Sie haben den Geruch der Erde verloren. Sie haben den Geschmack der Wiese vergessen und die Kraft der Pflanzen. Sie haben Steinziegel auf den Boden gelegt und das Leben erstickt. Und ihre eigene Erinnerung. Sie erstickten mit der Zeit auch ihr Wissen.«

Fabiola schauderte jetzt wirklich und fuhr fort. »Es ist gar nicht so schwer, weißt du, die richtigen Kräuter gegen das gelbe Fieber zu finden. Aber zwischen Ziegeln wachsen sie nicht. Und jetzt, Donatus, ruhst du dich weiter aus.«

Aber Dorian war längst wieder eingeschlafen.

Er genas nur sehr langsam. Fabiola pflegte ihn, fütterte ihn und flößte ihm Kräutertee ein. Fast willenlos ließ er es mit sich geschehen. Oder sie munterte ihn auf, wenn er in Trübsinn versank, wenn er an die Stadt der Ziegelbauer dachte oder an Osmon. Oder an seinen Vater oder ...

Außerdem hatte der Junge noch tausend Fragen zu stellen. Die Hüterin des Schilfs aber wich ihm stets aus, war eine Meisterin im Sagen von: später.

»Wenn es dir wieder besser geht«, meinte sie immer nur, »werde ich dir alles erklären.«

Nach einer Woche konnte er endlich wieder aufstehen, musste sich dabei allerdings auf das Mädchen stützen.

Das müsste umgekehrt sein, dachte er verdrossen, sie sollte sich auf mich stützen! Aber er genoss trotzdem die Berührung, seine Hand auf ihrer Schulter, ihren Arm am Rücken. Sie war so weich und trotzdem stark. Und warm. Und irgendwie ... nah.

Beim ersten Mal gingen sie nur ein paar Schritte vor der Hütte auf und ab. Die Luft war so kalt, dass Dorian husten musste.

»Wie lange wird ... mein Hals wehtun?«, krächzte er.

»Noch ziemlich lange, fürchte ich«, lachte Fabiola. »Du musst diese raue, hässliche Stimme noch eine Weile mit dir herumtragen. Genau wie diese gelbe Haut.«

Dorian blieb mitten im Schnee stehen und schaute ver-

blüfft auf seine Hände. Daran hatte er ja gar nicht mehr gedacht!
»Farben«, sagte er.
»Farben«, wiederholte Fabiola. »Auch wenn man das Fieber übersteht, sieht die Haut noch lange Zeit danach schlimm aus. Aber mach dir keine Sorgen. Es tut ja nicht weh!«
Langsam gingen sie noch ein Stück weiter durch die winterklare Landschaft. Überall türmte sich der Schnee. Kleine Atemwolken schwebten aus ihren Mündern und vermischten sich manchmal.
Ich muss lange krank gewesen sein, dachte Dorian. Denn der Winter hatte seine weißen, alten Hände fest über das ganze Land gelegt. Und der Junge dachte an Elrons Hände, an die faltigen dünnen Gabelfinger.
»Du hast ihn gekannt«, begann er.
»Wen meinst du?«
»Du weißt schon.«
Fabiola zögerte. »Ich erzähle dir alles später, Donatus. Es ist noch zu früh.«
»Nein!«, sagte Dorian bestimmt. »Es ist vielleicht schon zu spät. Ich will endlich wissen, wer du bist und was du weißt.«
Das Mädchen wiegte den Kopf und seufzte schließlich. »Also gut. Aber lass uns zurück in die Hütte gehen.«
Dorian folgte ihr, ließ sich drinnen auf das Bett fallen und schaute zu, wie sie Holz nachlegte. Das Feuer loderte auf.
»Ja, ich kannte Elron«, begann das Mädchen. »Er war seit einem Jahr auf der Suche, als er mich traf.«
»Wen suchte er?«
»Ein Kind, dem er vertrauen konnte. Ein Kind, das Farben liebte. Ein Kind – du weißt schon!«

»Warum ...« Das Reden strengte Dorian immer noch an. *Du liebst diese Wiese?* Der erste Satz, den Elron zu ihm gesagt hatte.

»Warum ... ein Kind?«, wiederholte er.

»Die Erwachsenen, sie gewöhnten sich zu schnell an die sterbenden Farben. Sie hätten das Grau in der Welt auch nicht gesehen, wenn sie Elrons Glas benutzt hätten. Jedenfalls beim ersten Hindurchschauen nicht. Und warum sollte ein Erwachsener öfter durch eine Glasscherbe schauen?«

Dorian ersparte sich den Schmerz in der Kehle – und nickte nur.

»Bei Kindern ist das anders«, erklärte die Hüterin des Schilfs weiter. »Für sie ist nichts selbstverständlich. Sie wachen jeden Tag voll neuer Erwartung auf und sehen, nun, sie sehen auch, was Erwachsene nicht beachten. Sie schauen einfach.«

»Also ... suchte er ... ein Kind«, krächzte Dorian.

»Ja«, meinte sie. »Und zuerst dachte er, es in mir gefunden zu haben. Aber ich war – nicht die Richtige.«

»Warum?«

Fabiola zögerte jetzt zum ersten Mal.

»Es kann nur jemand die Farben zurückbringen«, erklärte sie leise, »der sowohl das Licht kennt als auch, als auch den Schatten. Beides, verstehst du? Schwarz und Weiß. Glück und ...«

»Unglück!« Hart und mit rauer Stimme schnitt ihr Dorian das Wort ab. Dachte dabei an seinen Vater. Seine Mutter.

Fabiola nickte. »Verstehst du? Ich, nun, ich war zu glücklich, um gegen das Dunkel zu kämpfen. Ich lebte voller Spaß und Freude in meiner Familie, am Fluss und im Schilf.«

Dorian starrte sie nur an. Er fühlte so etwas wie Neid auf ihr Leben. Auf ihr Glück.

»Jetzt wäre ich wohl bereit dafür«, erklärte das Mädchen leise. »Seit meine Großmutter tot ist und unser Schilf zerstört, kenne ich auch – das Schwarz. Die Trauer.«

Dorian schämte sich, sein Neid verpuffte augenblicklich. Und als Fabiola behutsam wieder seine Hand fasste, sträubte er sich nicht.

Sondern drückte sie sanft.

Lächelnd erzählte das Mädchen weiter.

»Schließlich fand Elron dich und übergab dir die Glasscherbe. Aber er weihte mich ein. Bat mich darum, dir zu helfen. Er wusste, wo du drei der Farben finden würdest, am Blauen Schlund, im Garten der Palmen und hier in Halblang.«

»Was?«, krächzte Dorian entgeistert. »Wie heißt ... der Ort?«

»Halblang.«

Er hätte es wissen müssen. Trotzdem spürte er, wie seine Nackenhaare sich sträubten. *Der Kreis schließt sich. Ich kehre zurück.*

»Das ist ... der Nachbarort unseres Grubendorfes«, erklärte er.

Fabiola schmiegte sich an ihn und nickte in sein verblüfftes Gesicht hinein. »Als ich dich im Schnee fand, brachte ich dich hierher und die Leute halfen mir. Gaben mir diese verlassene Hütte als Unterkunft. Versorgten mich mit Brennholz und ein bisschen Nahrung.«

Sie lächelte ihn an, aber Dorian machte ein nachdenkliches Gesicht. Er hatte noch eine Frage:

»Warum ... die Geheimnistuerei?«

»Elron«, sagte sie nur. Als der Junge nicht zu verstehen schien, erklärte sie: »Ich musste es ihm versprechen. Er meinte, du müsstest alleine gehen. Müsstest alleine den Weg suchen. Und würdest dabei mehr finden als die Summe der Farben.«

Typisch Elron, dachte Dorian und lächelte endlich.

»Verzeihst du mir, Donatus?«

Der Farbensucher saß halb aufrecht im Bett, Fabiola hockte neben ihm, ihre Hand auf seiner. Das Feuer gesellte sich wie eine dritte Hand aus warmer Luft dazu und umarmte die beiden.

In Dorians Kopf drehte sich alles. Er war noch schwach und so viel war geschehen. So viel hatte sich verändert. Die vertraute Traumstimme flüsterte in seinem Kopf. Aber sie verlor an Kraft.

Blattförmige Augen suchten in seinen.

»Donatus?«

Er strich sanft über ihre Finger.

»Dorian«, sagte er. »Ich ... heiße ... Dorian.«

Und die Stimme in ihm flüsterte noch einmal, wütend und zuckend, wie eine geköpfte Schlange: *niemandem. Du darfst niemandem vertrauen! Es schmerzt zu sehr! Du darfst niemandem vertrauen, Dorian.*

Und verstummte dann für immer.

An diesem Abend bekam er zum ersten Mal etwas anderes als Suppe oder Brei zu essen – und er hatte sogar Appetit.

»Danke«, krächzte er später. »Kann ich irgendwas ... tun?«

»Ja, das kannst du!« Die Hüterin des Schilfs holte Dorians Rucksack hervor und drückte ihn in seine Hand.

»Zeige sie mir bitte«, meinte sie leise.

Dorian verstand.

Und bald lagen auf dem einfachen, niedrigen Holztisch, beleuchtet vom Feuer und dem Kerzenlicht, die verlo-

renen Farben: die blaue Träne des Schlundes, der orangefarbene Glutstein vom Fallenden Vulkan, das grüne Blatt vom Baum der Tränen und des Lachens. Und Mulbronns violette Feder, die ein bisschen nass geworden war.
Der Junge legte seine kränklich gelbe Hand daneben.
»Fünf ... von sechs«, meinte er leise.
Fabiola betrachte lange diese seltsame Reihung, betastete die blaue Träne, strich über die violette Feder. Obwohl sie nie durch Elrons Glasscherbe geschaut hatte und auch überall sonst Farben sah, spürte sie doch einen Unterschied. Das Leuchten, Strahlen und Funkeln hier auf der Holzplatte hatte etwas Konzentriertes, eine fast unheimliche Ballung von Licht und Energie.
Ehrfürchtig redete das Mädchen weiter: »Du hast mich einmal gefragt, Dorian –« Sie lächelten sich an. »– warum ich diesen seltsamen Turban trage.«
Der Junge verstand nicht. Was sollte denn das jetzt?
»Elron bat mich darum«, fuhr Fabiola fort und strich mit ihren flötenkundigen Fingern an dem Stoff entlang. »Und hier in Halblang soll ich dir sagen: *Die ersten fünf Farben musstest du dir erkämpfen, Dorian. Die letzte ist ein Geschenk deines alten Magiers.*«
Und mit einer einzigen geschmeidigen Bewegung löste sie das Tuch von ihrem Kopf.
Beim Diamanten! Das ...
Dorian hielt die Luft an.
Eine Flut wunderschönen tiefroten Haares quoll darunter hervor und stürzte, als wollte es sich wie ein Lebewesen anschmiegen, über Fabiolas Schulter.
Und Rot ist das Zentrum der leuchtenden Lieder, hörte Dorian die Stimme Elrons in seinem Ohr.
Eine ganze Weile saß er nur da und gaffte das Mädchen

an. Konnte das wahr sein? Oder träumte er vielleicht schon wieder?

»Wie ... wie hat er ... das gemacht?« Endlich bekam er den Mund doch auf, aber seine Stimme war noch ein bisschen brüchiger geworden.

»Du siehst das Rot?«, fragte sie, so als wäre sie selbst nicht sicher.

»Ja! Die letzte ... Farbe.«

Fabiola seufzte erleichtert auf.

»Ich wusste nicht so recht«, gestand sie, »ob es wirklich stimmt. Das, das ist einfach mein normales Haar, Dorian. Rot. Nicht ungewöhnlich bei uns Schilfbewohnern. Aber wieso du es siehst? Wie Elron es in meine Strähnen packte, das verstehe ich auch nicht.«

»Elron«, überlegte Dorian und dachte an Gilgils Lied und die tote Frau des Zauberers. »Er hat irgendwie diese Farbe gerettet. Das Rot. Rot wie Blut.«

Der Namenlose riss einen Stein um den anderen aus der Brüstung des Turmes und schleuderte sie hinab in die Tiefe.

Er hat es geschafft! Dieser Bastard hat es geschafft! Er hat alle Farben gefunden!

Groll stieg in ihm auf und wuchs an. Verwandelte sich in Wut und strömte durch sein Blut. Wuchs weiter. So lange, bis ein unbändiger Zorn die zwei Narben auf seiner Wange pochen ließ, die der alte Narr ihm geschlagen hatte. Wuchs weiter, bis ein fast tierischer Schrei aus seiner Kehle losbrach, die sonst nur flüsterte.

Noch einen Stein riss der Mächtige aus der Mauer und warf ihn hinab. Die Schwimmende Wüste verschluckte ihn unbeeindruckt, so wie sie auch den Schrei verschluckt hatte.

Sie blieb heiß.
Ruhelos und still.
Elron!
Auch dieser Gedanke wie ein Brüllen.
Ich habe dich unterschätzt. Und denjenigen, den du ausgewählt hast.
Der Namenlose zwang seine Hände von der Turmzinne fort. Er starrte nach oben und tastete nach dem Runenstab. Funken zuckten, als seine Finger das Metall berührten. Nun war es doch noch einmal so weit.
Der Mächtige muss wandern!, dachte er.
Seit langem hatte er die Flammende Festung nicht mehr verlassen – jetzt war die Zeit gekommen. Fast ewig hatte er hier gelebt, der König auf seinem schwarzen Viereck. Seit achtzig Jahreszyklen stand er auf diesem Turm und dirigierte seine Marionetten, schob seine Spieler vorwärts. Seit er seinen letzten Kampf gekämpft hatte. Das Gefecht mit Elron.
Der Mächtige hob den Runenstab und starrte in die Schwimmende Wüste, in sein Reich des Feuers. Starrte mit lidlosen Augen, die vor achtzig Jahreszyklen ein letztes Mal geblinzelt hatten.
Der König zieht in die Schlacht, dachte er.
Und mit einer knappen Handbewegung rief er seine Knechte zur Festung zurück.

Aber es kam nur noch einer.

Die Rückkehr

»Und ... was jetzt?«, fragte Dorian, obwohl er bereits die Antwort ahnte. In seinem Hals steckten immer noch hundert Messer. Gestern Nacht war er eingeschlafen, ohne dass er sich daran erinnerte. War mitten im Reden eingenickt. Vor der Hütte warteten Schnee und Eis und eine verschrumpelte Sonne.

»Elron sagte mir«, erklärte Fabiola, »dass die sechs Farben allein nicht genügen.«

Dorian nickte und erinnerte sich an das Gespräch mit seinem greisen Freund.

»Die Übergänge ... der Farben fehlen«, krächzte er, »die unendlichen Mischungen. Es fehlt ... das Schwarz und das Weiß.«

»Ja«, bestätigte sie und verblüffte dann Dorian einmal mehr, als sie aus dem Lied der Farben zitierte: *»Sechs Farben, geboren aus Schwarz und aus Weiß. Sechs Farben, gekrönt im strahlenden Kreis.«*

Sie brach ab und strich sich über das rote Haar.

»Aber wo sollen wir suchen?«, fragte sie.

Schlurfend ging Dorian in der Hütte auf und ab.

»Das Weiß ... keine Ahnung.« Seine Zunge war schwer, aber nicht nur von der Krankheit. »Doch wo wir ... das Schwarz finden ... kann ich mir denken.«

Vor der Hütte griff ein Windstoß die Eiszapfen an – sie summten wütend.

Fabiola wartete schweigend.

Aber Dorian ließ sich Zeit. Er überlegte. Musste sicher sein.

Was hatte Elron gesagt? *Du musst die Übergänge der Farben erschaffen, Dorian. Und dazu musst du*

Schwarz und Weiß miteinander verbinden. Und deine größte Angst besiegen.
Die größte Angst besiegen. Polarität. Anfang und Ende.
Der Junge dachte an den Tunnel, der unter dem Verkrüppelten Gebirge hindurchführte. Dort, wo er versagt hatte, als Osmon ihn durch das Dunkel führen wollte. Osmon.
Er schüttelte die Erinnerung ab und nickte. Den Kreis vollenden, ja. Seine größte Angst. Sein Vater unter der tödlichen Lawine aus Kohle.
Schwarze Kohle.
»Wir müssen ... ins Grubendorf«, keuchte er mühsam und griff nach Fabiolas Hand. Er brauchte jetzt etwas, woran er sich festhalten konnte.
»Ich, ich muss zurückkehren.«
Dorian war noch geschwächt – aber von Warten wollte er nichts hören. Warten hätte alles nur noch schlimmer gemacht. Warten hieß, sich in seinem Kopf verkriechen, in seinen Albträumen. Warten bedeutete, seinen Vater vor sich zu sehen in der Grube oder Osmon oder Dorians eigene Hände, die den Pfeil für Burké auf die Sehne legten.
Sorgsam packte er die Farben zusammen und wischte gründlich den Grubenhammer sauber.
»Lass uns heute noch ausruhen«, bat Fabiola.
»Nein.«
»Aber ...«
»Es ist nicht ... weit, Fabiola. Und wenn ich ... jetzt nicht gehe ...«, Dorian schluckte. »... gehe ich ... vielleicht nie. Komm!«
Schweigend brachen sie auf. Fabiola bot an, wenigstens den Rucksack zu tragen, aber auch das lehnte er ab.
»Es ist ... mein Weg«, erklärte er mit pfeifender Stimme.

Hatte sie das nicht oft genug selbst gesagt? »Ich ... muss ihn suchen ... und finden.«
Das Mädchen runzelte die Stirn. »Ja, ich weiß.« Sie lächelte. »Du hörst dich schon an wie Elron.«
Und ihre Augen bildeten eine Brücke aus Hoffnung.
Den ganzen Vormittag lang zogen sie durch die Landschaft des Winters. Blendendes Licht, das von den Kristallen widergespiegelt wurde. Pyramiden aus verschneiten Bäumen, zuckerbedeckte Hügel und kaum erkennbare Wege im Schnee, der alles weiß und gleichmachte. Weil die Einwohner von Halblang ihnen Schneeschuhe geliehen hatten, kamen sie zum Glück schnell voran und versanken nicht ständig bis zu den Hüften im weißen Pulver. Sie gingen schweigend, langsam, aber rhythmisch um der Kälte zu entgehen.
Irgendwann hielt Dorian an, mitten auf einer großen geschwungenen Fläche aus Schnee und Eis.
»Was ist?«, fragte Fabiola.
Der Junge sagte nichts. Er schaute hinüber zum Knarrenden Wald, der jetzt ein weißes, freundliches Dach hatte. Er wusste: Hinter der nächsten Biegung lag das Grubendorf. Und genau hier, an dieser Stelle, hatten sie sich zum ersten Mal getroffen.
Wortlos kniete Dorian sich hin und grub im Schnee. Kratzte ein tiefes Loch aus, ohne dass Fabiola ihm helfen durfte. Und ganz unten fand er graues, erfrorenes Gras.
Meine Wiese.
Hier hatte alles begonnen. Und Dorian schwor sich: Er würde seiner Wiese die Farben zurückgeben. Und der ganzen Welt. Koste es, was es wolle.
Es gibt Dinge, dachte er, *für die lohnt es sich zu leben. Und es gibt andere, für die lohnt es sich zu sterben.* Osmon hatte es beim Abschied gemeint.

Osmon.
Schweigend umarmte er Fabiola und zog sie dann weiter. Nach Hause.

Sie fanden eine ausgebrannte Geisterstadt. Ruinen.
Harm Katzengold hat nicht gelogen, dachte Dorian.
Eine wahrhaft furchtbare Feuersbrunst musste gewütet haben, denn kein einziges der Häuser war verschont worden. Und die Überlebenden waren wohl weitergezogen. Hatten ihre Heimat aufgegeben.
Wenn es Überlebende gab!
Das Grubendorf war so still und tot wie der Schnee.
Wortlos traten Fabiola und Dorian zwischen die Überreste des Dorfes. Was der Schnee nicht gnädig zugedeckt hatte, ragte als trauriges, verkohltes Gerippe heraus. Wie konnte ein Feuer so stark gewesen sein, so alles verwüstend? Hatte es die Einwohner denn völlig überrascht?
Vielleicht sind sie auf Kohlengas gestoßen, dachte der Junge, unten in der Grube. Kein Feuer, sondern eine gewaltige Explosion?
Nein.
Dorian war sich ziemlich sicher, was hier passiert war. Oder besser: wer hier alles vernichtet hatte.
Der Namenlose.
Und dann hatte Harm Katzengold irgendwie schon Recht. Dann war wirklich er, Dorian Karfunkel, schuld an dieser Katastrophe.
Der Junge wandte den Blick von dem, was einmal sein Zuhause gewesen war, suchte Halt in Fabiolas Augen.
»Was ... meinst du, ob sie fliehen konnten? Das ... da vorne ... war Onkel Krolos Hütte. Und hier wohnte Hanna Marienglas ...«

Fabiola sagte nichts, ging nur einen Schritt auf ihn zu. Der Schnee knirschte unter ihren Schuhen.
Dorian spürte die Trauer stechend in seinem Innern, so als hätte sein Herz plötzlich Stacheln und drücke bei jedem Pulsieren spitze Nadeln in seinen Körper.
Es tat weh.
Aber seine Augen blieben trocken. Er konnte nicht mehr weinen.
»Bring es hinter dich«, flüsterte Fabiola.
»Du hast Recht.«
Und ohne sich weiter um die Trümmer des Dorfes zu kümmern, gingen sie auf das Mundloch des Stollens zu. Bald standen sie davor, am Eingang der Grube, der zwischen dem Schnee aussah wie die schwarze Augenhöhle eines Totenschädels.
»Und hier willst du das Schwarz finden?«, fragte Fabiola zweifelnd.
Dorian nickte. »Ein ... Stück Kohle.« Rau und schnarrend kamen ihm die Worte aus der Kehle. »Ganz ... einfach.«
»Wirklich?« Fabiola schauderte an diesem Ort. Sie lauschte angestrengt, als höre sie noch die Schreie der Menschen im Feuer.
»Wenn es so einfach ist, komme ich mit«, erklärte sie.
»Nein«, sagte Dorian nur, viel lauter als er eigentlich wollte. Er hustete.
Dann schnallte er ohne ein weiteres Wort die Schneeschuhe ab, übergab dem Mädchen den Rucksack mit der schnurrenden Muntra – und den Farben darin.
Mit kleinen Schritten näherte er sich dem Stollen.
»Du hast kein Licht!«, rief Fabiola.
»Doch«, entgegnete er. »Ein paar Meter drinnen ... immer eine Fackel und Zündholz.«
Langsam und vorsichtig tastete er sich in die Dunkelheit.

Suchende Schritte, bis er wirklich die Fackel fand. Sie war noch da, wie ein Gruß aus einer anderen, längst vergessenen Welt. Es knisterte kurz, als der Funken übersprang und das Feuer anbrannte.
Knistern.
Das Knistern im Fels, kurz bevor die Decke einbrach.
Dorian ging weiter. Zögernd. Übte sich im *Nichtstun* und achtete auf seinen Atem. Die stickige Luft in seiner Nase spüren, im Hals, in seinem Brustkorb. Und wieder ausatmen. Weitergehen. Der Gang machte eine Biegung und der letzte Rest Tageslicht vom Eingang des Tunnels verschwand. Angstschweiß trat auf seine Stirn.
Einatmen und Ausatmen. Einatmen und Ausatmen ...
Dorian hob die Fackel über den Kopf. Das Licht erhellte die Stollenwand und die Decke. Aber hier gab es noch keine Kohle. Nur taubes Gestein, wie die Grubenleute erzlose Schichten nannten.
»Ich muss tiefer hinunter«, sagte Dorian zur Decke. Aber der Stein antwortete nicht. Blieb stumm. Taub.
Ganz langsam ging er weiter. Ja, tiefer, nach unten. Dorthin, wo die Decke knistert und Papa auf die Kohle einschlug. Der Staub und das Donnern ... *Ausatmen. Einatmen.*
Dorian stürzte – und schrie auf!
Angst. Und wieder: *Ausatmen, Einatmen.*
Was?
Atmen. Viel schneller als vorher.
Nur die Schienen, beruhigte er sich endlich. Es ist alles in Ordnung. Hier begannen nur die Schienen für die Loren, kleine Wagen, die Erz, Kohle oder Schutt nach draußen beförderten. *Hol mir bitte die Lore,* sagte sein Vater, lächelnd.
Alles ist in Ordnung!, sagte sich Dorian. Er hatte nur ver-

gessen, dass hier die Schienenschwellen lagen, und war über sie gestolpert. Mehr nicht.

Ruhig. Ganz ruhig. Lektion Nummer eins.

Der Junge zwang sich vorwärts. Schleppend und so langsam wie eine behutsam vorwärts pirschende Katze. Aber stetig. Seine Füße hoben sich kaum, sie schlurften eher über den Boden, als steckten sie in Schlamm fest. Nie wieder in die Grube, hatte er sich geschworen. Nie wieder unter Tage. Dorian spürte, wie die Angst sich in ihm ausbreitete, so ähnlich wie das gelbe Fieber.

Aber das habe ich auch überlebt!

Verbissen schob er sich weiter und hielt sich an der Fackel fest.

Minuten oder Stunden oder Tage später erreichte er die erste Steige. Das war eine einfache Holzleiter, die hinunterführte auf die erste Sohle, *tief, tief hinab ins geschaufelte Grab ...*

Austamen. Einatmen.

Die Leiter war trocken. Seine Hände und Füße bewegten sich schnell und mit der alten Sicherheit von früher. Die Fackel klemmte er zwischen die Zähne. Hielt die Augen geschlossen.

Stufe um Stufe hinunter. Es klapperte leise und Dorian schwitzte. Es war hier viel wärmer als draußen. Warum hatte er überhaupt noch seinen Mantel an? Weiter. *Ausatmen. Einatmen.*

Endlich.

Der Gegenstollen auf der ersten Sohle. Weiter hinab brauchte er nicht mehr. Nur noch diesen Stollen entlanggehen. Ganz hinten, das wusste Dorian, war der Rest eines Kohleflözes übrig geblieben – zu wenig um weiter abgebaut zu werden, aber mehr als genug für ihn. Für ein kleines Stück Schwarz.

Schwarz, schwarze Nacht, die seinen Vater verschüttete.
Schritt um Schritt. Das vertraute dumpfe Geräusch seiner Stiefel, völlig ohne Hall, sofort verschluckt von der Dunkelheit. Schritt. Dorian zitterte so stark, als wütete noch das gelbe Fieber in ihm.
Da!
Das Licht der Fackel wurde nicht mehr vom hellen Gestein reflektiert, sondern tastete über ein schmales, dunkles Band. Kohle. Hartkohle. Die beste überhaupt. Jetzt hatte er es bald geschafft. Nur noch ein paar Schritte.
Hartkohle, dunkel wie eine Nacht mit Neumond, hatte sein Vater oft gesagt. Sein Vater ...
Dorian wechselte die Fackel in die linke Hand hinüber, zog mit der rechten den Grubenhammer aus dem Gürtel – den Hammer seines Vaters, der ihm nach dem Gesetz des Grubendorfes noch nicht zustand. *Den Hammer – du musst ihn dir erst verdienen,* brüllte sein Onkel. Und damit hatte alles angefangen.
Und Dorian konnte nicht mehr weitergehen.
Wie erstarrt stand er da. Als hätte diese Erinnerung einen Damm gebrochen fluteten die Bilder aus Vergangenheit und Träumen über ihn her.
Sein Vater, mit dem Hammer auf die Wand einschlagend. »Hol mir die Lore, mein Sohn!« Ein Lächeln. Sein Vater zwinkerte ihm zu: weiße Löcher im staubschwarzen Gesicht. Dann das Knistern, Krachen und Rumpeln. Etwas wie ein Zischen. Und die schwarze Flut.
Schweißtropfen verkebten Dorian die Augen. Er blinzelte hastig und wischte sich über die Stirn. War da nicht ein Knistern? War da nicht ein Riss in der Wand? Bröckelte nicht Gestein von der Decke?

Der Angstwind verwandelte sich in einen Sturm und drohte Dorian fortzuwehen. *Weg hier!* Schon drehten sich seine Füße, er wollte nur noch rennen. *Nach oben! Ins Licht! Zu Fabiola! Bloß fort!*

Einatmen, ausatmen.

Nein.

Einatmen.

Ich muss es einfach schaffen. Ein Moment der Schwebe. Ein Balanceakt auf einem Seil, das über Abgründe führte.

Für Elron. Für meine Wiese. Für Osmon. Und für ... mich.

Doch Dorian rührte sich nicht. Er befahl seinen Füßen sich zu bewegen, aber sie zitterten nur. Bewegten sich kein noch so winziges Stück. Denn gleich würde es zu knacken beginnen, würde die Wand einstürzen und die Decke auf ihn herunterprasseln – er wusste es.

Sein Vater, hämmernd. »Hol mir die Lore, bitte.« Das Knistern. Dann Kohle und Steine, Kohle und Staub, Kohle und Tod. Sein Vater, lächelnd und blinzelnd, sein Vater ...

»ICH KANN DOCH NICHTS DAFÜR!«

... starb, er aber überlebte!

Stille.

Staub.

Dorians Schrei riss nicht nur die aufgestaute Luft aus seinen Lungen, sondern auch die scharfen Stacheln aus seinem Herz. Und so laut er eben gebrüllt hatte, fast kreischend, so leise flüsterte er jetzt:

»ES WAR NICHT MEINE SCHULD, PAPA!«

Dorian fühlte, wie etwas in ihm riss und zerbrach, knackend und kratzend. Und er spürte, wie etwas anderes, Neues aus den zerbrochen Schalen herausschlüpfte, frei, endlich frei. Mit den neugeborenen Flügeln schla-

gend und nach oben steigend ins Licht.
Er hatte nichts tun können.
Es war nicht seine Schuld gewesen.
Er hatte nur zugesehen.

In diesem Moment wünschte sich Dorian nichts mehr, als weinen zu können. Das war der einzige Wunsch, das einzige Gefühl in ihm. Denn die Angst war verschwunden.

Schwarz und Weiß

Nervös trat Fabiola von einem Bein auf das andere und starrte in das gähnend offene Maul des Stollens. Schon seit langem war der Fackelschein in der Dunkelheit verschwunden. Viel zu lange.

Was macht er bloß da unten?, dachte das Mädchen.

Ein kleines Stück Kohle aus dem Fels zu hämmern, das musste doch schnell gehen. Das konnte doch unmöglich so lange dauern.

Sie schlug ihre Hände zusammen, um etwas Wärme hineinzubringen, rieb sie aneinander und sprang zitternd ein paar Mal in die Luft. Und starrte weiter auf das düstere Mundloch.

Da! Funkelte da nicht etwas? Ein Flackern ...

Dorian trat aus der Dunkelheit. In der einen Hand hielt er die Fackel, in der anderen ein kleines Stück Kohle. Er sah müde aus und zu Tode erschöpft, aber seine Augen strahlten. Fabiola rannte auf ihn zu.

Sie umarmten sich.

Schließlich schob er sie ein Stück weg und schaute in ihre mandelförmigen Augen.

»Was ist passiert?«, fragte Fabiola.

»Es ... war ... schön.«

Durch den Schrei unten in der Grube war seine Stimme noch heiserer geworden. Die Kehle schmerzte, als hätte er Öl getrunken und hinterher ein brennendes Zündholz geschluckt.

Behutsam nahm Fabiola ihm die Kohle aus der Hand; die Fackel schleuderte er selbst von sich, weit weg. Sie zischte im Schnee auf, bevor sie erlosch.

»Wir haben ... alle Farben«, flüsterte er.

»Und das Schwarz.« Das Mädchen tastete über das kleine Stück Gestein. Rissig wie ein zersplitterter Baum. Dunkel wie Asche.
Sie schwiegen. Dorian beugte sich müde hinab und hob eine Hand voll Schnee vom Boden auf. Wie das kühlte!
»Aber ... das Weiß?«, fragte er dann mühsam.
Fabiola überlegte schon angestrengt. Beide ließen sich auf den Boden fallen, stützten sich in den weichen Schnee.
»Weiß, was ist weiß?«, überlegte die Hüterin des Schilfs. »Eis oder Schnee vielleicht?«
Sie schaute sich um, schüttelte dann fast lächelnd den Kopf.
»Nein«, meinte auch Dorian. »Ich glaube ... nicht.«
Fabiola seufzte. »Wäre ja auch zu einfach gewesen. Und außerdem: Wenn der Schnee für das Weiß stehen würde, könnte man die Farben nur im Winter zusammenbringen ...«
Sie schwiegen. Fabiola strich sich über ihr rotes, leuchtendes Haar, das in der Sonne funkelte. »Es muss mit Polarität zu tun haben«, überlegte sie.
»Ja«, keuchte Dorian.«Das Gegenteil ... der Kohle ist ...«
»Auf jeden Fall nicht Schnee. Aber was dann?«
Dorian zuckte mit den Achseln.
»Vielleicht ein anderer Stein«, schlug Fabiola vor.
»Ein ... anderer Stein. Weiß und hart. Ja.«
»Bergkristall vielleicht?«
»Glimmer?«
»Diamant. Oder ...«
»Glas!«, riefen sie gleichzeitig aus.
Das musste es sein!
Aufgeregt nestelte Dorian an der Kette aus Rosensilber,

die er jetzt schon so lange mit sich trug. Elrons Glasscherbe, dem Erbe des Magiers: Dem Jungen die Lösung des Rätsels um den Hals zu hängen!
Das geschliffene Glas fühlte sich warm an, fast weich. Lebendig. Hastig breitete Fabiola die Farben im Schnee aus, legte sie in einen Kreis mit dem Stück Kohle in der Mitte. Dorian platzierte Elrons Schmuck daneben.
»Es pulsiert«, flüsterte er.
»Ja, als ob die Glasscherbe die anderen Farben spürt.«
»Und jetzt?«
Dorian dachte daran, wie der alte Zauberer den Kristall ins Licht der Kerze gehalten hatte, um den Regenbogen entstehen zu lassen. Irgendwie mussten sie jetzt das Gegenteil tun. Die Farben verbinden.
Aber wie?
Ratlos nahm er Elrons Schmuck wieder in die Hand, drehte ihn ein paar Mal schaute Fabiola an. Sie lächelte.
»Du ... weißt?«, fragte er erstaunt. Er konnte wirklich kaum noch sprechen. Sein Hals fühlte sich an, als würde Harm Katzengold ihn zudrücken.
»Ja. Das Ritual.« Fabiola lachte laut auf. »Elron hat mir davon erzählt.«
Sie tastete nach der neuen Flöte aus Schilf, die sie in Halblang geschnitzt hatte, und berichtete: »Einer muss die Melodie des Liedes spielen, einer muss das Weiß ins Sonnenlicht halten – und einer muss das Lied der Farben singen. Ganz einfach.«
»Ganz ... einfach.«
Verwundert schaute Fabiola ihn an.
»Was ist?«, fragte sie.
Dorian grinste gequält.
»Sin ... gen?«, stieß er hervor. »Wer denn?«
Bestürzt ließ Fabiola das Instrument sinken. Dorian

hatte Recht. Er konnte kaum reden, geschweige denn singen. Und sie selbst musste die Flöte spielen.

»Wir brauchen Hilfe. Brauchen einen Dritten«, meinte Fabiola enttäuscht.

Dorian nickte.

»Schade, dass ... Osmon ... nicht ... hier ... ist.« Und seine gebrochene Stimme war voller Sehnsucht. Trotzdem musste er grinsen. »Der ... würde ... dann ... schnauben ... und ... sagen ...«

Plötzlich stampfte etwas hinter ihnen auf und eine große Schneewolke wirbelte in der Luft herum.

»Hundert-Ender singen nicht!«

Die glitzernde Wolke legte sich und gab die Sicht frei auf eine große und massige Gestalt. »Genau das würde ich sagen!«

Dorian blinzelte. War das wieder das Fieber? Sein Herz schlug hoch bis in die verbrannte Kehle und er zitterte, als eine riesige kalte Schnauze ihm über die Wange fuhr.

»Osmon«, sagte er.

»Dorian«, erwiderte der Hirsch.

Und dann spürte der Junge etwas unangenehm Feuchtes in den Augen und wischte es weg.

»Du wirst doch nicht weinen, Junge?«, dröhnte Osmon.

»Doch ... mein Freund. Doch.«

Und Dorian lernte, dass man nicht nur aus Trauer weint, sondern auch aus Freude.

Alle Farben der Welt waren vergessen, als sie zu dritt nebeneinander standen und Osmon erzählte:

»Es sah nicht gut aus, als dich die Stegra mitriss, Dorian. Hinter mir der Fluss und vor mir die Rotte aus schwarzen Knechten. Von allen Seiten stürmten sie auf mich ein. Aber ich war schnell, wirbelte sie durcheinander,

fegte Dutzende fort und zertrampelte andere. Trotzdem«, Osmon schnaubte. »die Übermacht war groß. Außer vielleicht, dachte ich, wenn ich ihnen Angst einjagen konnte. Also stürmte ich auf den Hauptmann zu, der mit seiner lächerlichen Silberrüstung gut sichtbar im Getümmel leuchtete. Pfeile schossen auf mich zu wie wütende Bienenschwärme und ritzten mich. Schwerter tanzten vor mir herum, aber ich behielt den Hauptmann im Auge und erreichte ihn endlich. Wir kämpften. Er war stark.« Osmon machte eine Pause und schnaubte. »Nun, es war knapp. Die schwarzen Bienen bedrängten mich von allen Seiten und der Knecht des Namenlosen riss mir mit seinem Schwert eine große Wunde.«
Der Hirsch lächelte. »Aber er hat dafür gezahlt. Na ja. Als ich ihn schließlich mit meinem Geweih aufs Schlachtfeld schleuderte, brach ein großes Raunen aus. Das meuchlerische Pack sah, dass ihr großer Anführer, der Hauptmann von Schuchmech, gefallen war. Und wie ich gehofft hatte, begann das große Flüchten. Aber ein Pfeil traf mich noch von irgendwo, vielleicht vom namenlosen Teufel persönlich, am Hals. Ich verlor Kraft und Blut. Suchte jetzt doch mein Heil in der Flucht, durchbrach die sich auflösende Feindeslinie und rannte so schnell ich konnte. Igendwann sank ich schließlich zu Boden. Und dachte an Elron. Und an dich, Dorian.«
»Was ist dann passiert?«, flüsterte Fabiola mitgerissen.
»Bombast fand mich, der Gefängniswächter von Schuchmech. Kümmerte sich um mich. Weil er mich nicht bewegen konnte, baute er ein Schutzdach aus Zweigen und Blättern. Gegen den Regen und Wind. Er pflegte mich lange.« Osmon schnaubte und hob grinsend die Lefzen. »Er lässt dich schön grüßen. Und soll neuer Hauptmann von Schuchmech werden.«

»Und wieso … bist … du … hier?«, fragte Dorian mühsam. Die Sonnenaugen des Hirsches blitzten verschwörerisch zu Fabiola hinüber.
»Sie hat mich eingeweiht. Sie wusste, dass du irgendwo in der Nähe von Halblang sein würdest. Als ich dort ankam, wart ihr aber schon weg. Zum Glück schickten mich die Dorfbewohner hierher, in die richtige Richtung. Und offenbar komme ich genau zum passenden Zeitpunkt.«
»Das stimmt!«, lachte Fabiola. »Du musst für uns singen. Obwohl – ich dachte … Singen Hundert-Ender wirklich nicht?«
In gespielter Betrübnis neigte Osmon den Kopf, bis seine Sprossen zu klirren begannen.
»Beim Kampf ist ein Stück Geweih abgesplittert«, schnaufte er. »Ich fürchte, ihr müsst jetzt mit einem Neunundneunzig-Ender vorlieb nehmen. Und der hat andere Regeln.«
Sie lachten, umarmten sich und erzählten lange von ihren Abenteuern. Dorian berichtete gerade von Tirita in der Stadt der Ziegelbauer, als er unterbrochen wurde.
»Wie rührend! Ein Treffen von alten Freunden.«
Die Stimme eines großen Raubtiers, das ganz hinten in der Kehle grollte und knurrte. Die Stimme wie ein tausendfaches Donnnern, wie das Heranrollen einer gewaltigen Meereswoge.
Die Stimme des Namenlosen.

Die Entscheidung

Der Namenlose stand wie ein Fels vor ihnen, umflattert von den dunklen Spitzen seines Mantels. Der Mächtige. Hoch aufgerichtet und stolz, einen silbernen Stab in der Hand, dessen Spitze wütend zu funkeln schien. Neben Elrons altem Feind grinste Harm Katzengold, ein tapsiger, aber wütender und unberechenbarer Bär. Dorian bemerkte, dass Harms Augen zwar tückisch funkelten, aber wenigstens lebendig waren. Das waren keine schwarzen Löcher. Und auch keine dieser bösartigen Masken trug der Junge.

Vielleicht ist er noch nicht ganz verloren, dachte Dorian.

Minuntenlang starrten die beiden Gruppen sich an, schweigend. Und Dorian bemerkte wieder, dass der Namenlose kein einziges Mal blinzelte. Er schaute genauer hin und begann wieder einmal an diesem Tag zu schwitzen: Der Namenlose hatte keine Augenlider – sie waren vor langer Zeit weggeschnitten worden.

Endlich brach Harm Katzengold die Stille – er hielt es nicht länger aus.

»Da steht er ja«, begann er zu wispern, seinen Meister imitiertend. »Der Brandstifter und Mörder. Ich habe dir ja gesagt, Dorinchen: Ich komme wieder!« Harm hob seinen Hammer und spuckte aus. »Sei mir ein letztes Mal gegrüßt, Schlächter des Grubendorfes!«

»Ich ... habe ... nicht ...«, keuchte Dorian.

»Schweigt!«

Der Namenlose stieß das Wort zischend wie eine Flammenzunge hervor. Dann hob er den mit Runen verzierten Silberstab und richtete die leuchtende Spitze auf die

drei Freunde, die sich am Stolleneingang zusammenkauerten. Knisternde Funken sprühten auf, als der Runenstab entflammte.
»Lauft!«, brüllte Osmon. Und als hätten sie sich verabredet, sprangen sie in unterschiedliche Richtungen davon. Keinen Augenblick zu früh. Ein knisternder Blitz erschien und zerfetzte die Stelle, wo sie eben noch gestanden hatten. Entgeistert starrte Dorian auf den brodelnden und glucksenden Boden – der Schnee war verdampft. Hektisch schlug er einen Haken und sah, wie sich Fabiola hinter einen verkohlten Hausrest duckte. Osmon, in vollem Lauf trabend, schien hinaus in die Ebene zu fliehen und war bald nicht mehr zu sehen.
Ich muss sie ablenken, ihm Zeit geben!, dachte Dorian. Ein neuer Blitz brachte die Luft zum Flimmern und Stöhnen, traf aber weit an Dorian vorbei. Er rannte weiter, bemerkte aber, wie Harm dem Namenlosen etwas zuflüsterte.
Der korrigierte die Richtung, hob wieder die Waffe – und der nächste gezackte Feuerstrahl fuhr so dicht an Dorian vorbei, dass er seine Haare versengte. Wieder rannte er im Zickzack, wieder schien Harm etwas zu sagen – was geschah dort? Und wo blieb Osmon? Er konnte nicht ewig wie ein gehetzter Hase hin und her rennen.
»Warum?«, brüllte er und seine Kehle schien vollends ihren Dienst verweigern zu wollen. Ein Blitz riss die Schneedecke auf, wo er eben noch gestanden hatte.
»Warum?«, erklang das Echo aus dem Mund des schwarzen Magiers. Immer noch flüsterte er, aber Dorian schien es, als ob man seine Stimme bis nach Halblang hören musste.
»Warum, kleiner, dummer Junge?« Der Namenlose hob

die Arme wie ein dunkler Drache seine Flügel und schien ins Nichts zu starren. *»Hast du das immer noch nicht verstanden? Warum ich die Farben hasse und sie vernichte? Warum mich die Wut zerfrisst wie eine hungrige Ratte, wann immer jemand vom frischen Grün des Frühlings spricht, vom unendlichen Blau des Himmels?«*

Wieder explodierte ein Blitz und Dorian konnte sich erst im letzten Augenblick zur Seite werfen.

Er ahnte die Antwort auf die geflüsterten Fragen.

»Warum? Du Narr.« Der Namenlose schaute hasserfüllt in Dorians Richtung. Aber nichts anderes als Wahnsinn stand in seinen Augen, nichts als ein jahrzehntelang gewachsener Zorn.

»Ich bin blind.«

Voller Entsetzen starrte Dorian auf den schwarzen Magier, der niemals blinzelte und niemals Farben sah.

Und erst als er sich losgerissen hatte von dieser Aura des Zorns, bemerkte er, dass Harm Katzengold verschwunden war.

Wer hat da wen abgelenkt, fluchte Dorian im Stillen.

Er suchte nach Fabiolas Versteck, fand sie aber nicht. Nun gut, sie konnte zum Glück bestens auf sich selbst aufpassen.

Und jetzt endlich sah er Osmon hinter dem Namenlosen auftauchen. Langsam und lautlos, mit starrem Kopf, sodass sein Geweih ihn nicht verriet, pirschte sich der Hirsch an den Rücken des Schwarzen heran.

Und auch Dorian wusste genau, was er jetzt zu tun hatte. Er bewegte sich nach rechts, mit mehr Lärm als nötig, aber geduckt – fast kriechend. Prompt fegte ein brodelnder Feuerstrahl über ihn hinweg.

Wir müssen ihm den Stab abnehmen!, dachte er und

holte das Letzte aus seiner Stimme heraus, was in der Kehle noch übrig war.
»Aber, du musst ... die Farben doch ... fühlen?«, brüllte er so laut er konnte.
Der Namenlose hob seinen Stab – und zögerte einen Moment, so als dächte er wirklich zum ersten Mal an diese Möglichkeit.
»Fühlen?«, raunte er.
Und in diesem Moment erreichte ihn Osmon und rammte dem Schwarzen sein Geweih in den Rücken. Der dunkle Zauberer stöhnte auf, wurde durch die Luft gewirbelt und landete am Eingang der Kohlegrube. Der Feuerstab glitt ihm dabei aus der Hand und sank fauchend in den tiefen Schnee.
Der Namenlose rappelte sich mühsam hoch und versuchte sich zu orientieren. Tastete am Felsen hinter sich entlang, fand das Mundloch des Stollens und blickte mit leeren Augen wie ein gejagtes Tier nach allen Seiten. Er lauschte. Hörte leises Stampfen im Schnee und ein Schnauben: Langsam und majestätisch, mit hoch aufgerichtetem Kopf und funkelnden Augen trabte Osmon auf ihn zu.
»Und jetzt«, sagte er, »wirst du für Elron bezahlen.«
In diesem Augenblick hörten sie den Schrei und ein hämisches Lachen.
Harm Katzengold kam aus einer Ruine hervorgestürmt, in den Armen die wild um sich schlagende Fabiola.
»Er hat mich überrumpelt«, keuchte sie und versuchte strampelnd sich aus dem Klauengriff herauszuwinden.
Der Namenlose lachte leise auf – es klang wie das Schleifen von Glas auf Glas.
»Nun wird wohl jemand anders bezahlen«, flüsterte er.

»Sehr gut, Knecht. Jetzt bringe sie her zu mir.«
Nur mit einiger Mühe zerrte Harm sie zu dem Blinden, dessen gierige Finger über Fabiolas Gesicht glitten.
»Was für ein Spiel«, kicherte er. *»Welche Ironie! Genau wie bei ihm, genau wie bei Elron.«*
Osmon und Dorian zuckten zusammen.
»Was meinst du?«, brummte der Hirsch und scharrte mit den Hufen im Schnee.
Der Namenlose hob den Kopf und schien in den Himmel zu starren. Aber was er sah, war nur seine eigene Vergangenheit.
»Als der alte Narr und ich kämpften«, wisperte er, *»geriet seine Frau in meine Gewalt. Damals stand er mir gegenüber, so wie ihr jetzt.«* Das Flüstern wurde grausam.
»Ja, genauso. Und ich sah Elrons Qual und Zweifel in seinem Gesicht.« Der Namenlose packte Fabiola an der Kehle. Sie schrie leise auf. Harm hielt sie noch immer fest und Osmon und Dorian wagten nicht, sich zu rühren.
»Elron wusste, er hatte nur eine einzige Möglichkeit.« Unbeirrt erzählte der schwarze Magier weiter, schien mit jedem Wort Kraft zu trinken, als labte er sich an jenem alten Sieg. *»Es blieb dem alten Narren nur die Wahl zwischen einer Welt ohne Farben oder einem Leben ohne seine Frau, ohne die süße Mona. Und Elron stand mir gegenüber mit Augen voller Entsetzen. Was sollte er tun, dieser Dummkopf?«*
Ein Kichern quoll aus dem Mund des Mächtigen, ein hasserfülltes Gelächter.
Dann hielt er einen Augenblick inne. Auch die anderen waren still und nur der Wind heulte auf und wirbelte weiße Schneewolken über sie.

Das Leichentuch wird aufgeschüttelt, dachte Dorian.
Sie lauschten gespannt. Sogar Harm hatte seinen hasserfüllten Blick von Dorian abgewandt, hing an den Lippen des Mächtigen und lockerte etwas den Griff um Fabiolas Körper. Das Mädchen bekam eine Hand frei und tastete nach ihrem Gürtel.
»Und Elron entschied sich«, murmelte der Namenlose endlich. *»Er vernichtete mich, wenn er es in seiner Schwäche auch nicht fertig brachte, mich zu töten. Dafür brachte er jemand anders um – seine Frau.«* Der Schwarze lächelte. *»Tragisch. Wirklich tragisch.«*
»Du hast sie getötet. Nicht er!«, rief Osmon wütend.
Der Namenlose zuckte mit den Achseln und streichelte Fabiola jetzt fast zärtlich über das Gesicht. »Nun, da bin ich anderer Meinung. Aber gleichgültig.« Er zog ein dunkel schimmerndes Messer aus seinem Umhang. Wieder spuckte sein Mund zischende Wörterglut: *»Mit dieser Klinge schnitt Elron mir die Augenlider fort. Er blendete mich.«* Drohend näherte sich das Messer Fabiola. *»Und was nun, Dorian Karfunkel, Osmon Hundert-Ender? Was wollt ihr tun? Könnt ihr mich töten, wenn die Hüterin des Schilfs zwischen euch und mir steht?«*
Stille. Sie hörten, wie Schneeflocken in der Sonne schmolzen.
Dann ein Ruf: »Dazu musst du mich erst einmal haben!« Fabiola hatte endlich die Flöte aus Schilf am Gürtel gefunden und rammte die spitze Seite in Harms zupackende Hand. Mit einem spröden Geräusch splitterte das Instrument und zog einen hässlichen Kratzer über die Haut. Mehr überrascht als verletzt schrie der Junge auf und lockerte seinen Griff noch ein wenig – genug für das Mädchen. Sie wand sich wie ein Fisch aus sei-

nen Armen. Keuchend rannte sie zu Dorian und Osmon hinüber, der sich schützend vor sie stellte.
»Und jetzt zu uns, machtloser Namenloser!«, dröhnte er. »Alles wiederholt sich, du hast Recht. Aber nichts passiert zweimal.«
Dem Schwarzen blieb nur die Flucht.
Er zischte auf und stolperte unsicher nach hinten, in den Eingang des Kohlestollens hinein. Und fast wünschte er sich seine Lider herbei, nur um ein einziges Mal die müden Augen schließen zu können.
»Kümmer ... dich ... um ... Harm!«, rief Dorian Osmon zu und folgte dem Zauberer in die Grube hinein.
Dunkelheit, aber diesmal war alles anders. Noch vor wenigen Stunden hatte er gezittert in dieser lichtlosen Welt der Kohle. Jetzt fürchtete sich Dorian nicht mehr. So lange jedenfalls, bis er die Stimme des Namenlosen vor sich hörte, bedrohlich wie das Knistern im Fels:
»Hier sind wir beide blind, Junge. Hier herrscht die Dunkelheit. Hier siegt die Dunkelheit.«
Dorian schluckte. Er hatte die einzige Fackel selbst in den Schnee geworfen, befreit von Träumen und mit einem Stück Kohle in der Hand.
»Ich habe meine Ohren geschult«, wisperte die tausendfältige Stimme wieder. *»Jahrzehnte habe ich mein Hören gestärkt und die Schritte meiner Füße gedämpft.«*
Woher kam bloß die Stimme? Vorsichtig tastete sich der Junge weiter.
»Und ich spiele jetzt mein Spiel mit dir.«
Der Schlag kam für Dorian völlig überraschend. Der wuchtige Fausthieb streckte ihn nieder und ließ etwas in seiner Brust knacken. Aber er rollte sich stöhnend weiter, sprang auf und hieb mit seinem Grubenhammer an die Stelle, wo der Namenlose stehen musste.

Er traf nur Luft.
Der Kerl lügt nicht, dachte Dorian. Er musste sich absolut lautlos bewegen können. Der Junge drehte sich um und machte ein paar schnelle Schritte weiter in die Dunkelheit hinein. Gut, er sah vielleicht nichts, aber er kannte den Stollen. Hier drin hatte er eine lange Zeit seines Lebens verbracht. Auch er hatte einen Vorteil. Dies hier war immer noch sein Zuhause.
Ich muss ihn am Reden halten!, dachte er.
»Verrate ... mir«, fragte er die Nacht um sich herum, damit er die Stimme des Mächtigen hören konnte. »Warum ... hast du das ... Grubendorf ... verbrannt?«
Wieder das vielzüngige Grollen und Raunen in der Antwort, die doch nur ein Einzelner gab.
»Weil ich es wollte, kleiner Narr.«
Gut, er kommt näher. Gleich müssen die Lorengleise kommen. Und er wird über die Schwelle stolpern wie ich vorhin.
»Aber warum?«, fragte Dorian. Weiter zurückweichend lockte er den Magier zu sich. Fast so lautlos wie der Namenlose stieg er rückwärts über die Schienen, als sein Fuß sie ertastete. Ging noch ein paar Schritte zurück.
»All diese Menschen ... haben dir ... doch nichts getan.«
Der Mächtige kicherte. *»Aber ihre Angst war köstlich, Bauer von Elron! Und es ist nur schade, dass du nicht mit den anderen verkohlt bist.«*
Dorian packte den Grubenhammer fester und ging wieder auf den Schwarzen zu. Er starrte wild in die Dunkelheit, konnte aber nicht einmal seine eigene Hand erkennen, die den Hammer hielt.
Noch ein Stück näher!, beschwor er seinen Feind. Komm schon!

»Das hätte mir wirklich eine ganze Menge erspart, Bastard. Wenn die reine Flamme an dir geleckt hätte. Aber auch der Reiz des Spieles – was?«

JETZT!

Ein Keuchen und Fallen. Der Namenlose stolperte über die Schienen und schon war Dorian über ihm. Mit aller Kraft hob er den Grubenhammer seines Vaters, holte weit aus, schlug zu – und ein schwaches Glühen erhellte den Gang: die unzerstörbare Waffe zerbröckelte unter Dorians Händen wie ein trockenes Herbstblatt. Rieselte in feiner Asche zu Boden.

Der blinde Magier nutzte Dorians Überraschung, riss ihn zu Boden und schlug unbarmherzig auf ihn ein.

»Böser Junge!« Ein Schlag in den Magen, der ihm die Luft wegnahm.

»Böser, böser Junge.« In dieser Stimme war nur noch Wahnsinn. Und Dorian war ihm hilflos ausgeliefert.

»Böse!« Ein neuer Schlag. *»Du hast wohl nicht gewusst, dass nur eine reine Waffe mich besiegen kann?«*

Ein Hieb ins Gesicht. Dorians Lippe platzte auf.

»Reine ... Waffe?«, stöhnte er.

»Ja, du Balg. Eine Waffe, geführt im guten Glauben.« Der Namenlose krächzte höhnisch wie eine hungrige Krähe und lachte wieder. Ein leises Gelächter und trotzdem zu stark sogar für diesen Stollen in der Erde, der sonst jedes Geräusch verschluckte und zum Sterben brachte.

»Genommen im guten Glauben«, raunte der Namenlose. *»Der Glaube mag falsch sein, aber das ist nicht wichtig. Eine Waffe jedoch, die bewusst im Unrecht genommen wurde, zerfällt zu Staub, wenn sie auf mich zielt. Zu Asche. Zu einem Nichts.«* Der Namenlose schlug noch einmal zu. *»Verstehst du, Bastard? Etwa*

weil man sie sich noch nicht verdient hat. Oder zu jung ist für die erste Bergweihe.«

Erneut schlug eine Faust auf den Jungen ein, die Steine zertrümmern konnte. Dorians Kopf schien zu zerplatzen und warme Flüssigkeit rann ihm über das Gesicht. Blut. Er konnte nicht mehr klar denken. Gleich – ja, gleich war es vorbei.

»Dorians Hammer mag zerfallen, Meister, aber meiner hält stand!«

»Du?«, keuchte der Blinde.

Harms Stimme klang dumpf in der Dunkelheit der Grube. Aber nicht mehr leise. Nicht mehr flüsternd wie die schwarzen Kreaturen des Magiers. In seiner Stimme schwang eine Enttäuschung mit, ein Begreifen, ein Unglaube, der alles zum Einsturz bringen konnte.

»Ihr habt mich betrogen, Mächtiger! Mich belogen. Mich zum Narren gemacht und meine Wut ausgenutzt. Ihr habt das Grubendorf verbrannt, nicht Dorian. Ihr habt meine Familie getötet, meine Freunde. Ihr habt selbst damit geprahlt. Warum? Bei Diamant und Erzadern – wieso? Ich, ich hätte alles für Euch getan!«

Mit einem einzigen wuchtigen Hieb, begleitet von einem gemarterten Schrei, zerschmetterte Harm Katzengold den Schädel des Namenlosen.

Der vollendete Kreis

Zu viert standen sie im Schnee: Dorian und Fabiola, Harm Katzengold und Osmon. Dorian sah aus, als wäre er in eine Explosion am Steinbruch geraten: Gekrümmt schwankte er nach rechts und links, weil der Schmerz im Magen ihm keine aufrechte Stellung erlaubte. Das Gesicht war verquollen und mit getrocknetem Blut bedeckt, ein Auge so zugeschwollen, dass er damit nichts sah. Aber er lächelte. Harm Katzengold blickte sehr bleich und sehr still in den Winter hinaus – er hatte lange nichts mehr gesagt. Osmon tänzelte neben ihm und ließ Muntra auf seinem Geweih herumtollen. Und Fabiola war die Einzige, die etwas tat: Eifrig schnitzte sie an einer dritten Flöte.

Es war spät geworden, die Sonne stand nur noch knapp über den Bäumen. Wenn sie heute noch Licht einfangen wollten, mussten sie sich beeilen.

»Ich bin so weit«, verkündete die Hüterin des Schilfs endlich.

Rasch legten sie die Farben auf dem Boden aus und stellten sich im Kreis um sie herum. Fabiola begann zu spielen, Dorian fing das Sonnenlicht mit Elrons Glas ein, ließ es auf die Farben herabfallen. Und Osmon, der Neunundneunzig-Ender sang Elrons Lied der Farben:

»Sechs Farben, geboren aus Schwarz und aus Weiß,
sechs Farben, gekrönt im strahlenden Kreis,
Blau ist das Wasser und Orange ist die Glut,
Grün ist die Pflanze ohne Bosheit und Wut,
Violett ist die Luft und Gelb das Fieber
und Rot ist das Zentrum der leuchtenden Lieder.«

Einen Augenblick lang geschah nichts. Sie hielten den

Atem an und Dorian fürchtete schon, dass alles umsonst gewesen sei.
Aber dann spürte der Junge, wie die Glasscherbe in seiner Hand zu zittern und zu schwingen begann. Sie schien zu pendeln im Rhythmus der Flöte und der gesungenen Worte.
»Noch einmal«, flüsterte er.
Und während sie das Lied wiederholten, tasteten mit einem Mal winzige Lichtfäden aus Elrons Schmuck hervor und bewegten sich auf die sechs Farben zu. Ein tiefer, dröhnender Ton erklang und die Farben begannen zu wirbeln. Dorian spürte, wie das helle Licht auch über seine gelbe Hand strich, nachdem es die Träne des Blauen Schlundes aufgenommen hatte, den orangefarbenen Glutstein, das grüne Blatt und die violette Feder. Und ein Lichtfunken zuckte zu Fabiola hinüber und umschmeichelte ihr rotes Haar.
Sie tanzten. Die Farben tanzten ein Lied der Vermischung und der Hochzeit, tanzten um das Stück schwarze Kohle herum, das Dorian in die Mitte gelegt hatte, tanzten um die Glasscherbe des Magiers Elron.
Und sie tanzten immer schneller. Drehten sich, der laute Ton schwoll noch mehr an – und dann wirbelten die Farben plötzlich vor ihnen durch die Luft, funkelten und sprühten, glommen und schimmerten, strahlten und flimmerten in einem wilden, lebendigen Reigen.
Und dann passierte etwas, was keiner der vier jemals vergessen würde.
Die tanzenden Farben formierten sich zu einer summenden Säule, die sich streckte und dehnte und nach oben schob. Langsam. Aber immer weiter. Immer höher kreisten die sechs Farben, vermischten sich untereinander und mit Schwarz und Weiß.

Fabiola hörte auf zu spielen.
Osmon sang nicht mehr.
Harm Katzengold und Dorian blieben stumm.
Auch Muntra machte keinen Mucks.
Sie starrten nur hinauf in das Licht. In die Farben.
Als die bunt zitternde Säule den obersten Punkt der Himmelskuppel erreicht hatte, weit oben, kaum mehr zu sehen, wie ein gigantischer Pfeil, der in den Himmel geschossen wurde, wie eine Leiter aus Licht – schien sie wie ein Feuerwerk zu explodieren. Die Farbensäule breitete sich aus, lautlos und leuchtend, und ergoss sich über den gesamten Himmel. Dehnte sich Funken sprühend und schüttete sich aus über ihre Welt.
Für ein paar Augenblicke, für ein paar Atemzüge wurde der gesamte Himmel über ihnen, dieses unsichtbar gebogene Nichts im Süden, Norden, Osten und Westen zu einem einzigen alles umfassenden Regenbogen.

»He, du bist ja gar nicht mehr gelb!« Fabiola stürmte auf Dorian zu und umarmte ihn.
»Ja.« Er blickte an sich hinab. Und dann zu ihr.
»Und dir ... hat jemand ... die Haare geschnitten.«
Erschrocken fuhr sich Fabiola über den Kopf, lächelte aber gleich wieder.
»Ich wollte sie sowieso kürzer haben.«
Sie lachten wieder, drückten sich stärker aneinander, sahen sich weiter an. Dorian konnte den Blick nicht von ihrem Gesicht wenden.
»Du hast ... grünbraune ... Augen ... wie Kontinente«, stammelte er fassungslos. Im Grün von Fabiolas Iris schwammen kleine braune Flecken.
Und lange Zeit konnte er sich nicht entscheiden, wohin er schauen sollte: ins herrlich strahlende Blau des Win-

terhimmels, in die gelbe Kraft der Sonne – oder in Fabiolas Augen.
»Was werdet ihr jetzt tun?«, fragte Osmon später.
Sie waren nach Halblang zurückgekehrt, ausgelassen und froh. Obwohl alle erschöpft und müde waren, tollten sie im pulvrigen Weiß, machten eine Schneeballschlacht und lachten. Jeder erzählte dem anderen von seinen Abenteuern. Und großzügig ließ Osmon jeden einmal auf sich reiten – sogar und besonders gerne Harm Katzengold.
Schließlich hatten sie die Bauernsiedlung erreicht, die still und freundlich ihren Winterschlaf hielt. Die Sonne ging unter und Dorian stolperte mehrmals lachend in den Schnee, weil er seinen Blick nicht von den Farben am Himmel abwenden konnte. Dann blieben sie vor den ersten Hütten stehen.
»Die Menschen hier, sie werden nie erfahren, was .... geschehen ist«, krächzte Dorian.
Fabiola nickte.
»Was werdet ihr also tun?«, fragte der Hirsch noch einmal.
Fabiola und Dorian schauten sich an – und sie schwiegen.
Osmon lachte.
»Und du, Harm Katzengold?«
»Vielleicht gehe ich nach Schuchmech. Euer Bombast kann sicher noch ein paar Leute gebrauchen.« Der Junge war sehr still und in sich gekehrt. »Vielleicht gehe ich aber auch zurück in die Schwimmende Wüste. Jemand sollte –« Er zögerte, denn seine Wunde war noch nicht verheilt. »– jemand sollte die Flammende Festung zerstören.«
Sie schwiegen – jeder hing seinen Gedanken nach. Und dann schauten alle Osmon an.

»Und du?«, fragte Dorian schließlich.

»Ich werde weiter durch die Welt streifen«, antwortete der stolze Neunundneunzig-Ender. »Ihr wisst ja: Es gibt Dinge im Leben, für die sich zu sterben lohnt.«

Er machte eine Pause.

»Und es gibt Dinge, für die lohnt es sich zu leben.«

Inhalt

Jörg und Corinna Kastner

Die Steinprinzessin

Der Tod von Pierres Mutter ist von einem
Geheimnis überschattet. Die Suche
nach der Wahrheit führt Pierre tief unter
die Erde in die Höhlenwelt der Steinmenschen.
Dort erfährt er, dass seine Mutter noch lebt,
sich jedoch in der Gefangenschaft
ihrer Feinde, der Steinbrecher, befindet.
Unter vielen Gefahren gelingt es Pierre,
in deren Reich vorzudringen.
Hier trifft er auf Florence, die ihm erzählt,
dass sich die Fehde zwischen Steinmenschen
und Steinbrechern verschärft hat und eine
kriegerische Auseinandersetzung droht.
Pierre ist klar, dass er das verhindern muss,
denn dann wäre auch seine Mutter verloren.

UEBERREUTER

Violett ist die Luft und
Gelb das Fieber und
Rot ist das Zentrum der
leuchtenden Lieder.